白垩纪往事
魔鬼积木

刘慈欣获奖作品

签名珍藏版

刘慈欣 著

長江出版傳媒 | 长江文艺出版社

图书在版编目（CIP）数据

白垩纪往事 ；魔鬼积木 / 刘慈欣著. -- 武汉 ：长江文艺出版社，2021.5
ISBN 978-7-5702-2006-9

Ⅰ. ①白… Ⅱ. ①刘… Ⅲ. ①幻想小说－小说集－中国－当代 Ⅳ. ①I247.5

中国版本图书馆 CIP 数据核字(2021)第 035660 号

责任编辑：毛　娟　龚卫华　　　　责任校对：毛　娟
封面设计：泓润书装　　　　　　　责任印制：邱　莉　王光兴

出版：长江出版传媒 | 长江文艺出版社
地址：武汉市雄楚大街 268 号　　　邮编：430070
发行：长江文艺出版社
http://www.cjlap.com
印刷：武汉市首壹印务有限公司

开本：680 毫米×970 毫米　1/16　印张：17.625　插页：1 页
版次：2021 年 5 月第 1 版　　2021 年 5 月第 1 次印刷
字数：250 千字

定价：36.00 元

让科幻照亮未来

刘慈欣

序

光荣与梦想

——刘慈欣的世界

二十多年前，在一片“向科学进军”的口号声中，我加入了“科幻”迷的庞大队伍。那时我最喜欢的作家是郑文光、童恩正、叶永烈，最喜欢的刊物是《科学文艺》和《科幻海洋》，最喜欢的小说是《小灵通漫游未来》。当时像我这样的孩子一定很不少，因为《小灵通漫游未来》一销就是三百万本，足以羡煞今天畅销或不畅销的所有作家们。可惜好景不长，到了20世纪80年代中期，席卷中国的科幻狂潮就像恐龙那样莫名其妙地消失了。这里面据说有些内幕。不过据我看来，读者的唾弃恐怕更是主要的原因。那时候的绝大部分“科幻小说”，既没有科学，也没有幻想，更谈不上文学。即使是像《小灵通漫游未来》这样最优秀的作品，充其量不过是毫无情节的科普读物罢了。比如说，里面写到将来有一种“电子报纸”，可以调节旋钮在屏幕上阅读——哪有今天我们用鼠标点击那么方便？

在本国科幻热退潮后，很多像我这样的读者转向了外国科幻作品，不幸的是那时候外国作品我们常常挑最糟糕的引进，除了飞碟就是水怪，翻译的数量和质量都差强人意，当然这是另外一个话题了。在这些萧条的日子里，我常常会哀叹我们文学家科学意识的薄弱，科学家人文素质的低下，更怀疑国人是否存在幻想能力的先天不足，总之，很有点本国科幻虚无主义的味道。我一直顽固地认为：当代中国文坛上，像王安忆、韩少功、莫言这样的“纯文学”作家，早已具备了向马尔克斯们叫板的实力，但我们的丹·布朗在哪里？我们的罗琳在哪里？我们的阿西莫夫在哪里？

转眼间走进了新时代，我渐渐开始闻到一些新的气息，感觉到新的潮流的涌动，耳边也开始听到人们又在叽叽喳喳地说一些名字。我终于读到了一个叫作刘慈欣的人的作品，然后我对中国人幻想能力的所有的悲观和怀疑仿佛在一瞬间烟消云散。事情是从我无意闯入《科幻世界》论坛开始的。我发现大家都在那里谈论一篇叫作《乡村教师》的作品，便忍不住找来看了。平淡的书名很可能恰恰是吸引我眼球的理由。这部短篇读到快一半的时候，我简直怀疑自己是不是弄错了，这里面没有一丝一毫科幻的味道啊。一个极度贫困山区的平凡的乡村教师到了肝癌的最后时刻，他用微弱的生命的最后一点余热，给小学生们上了最后一课，他想努力再塞给孩子们一点点知识，哪怕这些知识很可能对这些孩子的将来不会有一点点作用。这难道不就是《凤凰琴》的翻版吗？但是我读下去了，因为即使不是科幻，浓烈的文学味道已然把我卷入了小说中的情境，然后，突然出现这样的文字：

在距地球五万光年的远方，在银河系的中心，一场延续了两万年的星际战争已接近尾声。

那里的太空中渐渐隐现出一个方形区域，仿佛灿烂群星的背景被剪出一个方口，这个区域的边长约十万公里，区域的内部是一种比周围太空更黑的黑暗，让人感到一种虚空中的虚空。从这黑色的正方形中，开始浮现出一些实体，它们形状各异，都有月球大小，呈耀眼的银色。这些物体越来越多，并组成一个整齐的立方体方阵。这银色的方阵庄严地驶出黑色正方形，两者构成了一幅挂在宇宙永恒墙壁上的镶嵌画，这幅画以绝对黑体的正方形天鹅绒为衬底，由纯净的银光耀眼的白银小构件整齐地镶嵌而成。这又仿佛是一首宇宙交响乐的固化。渐渐地，黑色的正方形消融在星空中，群星填补了它的位置，银色的方阵庄严地悬浮在群星之间。

这后面的转折绝对是大家难以想象的。一个微不足道的乡村教师的最后一点可悲的努力，被作者融入了一个在时间和空间上都极为壮阔的太空史诗。而这个教师的意义，也被发挥到了一个广袤的宇宙的尺度，可以说这样的尺度在普通的文学作品中是很难达到的。我从来没有在中国的科幻文学中看到过如此宏伟的想象力，而这想象力又是从最平凡的角度展开，用坚实的技术化的细节来具体化。

刘慈欣的世界，涵盖了从奇点到宇宙边际的所有尺度，跨越了从白垩纪到未来千年的漫长时光，其思想的速度和广度，早已超越了“可上九天揽月，可下五洋捉鳖”的传统境界。但是刘慈欣的意义，远不限于想象的宏大瑰丽。在飞翔和超越之际，刘慈欣从来没有停止关注现实的问题，人类的困境，人性的极限。在他的许多作品中，世界都面临着各种巨大的危机，而在种种匪夷所思的解决方案中，正隐含着对种种现实问题的深切思考。在《微纪元》中，人类通过基因技术把自身缩小到细菌的大小，只要有很微小的生态系统，消耗很微小的资源就可生存下来。这恐怕是针对能源和生存空间危机，我们所能想象的最另类的解决方案了，但是刘慈欣在信手拈来之际，却把这个微世界的物理和生物特征写得丝丝入扣，栩栩如生。

在《超新星纪元》中，刘慈欣描绘了一个奇特的未来：全部的成人都被一种宇宙射线消灭，只有 13 岁以下的孩子因为具有免疫能力幸免于难。当地球上全部都是孩子的时候，这个世界会变得怎样？戈尔丁在《蝇王》里探讨过类似情境的哲学意义，著名当代作家刘恒在《逍遥颂》里挖掘过类似情境的政治意义。刘慈欣显然是从科学技术的角度来切入这一可能性，可是他绝不限于技术层面的想象，而是最终展开了此一命题的文化意义。物质的过剩是否也是一种灾难？网络的绝对民主会带来集体疯狂吗？终极的游戏是否会带来终极的战争？这样的未来无疑映射着现在。想想我们现在集体宠养的一个个似乎永远也长不大的“小皇帝”，我们就更能深切体会到刘慈欣这部作品的洞察力和强烈针对性。

刘慈欣的创作历程并不算很长，但他的爆发力一拨比一拨强悍，在读过最新出版的《三体》以及《三体Ⅱ·黑暗森林》以后，我毫不怀疑，这个人单枪匹马，把中国科幻文学提升到了世界级的水平。别的不说，光里面那个三体游戏，想象之奇崛恢宏，与任何世界科幻名著相比都毫不逊色。三体星系由于拥有 3 颗太阳，其不规则运动使得三体文明的生存条件极为严酷。为了应对变幻莫测的自然环境，他们随时可以将自己体内的水分完全排出，变成干燥的纤维状物体，以躲过完全不适合生存的恶劣气候。对于这一个极为奇幻的想象世界，刘慈欣充分发挥了他在硬科学上的特长，赋予这个世界完全真实可信的物理特性和演化发展规律。作为一个电脑工程师，刘慈欣甚至设计了一个三体程序，来模拟三体世界的运行轨道。刘慈欣以虚拟现实的方式，借用地球文明的外套，来讲述这个遥远文明两百次毁灭与重生的传奇，三体与地球遥相辉映，在最不可思议的生存景象中蕴含着触手可及的现实针对性，既是对地球文明自身的一种独特反省，又是在宇宙级别上的一种超越。要是换了别人，《三体》写到这个程度，早已可以满意收场了，但是对刘慈欣来说，好戏才刚刚开始。在构造了一个丰满坚实的三体世界以后，他进一步让三体世界、地球，甚至还有更高级的文明，发生更加猛烈而意味深长的碰撞。

在刘慈欣的作品中，我最看重的是他的想象方式。他的想象，和其他中国科幻作家们有很大的不同。刘慈欣的想象不是零散的，哪怕是在很短的短篇中。这些想象背后有一种组织和秩序，它们指向一个整体，这个整体我们通常称之为“世界”。我以为，中国科幻，甚至可以说整个中国文学中，最缺少的就是“世界”。比如，我们古代不乏灵动鲜活的传说，但是我们的神话故事多零碎、散断、各自独立，没有形成完整而系统的神话故事体系。中国古代神话的不发达，固然与重实际而轻玄想的现实传统有关，也使我们的民族文化缺乏一种关注类似“我们是谁，我们是什么，我们要到哪里去”那样的宏大叙事。中国古代有过灿烂的科技文化，但是后来陷入长期的停滞不前状态，这与我们强烈的现实主义思维方式有没有关联？中国古代的科学与文学，这两者之间有没有近似的同构关系？在《三体》和《三体Ⅱ·黑暗森林》中，刘慈欣描写了三体人用智子把人类的基础科学锁死，使得技术的发展最终在各个方向都碰上壁垒。在这背后，其实是有着深刻的历史与现实寓意的。

步入新世纪，中国的文学生态发生了天翻地覆的变化，传统现实主义大有式微之势，科幻小说逐渐登堂入室，奇幻小说更是异军突起，仿佛预示着那种认为中国人缺乏想象力的时代终将一去不返。但是我们好像总是喜欢从一个极端走向另一个极端。多少作品笔走龙蛇，随心所欲，天马行空，却脱离大地，忽视逻辑，漠视人性。在这一点上，刘慈欣又是具有宝贵意义的。当我们为他空前的想象力而迷醉时，又会被他锐利的思考和批判所震醒。如果说，我们的文学往往要么太现实，要么太虚幻，刘慈欣给我们提供了另一种可能，或者说一种宝贵的平衡。刘慈欣是新时代的，又是中国的。他仍然属于那个心系现实的伟大传统。民族国家、社会问题、城乡差别、地缘政治这些尖锐的问题从来没有从他的笔下消失，甚至连“文革”这样沉重的话题都可以从宇宙的视角来展开。在《光荣与梦想》里，人们设想用奥运会上的竞技替代战争血与火的厮杀，解决国际争端。在《魔鬼积木》中，处于弱势的非洲国家用基因工程来对抗世界强权。在《中国太阳》中，进城民工在三万六千公里高的同步轨道上，承担起清洁面积达三万平方公里的人造太阳镜面的使命，通过改变大气的热平衡来影响大气环流，最终改善了家乡的干旱与贫瘠。

在中国庞大的科幻大军中，刘慈欣一直被认为是“硬科幻”的代表，他痴迷于世界的构筑，科学的根据，细节的可信。这应该是一种褒扬，因为我们的大多数科幻作品，实在是太软太空了。但刘慈欣绝不仅仅满足于对技术的描写，而是自始至终都贯穿了对人类命运的深切思考。而这种思考，一旦从大尺度的时间与空间的角度展开，便获得了前所未有的开阔视野，其结论也往往令人震惊。在“2007 中国(成都)国际科幻·奇幻大会”期间，在女诗人翟永明开办的“白夜”酒吧，刘慈欣和著名科学史家、上海交通大学江晓原教授之间有一场十分精彩的论辩。刘慈欣的旗帜很鲜明：“我是一个疯狂的技术主义者，我个人坚信技术能解决一切问题。”在全世界敢这样直接亮出底牌的人不多，在中国就更少。刘慈欣举了一个例子，假设人类将面临巨大灾难，问在这种情况下可否运用某种芯片技术来控制人的思想，从而更有效地把人类组织起来，面对灾难。

这样的观点当然会引起巨大的争议，这正是在《三体Ⅱ·黑暗森林》中出现的场景。作为一个长期饱受人文主义思想熏陶的人，这一回我本应对刘慈欣的科学主义倾向大加挞伐。但是，在看完《三体Ⅱ·黑暗森林》后，我知道他看似极端的“科学至上”和“唯技术主义”的旧瓶子里面，其实已经装了很多的新酒。这也正折射了我们这个时代的一个重大转折：精神、人性、道德、信仰，这些原先是哲学家、伦理学家、神学家的专属论题，如今正日益受到科学家的关注。而理科背景、又是作为科幻小说作家的刘慈欣，恰好站在一个难得的位置上，从科学的角度审视人文，用人文的形式诠释科学。他超越了传统的道德主义，以惊人的冷静描写人类可能面临的空前的危机和灾难，提出了会被认为是极其残忍的各种解决方案，但是我们将理解他对人性的终极信念。刘慈欣相信最美的科幻小说应该是乐观的，中国的科幻作者们应该开始描写美好的未来，这是科幻小说的一个刚刚开始的使命。反乌托邦三部曲已经诞生，我们应该从中国的土地上创造出科学的乌托邦三部曲。

在这样一个终极的高度，刘慈欣涉及了信仰的问题。这本来就是中国传统文化中一种稀缺的元素，在科学飞速发展的今天，在偶像的黄昏，在“上帝已死”的现代，更是显得尴尬和不合时宜。但是，信仰不死，只是转型。未来、理想、乌托邦，这些都是人类永恒的心理需求。这些渴望在不同的时代会呈现出不同的面貌，在一个科学技术高度发达的时代，在宇宙大爆炸和坍缩的背景下，光年和基本粒子的尺度上，信仰又会采取什么样的形式，科学又会在其中扮演什么样的角色？

在刘慈欣的心目中，科幻小说的最高境界是幻想宇宙规律，并以此构建一个新世界。“这是最高级的科幻，因为没有比幻想宇宙规律本身更纯粹的科学幻想了；同时也是最难写的科幻，比如把万有引力与距离的关系改一下，成线性或 3 次方，那宇宙会变成什么样？这绞尽脑汁也难想出来。”他认为这是“造物主的活儿”。

从《流浪地球》《微纪元》《超新星纪元》到《三体Ⅱ·黑暗森林》，这个世界已经卓然成形，日趋丰满。对刘慈欣，我们有大希望。

（严锋，复旦大学中文系教授，学者）

目录

白垩纪往事

如果将整个地球的历史比作一天，那么一小时就相当于两亿年，一分钟相当于三百三十万年，一秒钟相当于五万五千年。

在上午八九点钟生命就出现了，而人类文明，只是在这一天最后一秒钟的最后十分之一秒出现的。从先哲们在古希腊的神殿前第一次辩论，从奴隶们放下金字塔的第一块基石，从孔子在茅屋中的烛光中收下他的第一个门徒，到你今天翻开这本书的第一页，只过去了滴答一声的十分之一而已。

而在这十分之一秒之前的那十几个小时中，地球上的生命在做什么？它们难道只是在游泳奔跑交配繁殖和呼呼大睡？它们的头脑在几十亿年的岁月中永远是那么冥顽？在进化之树的无数枝杈上，难道只有我们这一个小小的枝头发出了智慧之光？应该不是的。但智慧的萌芽成长为宏大的文明并不是一件容易的事情，需要很多的条件同时出现，这应是一次千载难逢的巧合。初生的智慧就像是旷野上的一个小火苗，来自任何方向的一阵微风都能将它吹灭；即使它引燃了周围的野草，这片小小的火焰也会很快被一小块空地或一条小溪所阻断，最后无声地熄灭；即使这火焰最后扩散成一大片野火，也多半会被一阵暴雨浇灭。总之，这火苗燃成燎原之火的概率是很小的。我们能够想象，在漫长的进化史中，初萌的智慧曾像点点萤火在远古的漫漫长夜中时闪时灭。

就在这地球的一天的二十三点四十分左右，也就是在距我们二十分钟左右的那个时间，地球上就出现过两个智慧的火苗。

这二十分钟并不短，它相当于六千多万年，那真的是一个遥远得你无法想象的时代，自那时起，人类的先祖要在几千万年后才出现，那时没有人，连大陆的形状都与现在大不相同，那是地质纪年的白垩纪晚期。

就在那时，地球上生活着一种叫恐龙的巨大的动物。恐龙有很多种，大部分个子很大，最重的有八十吨，也就是说相当于八百个人的重量；长有三十多米，有四层楼那么高。它们已经在地球上生活了七千万年，就是说它们在距今一亿多年以前就在地球上出现了。比起人类在地球上生存的几十万年来，七千万年确实是一段很长的时间，在这么长的时间里，如果有一串雨滴一直落在同一个地方，可能把地球滴穿；如果有微风一直吹着同一座大山，可能把这山吹平。如果有一个物种不断进化着，再笨也会变聪明，恐龙最后就变聪明了。它们拔起一棵棵大树，把枝叶去掉后只剩下树干，然后用藤条把一块大石头绑到树干的顶上。如果这是一块圆石头或方石头，那就是一把大锤子（这锤子可以一下砸扁我们的一辆汽车）；如果是一块扁石头，这就是一把大锹；如果是一块尖石头，那就是一柄大矛了！在做大矛时，恐龙会把大树顶上的一部分枝叶留下，以作为大矛飞行时的平衡尾翼之用。这大矛可能有十几米高，飞起来真像一颗哑导弹！恐龙们组成了原始的部族，居住在自己挖出的巨大山洞中。它们还学会了用火，把雷电产生的火种保留下来，用来为它们的巨洞照明或烤食物，那照明的蜡烛可能是一整棵几抱粗的大松树！它们甚至用一头烧焦的大树干在洞壁上写字，虽然只是画些简单的道道，记下昨天下了几个蛋，今天又有几个蛋孵出了小恐龙。更重要的是，恐龙已经拥有了简单的语言，它们的谈话在我们听来像几辆火车头在鸣笛……

与此同时，地球上的另一个物种也出现了智慧的萌芽，这就是蚂蚁。与恐龙一样，此时的蚂蚁也经历了漫长的进化。在各个大陆上，蚂蚁建起了自己的城市，这些城市或是一片林立的蚁塔，或者是地下错综复杂的迷宫。蚂蚁社会的规模比恐龙要大得多，有很多上亿只蚂蚁组成的王国，这些庞大的社会有着复杂而严密的结构，以一种机器般精确的节奏运转着。蚂蚁之间用化学气味进行交流，这些极其复杂精细的气味分子可以传递复杂的信息，这使蚂蚁拥有了比恐龙更复杂的语言。

虽然，智慧的曙光已经在地球上以巨大和微小的两种生物中出现，但在向文明迈进的路上，它们都有着自己致命的缺陷和不可逾越的障碍。

恐龙最大的缺陷是缺少一双灵巧的手。它们的爪子粗大而笨拙，虽然在相互搏杀中威力无穷（如一种叫恐爪龙的恐龙，爪子像锋利的军刀，专门用来划开其他恐龙的下腹），而且能够制造一些粗陋的工具，但无法进行精细的操作，不可能制造出复杂的工具，也不可能进行复杂的书写。而灵巧的双手是一个物种产生文明必不可少的条件，只有拥有这样的手，在思想的进化和生存活动之间才能形成良性循环。

蚂蚁则与恐龙相反，它们能够进行极其精细的操作，在地面和地下建成复杂的建筑，却没有丰富的思想。当蚂蚁聚集到一定数量时，就会产生一个群体智慧，这种智慧精确而刻板，很像计算机程序，蚂蚁群体就是在这种经过漫长时间形成的程序的指引下，完成精确的操作，建成一座座复杂的蚁城。蚂蚁社会像一台精确的大机器，每只蚂蚁只是这台机器上一个微不足道的小零件。当这个零件脱离机器而独立时，它的思想是极其贫乏而机械的。而文明所必需的创造性思维，都是由个体做出的，比如我们的牛顿和爱因斯坦都是个体，群体智慧的简单叠加并不能产生思想的升华，就像我们一亿个人一起拼命想，也不可能想出力学三定律和相对论。所以，以蚂蚁可怜的个体思维，是不可能产生文明所必需的文化和科学的。

如果按正常的途径，恐龙和蚂蚁的社会不可能继续进化，这两个物种中刚刚燃起的智慧之火将在时间的长河中渐渐熄灭，如它们之前和之后的无数物种曾经有过的那样，只是地球历史的漫漫长夜中闪现的两点转瞬即逝的荧光。

但就在这时，有一件事情发生了。

初　遇

这是白垩纪晚期普通的一天，真的不可能搞清是哪一天了，但确实是普通的一天，这一天的地球，是在平静中度过的。

让我们来看看这一天世界的形状吧。那时各大陆的形状和位置与现在大不相同，那时的南极大陆与澳大利亚连在一起，形成一个比现在大得多的大陆；那时的印度只是古地中海中的一个大岛；那时的欧洲是与亚洲分离的两块陆地。恐龙文明主要分布在两块大陆上，其一是冈瓦纳古陆，它在几亿年前原本是地球上唯一的完整大陆，现在经过分裂，面积已大为减小，但仍有现在的非洲和南美洲合起来那么大；其二是罗拉西亚大陆，是从冈瓦纳古陆分裂出去的一块大陆，后来形成现在的北美洲。

在这一天，在所有的大陆上，所有的生命都在为生存而奔波，在这蒙昧之中的世界，它们不知道自己从哪里来，也不关心自己到哪里去，当白垩纪的太阳升到正空时，当苏铁植物的大叶在地上投下的影子缩到最小时，它们只关心从哪里找到自己今天的午餐。

一头霸王龙找到了自己的午餐，它此时正处于冈瓦纳古陆的中部地区，在一片高大的苏铁林中的一块阳光明媚的空地上。它的午餐是一条刚刚抓到的肥硕的大蜥蜴，它用两只大爪把那只拼命扭动的蜥蜴一下撕成两半，把尾巴那一半扔进大嘴里，津津有味地大嚼起来，这时它对这个世界和自己的生活很满意。

就在距霸王龙左脚一米左右的地方，有一个蚂蚁的小镇，镇子大部分处于地下，里面生活着一千多只蚂蚁。霸王龙在空地上抓捕蜥蜴的行动使小镇产生了一场强烈的地震，好在小镇大部分处于地下，没有被恐龙的大脚踩毁。镇里的居民都跑到地面上，抬头仰望。在蚂蚁们的眼里，霸王龙占据了大半个天空，像一座直插云霄的巨峰，蚂蚁们处于这巨峰的阴影中，感觉像突然阴了天似的。它们看到在高空中，那一半蜥蜴的身体从霸王龙的一个巨爪里进入巨嘴中，它们听着恐龙咀嚼的声音，像是从高空传来的雷声。以往每到这时，伴着这雷声往往会下一场碎骨头和碎肉的大雨，那是恐龙吃东西时漏下来的碎渣，只要漏下一点点，这个蚂蚁小镇居民今天的午餐就有着落了。但这头霸王龙的嘴很严实，空中什么都没有落下来。不一会儿，霸王龙又把蜥蜴的另一半也扔进嘴里，高空的雷声再次响起，但骨头和肉的雨还是没有下起来。霸王龙吃完后，后退两步，满意地躺在树荫里睡午觉了。蚂蚁们看着空中的巨峰倒下，变成远方一道高大的山脉，大地剧烈地震动了一下，耀眼的阳光再次普照平原。蚂蚁们纷纷摇头叹息，今年的旱季很长，日子越来越难了，它们已经连着两天挨饿了。

就在蚂蚁们垂头丧气地向小镇的入口走去时，地震又发生了。它们回头一看，见那道山脉在大地上来回滚动着。蚂蚁们接着看到，霸王龙把一只巨爪伸进嘴里，在巨牙间使劲抠着。这时蚂蚁们明白了恐龙睡不着的原因：牙缝里塞了肉，很难受。

蚂蚁小镇的镇长突然间有了一个主意，它攀上一棵小草，向下面的蚁群发出一股气味语言，气味所到之处，蚂蚁们理解了镇长的意思，也发出气味把这信息更广地传播开来，蚁群中触角挥动，出现了一阵兴奋的浪潮。随后，在镇长的率领下，蚁群向霸王龙行进，在地面上形成了几道黑色的小溪。本来，对蚂蚁来说那道山脉远在天边，简直是看山跑死马的距离，但这时霸王龙又烦躁地打了一个滚，方向正对着蚂蚁这边，一下子把它和蚂蚁队列的距离拉近了许多，恐龙的一只巨爪凌空而下，正好落在镇长前方不远处，发出了一声天崩地裂的巨响，把整个队列的蚂蚁都震离地面老高，巨爪激起的尘埃像原子弹的蘑菇云般在蚂蚁们的前方升起。

不等尘埃落定，蚂蚁们便跟着镇长开始登上恐龙的巨爪。恐龙的手掌这时正与地面垂直，形成了一道崎岖不平的悬崖。但在善于攀登的蚂蚁面前这算不了什么，它们很快登到了悬崖顶部，爬上了恐龙的前臂，皮肤粗糙的前臂在蚂蚁眼中是一个沟壑纵横的高原，它们的队列在这沟壑间穿行，向后臂进发，蚁群的最终目标是霸王龙的大嘴。就在这时，霸王龙再次抬起巨爪抠牙缝，正在前臂上行进的蚂蚁们感到大地倾斜了，同时有一阵超重感，它们紧抓着地面以免被甩出去。霸王龙高大的头部占据了半个天空，它那缓慢的呼吸如掠过长空的天风，那一双巨眼凌空俯视着下面，让蚂蚁们不寒而栗。

霸王龙看到了前臂上的蚁群，挥起另一只手臂要把它们扫下去。它挥起的巨掌如一片乌云瞬间遮住了正午的太阳，蚁群所在的前臂平原立刻暗了下来。蚂蚁们惊恐地仰望着空中的巨掌，急剧挥动着它们的触须，镇长则抬起前爪指着恐龙的大嘴，其他的蚂蚁也学着镇长的样子，一起指着恐龙的嘴。霸王龙愣了几秒钟，终于明白了蚂蚁的意思。它想了想，把举着的那只爪子放了下来，前臂平原上立刻云开日出。霸王龙张开大嘴，将爪子的一根指头搭到它的巨牙上，形成了一座沟通前臂平原与巨牙的桥梁。蚂蚁犹豫着，镇长首先向手指走去，蚁群随后跟上。

一群蚂蚁很快走到了手指的尽头，它们站在那光滑的圆锥形指尖上，充满敬畏地向恐龙的嘴里看了一眼，它们仿佛面对着一个处于雷雨前的暗夜中的世界，一阵充满血腥味的潮湿的大风迎面刮来，那无尽的黑暗深处有隆隆的雷声传来。当蚂蚁们的眼睛适应了黑暗，模糊地看到黑暗中的远方有一大片更黑的区域，那片区域的边界还在不断地变换着形状，好半天蚂蚁们才明白那是恐龙的嗓子眼儿，隆隆的雷声就是从那里传出的，这声音是从那大黑洞的深处霸王龙庞大的胃发出的。蚂蚁们惊恐地收回目光，纷纷从指尖爬上了恐龙的巨牙，然后沿着牙面那白色的光滑峭壁爬下去。在宽大的牙缝中，蚂蚁们开始用它们有力的双颚撕咬卡在那里的粉红色的蜥蜴肉。不时有蚂蚁在大嚼之余抬头看看，看到它们两侧直刺天空的两颗巨牙，而在这两颗巨牙的上空，霸王龙上颚的另一排巨牙在斜射进来的阳光中闪闪发亮，仿佛随时都会砸下来似的。这时霸王龙已经把手指搭到了上排牙上，后来的蚂蚁在持续不断地爬上去，然后进入牙缝中吃肉，这使得上牙的情景仿佛是下牙的镜像。在恐龙的十几道牙缝中，有上千只蚂蚁在忙碌着。很快，牙缝中的残肉被剔得干干净净。

霸王龙牙齿间的不适感消失了，恐龙还没有进化到能说声谢谢的地步，它只是快意地长出一口气，一时间突然出现的飓风掠过两排巨牙，把所有的蚂蚁都吹了出去。蚁群像一片黑色的灰尘纷纷从空中飘落，由于它们身体极轻，都安然无恙地降落在距霸王龙头部一米多远的地方。饱餐一顿的蚂蚁们心满意足地向小镇的入口走去，而消除了齿间不适的霸王龙，又打了一个滚回到凉爽的树荫里，舒适地睡去。

这就是那件事情了。

地球在静静地转动着，太阳无声地滑向西方，苏铁植物的影子在悄悄拉长，林间有蝴蝶和小飞虫在静静地飞着，在远方，远古大洋上的浪花拍打着冈瓦纳古陆的海岸……

没有人知道，在这宁静的一刻，地球的历史已被扭向另一个方向。

文明的曙光

那件事情发生后又过了两天，一个同样炎热的中午，那个蚂蚁小镇中的居民又感到了来自地面的震动，蚂蚁们来到地面，看到了霸王龙顶天立地的身影，它们很容易认出这还是两天前的那一头。霸王龙蹲下来在地面上寻找着，找到了那个蚁群，它抬起一只大爪，指指张开的大嘴中露出的两排巨牙。蚂蚁们立刻明白了恐龙的意思，上千只蚂蚁一起兴奋地挥动着触角。霸王龙把一只爪子平放在地上，让蚁群爬上来。于是，两天前的一幕重演了，蚁群吃掉恐龙牙缝中的残肉，又饱餐了一顿，恐龙也因此解除了小小的痛苦。

在以后的一段时间里，这头霸王龙隔三岔五地来找这个小镇中的蚂蚁，让它们为自己剔牙。而当它还远在千米之外时，蚂蚁们就能感觉到它的脚步声，并能准确地把它同其他恐龙的脚步声区别开来。蚂蚁们能够根据脚步声判断这头霸王龙行进的方向，如果它是冲小镇而来，蚂蚁们就兴奋地来到地面，它们知道今天的食物有着落了。这场巨大和微小的生物间的合作渐渐变得越来越熟练，越来越默契。

一天，小镇的蚂蚁居民又听到了通过地层传来的脚步声，但这次与以往不同，它们熟悉的脚步声是夹杂在一阵陌生的震动之中的，当蚂蚁们涌上地面后，看到它们的那位合作者又带来了其他三头霸王龙和一头暴龙！它们都用爪子指着自己的牙请蚂蚁帮忙。镇长意识到自己的力量不够，就派了几只飞蚁火速飞去联系附近的其他蚂蚁小镇，很快，有三条蚂蚁的溪流从林中向空地会聚，在这里集结了六千多只蚂蚁。每头恐龙需要一千多只蚂蚁为它服务，或者说，它牙缝中的残肉可供一千多只蚂蚁吃饱一顿。

次日，来找蚂蚁剔牙的恐龙增加到八头，在以后的几天里，它们的数量又增加到十几头，大部分是大型的食肉恐龙，主要是霸王龙和暴龙。恐龙们踩倒了周围的苏铁植物，使这块空地的面积增大了许多，同时解决了周围十几个蚂蚁小镇的吃饭问题。

但这场地球上两大物种的合作基础并不牢固。首先，对恐龙来说，相对于它们面临的种种磨难，如捕不到猎物时的饥饿、找不到饮水时的干渴、与同类或异类搏斗时受到的创伤以及种种致命的疾病，吃肉时塞牙只是一桩小得不能再小的不适。有相当一部分来找蚂蚁剔牙的恐龙只是出于好奇和好玩儿。另一方面，对于蚂蚁而言，当旱季结束后，周围的食物会丰富起来，完全没有必要用这么另类的方式找吃的，到那地狱之门般的恐龙大嘴中赴那恐怖的宴席，对大多数蚂蚁而言并不是一件快乐的事情。

而就在这时，一头患虫牙病的暴龙的到来，把恐龙和蚂蚁的合作向前推进了一大步。

这天下午，共有九头恐龙来找蚂蚁剔牙，那头暴龙在牙缝里的残肉都被剔光后仍显得烦躁不安，它把前臂抬得高高的，不让上面干完活儿的蚁群离开，同时用另一只爪子不停地指着自己的牙。率领这群蚂蚁的镇长带着几十只蚂蚁重新回到了恐龙的嘴里，在那排巨牙上仔细地搜寻着。它们很快在光滑的牙壁上发现了几个洞口，每个都能容两到三只蚂蚁并排进入。镇长首先钻进一个洞口，几只蚂蚁跟着它爬了进去。它们仔细打量着洞壁，恐龙牙齿的质地很坚硬，能在这样的材料中打出这样的隧洞，显然是与蚂蚁一样的打洞好手。蚂蚁们摸索着向前走，突然，从一条支洞中冲出一条体形比蚂蚁大一倍的黑色虫子，它长着一对锋利的大颚，咔嚓一下把镇长的脑袋咬了下来。与此同时，不知从什么地方又冲出更多的黑虫，把隧洞中的蚂蚁队列分隔成几段，对它们发起凶猛的攻击。蚂蚁们猝不及防，转眼就被杀死大半，剩下的蚂蚁拼命突围，虽然冲出了黑虫的包围，但还是在迷宫般的隧洞中迷了路，只有五只蚂蚁跑出了洞口，其中的一只带着镇长的脑袋。蚂蚁的脑袋在与身体分离后相当长的时间内都保持着生命和知觉，当这五只蚂蚁把它带到恐龙的嘴外时，脑袋在失去生命前向仍停留在前臂上的一千多只蚂蚁说明了恐龙牙中的情况，并发布了命令。不一会儿，一支由二百只兵蚁组成的小小的军队进入了恐龙的大嘴里。它们首先扫荡镇长进入过的那颗牙，虽然兵蚁能征善战，但黑虫的体形比它们大得多，凭着对隧洞结构的熟悉，成功地阻击了兵蚁的进攻，杀死了十几只兵蚁，最后迫使它们退到洞外。正当蚂蚁军队一筹莫展时，另一个小镇的增援部队到达了，这是另一种类型的兵蚁，虽然体形更小，但可以进行威力无比的蚁酸攻击。这些兵蚁冲进洞内，迅速转身将尾部对准敌人，从尾尖喷射出密集的蚁酸液滴。被蚁酸击中的黑虫浑身冒出青烟，瞬间被烧成了焦黑的一团。另一支增援部队也赶到了，仍是体形较小的兵蚁，但它们的双颚带有剧毒，黑虫只要被咬一小口，就会抽搐两下后一命呜呼。

战斗全面展开，在暴龙的大嘴中，蚂蚁军队一颗牙接着一颗牙地扫荡着黑虫，牙面上的每个蛀洞口都有蚁酸的青烟冒出。一队工蚁不断地把黑虫的尸体从大嘴中搬运出来，放到恐龙大爪掌心的一片树叶上，不一会儿，树叶上堆满了死黑虫，其中被蚁酸烧焦的还在冒出青烟。另外几头恐龙围着暴龙，惊奇地看着这一切。半小时后战斗结束，牙中的黑虫已被肃清。暴龙的口中满是蚁酸的怪味，但困扰了它大半生的牙病消失了，它兴奋地大声吼叫起来，把这奇迹告诉在场的所有恐龙。

消息很快在森林中传开，来找蚂蚁的恐龙骤然增多，它们中有一部分仍是来剔牙的，但大多数是来治牙病的，因为无论在食肉或食草恐龙中，虫牙都很普遍。聚集到此的恐龙最多时可达几百头，相应地，前来服务的蚂蚁数量也急剧增加。与恐龙不同，蚂蚁到来后一般不再离去，在这里逐渐形成了一个人口超过百万的大城市，这座名叫牙城的城市成为地球上第一个蚂蚁和恐龙的汇聚地。每天，众多庞大的恐龙穿行在蚁流纵横的土地上，呈现出一派繁荣景象。

随着业务量的增加和旱季的结束，蚂蚁们不再满足于恐龙牙缝中的残肉，恐龙们则用新鲜的骨头和肉作为蚂蚁医疗服务的报酬，这样，牙城的蚂蚁便不用自己去觅食，而成为专业的牙医。专业化使得蚂蚁的医疗技术取得了突飞猛进的发展。

在清除牙齿蛀虫的战斗中，蚂蚁们常常沿蛀洞到达恐龙的牙齿根部，在这牙齿和牙龈的结合部，它们看到一些半透明的粗大管道，当这些管道在战斗中受到触动时，恐龙口中就会发生剧烈的地震。蚂蚁由此渐渐明白，这些管道受到刺激时会引发恐龙的疼痛感，后来它们把这些东西叫神经。蚂蚁们在很久以前就知道，吞食一种双叶草的根部会令它们四肢发麻地昏睡过去，有时候能睡好几天，在这期间即使把蚂蚁的一条腿扯下来它也没有痛感。于是它们把这种草的汁液涂到恐龙牙齿根部的神经上，再触动这些神经就不会发生地震了。患牙病的恐龙的牙肉常常溃烂，而蚂蚁们早就知道另一种草的汁液能促进伤口的愈合，于是它们将这种草的汁液涂到恐龙牙肉的溃烂处，那些部位果然很快痊愈。这两项止痛和消炎技术的产生，使得蚂蚁不仅能够根治恐龙的虫牙，还能够治疗不是由牙蛀虫引起的其他牙病，如上火牙痛和牙周炎等。

然而，蚂蚁医学技术的真正革命，是由到恐龙体内的大探险引发的。

蚂蚁是天生的探险者，这不是出于好奇心——蚂蚁是没有好奇心的动物，而是出于寻找和拓展生存空间的本能。当它们在恐龙的两排巨牙上消灭蛀虫、浇注药汁时，不时向恐龙嘴的深处望上一眼，那黑暗潮湿的内部世界勾起了它们探险的欲望，但那个世界的诡异和险恶又使蚂蚁们迟迟不敢尝试这个壮举。

恐龙体内的大探险时代是由一只名叫答巴的蚂蚁开创的，它是在白垩纪文明史上最早留下名字记载的蚂蚁。在经过充分的准备后，利用一次治疗虫牙的机会，答巴率领一支由十只兵蚁和十只工蚁组成的小小的探险队向那头霸王龙大嘴的深处进发。探险队在极度潮湿的空气中穿越了狭长的舌头平原，舌苔如无数块白色的巨石，铺满了平原，组成了一个壮观的巨石阵，一直延伸到远方的黑暗之中，蚂蚁探险者们穿行于这表面黏滑的巨石之间。随着恐龙嘴的张合，外界的亮光透过牙缝照进来，这亮光斜射在舌头平原上，时隐时现，像天边的闪电，给舌苔的巨石阵投下晃动的长影子。当恐龙的舌头蠕动时，整个平原如波浪般起伏，巨石阵中出现变幻的波纹，这噩梦般的景象令蚂蚁们胆战心惊，但它们还是坚定地走下去。有时，当恐龙咽唾沫时，便有黏稠的洪水从平原的两侧突然涌出，瞬间淹没整个平原，蚂蚁们紧抓着舌苔以防被冲走，等洪水退后才能继续前进。

终于到达了舌根。在这里，来自远方的光亮减弱了许多，隐约照出了两个巨洞的洞口。其中的一个洞口狂风呼啸，风向一进一出，每隔两三秒钟就转向相反的方向。另一个巨洞没有大风进出，但从那深不可测的洞底传出低沉的咕隆声，这声音蚂蚁们在牙齿处作业时早已熟悉，但在这里增大了许多，更像滚雷的声音了。后来知道，这两个巨洞分别是恐龙的呼吸道和食道。比起狂风，那神秘而恐怖的声音更令蚂蚁们害怕，于是它们决定走呼吸道。在答巴的率领下，探险队小心翼翼地行进在光滑的洞壁上，当顺风时，就赶紧前行几步，逆风时无法行走，只能低身伏下紧紧抓住洞壁。蚂蚁们并没有走进多深的距离，它们的肢爪对呼吸道产生了微小的刺激，恐龙轻轻咳嗽了一声，彻底结束了蚂蚁的第一次探险，一股拥有不可思议的强度的飓风从巨洞深处突然刮出，将所有的探险队员们扫离地面，以闪电般的速度将它们吹过舌头平原，队员们有的撞到巨牙上，有的则被直接吹出了恐龙的大嘴。

答巴在这次失败的探险中失去了一条中腿，但它没有气馁，很快组织了第二次探险。这一次，探险队没有走气管，而是走食道。这次探险行程的开始还是比较顺利的，到达舌根后，蚂蚁们进入了食道，沿着这个巨洞向前走出了很长的距离，黑暗中，这巨洞似乎无穷无尽，从那漆黑的深渊里传来的咕隆声越来越大。就在这时，蚂蚁们身处其中的这头霸王龙走到小溪边喝了一口水。在食道中行进的蚂蚁们听到身后传来轰鸣声，这声音迅速增大，很快盖住了前方传来的声音。正当答巴命令探险队站住，想弄清是怎么回事时，充满了整个巨洞的洪水铺天盖地而来，裹挟着所有的蚂蚁沿食道冲刷而下。答巴在这不可抗拒的急流中翻滚着，晕头转向，但它知道自己正在同洪水一起快速掠过长长的距离，冲向恐龙的胃中。最后，答巴感觉自己重重地跌落在什么地方，似乎陷入泥浆状的物质中。它拼命地划动着肢体，想从这泥浆中钻出去，但在这黏稠的东西中动弹不得，好在后面的洪水接着冲下来，稀释了泥浆，并使一切都翻腾起来。当这里平静下来后，答巴浮到了泥浆表面。它试着行走，脚下一片稀软，但泥浆上也浮着一层固体块状物，大小和形状都不一样，这使得答巴的爬行成为可能。它深一脚浅一脚地爬了很长时间，终于到达了泥浆的尽头。它的面前是一道柔软的墙壁，墙壁上布满纤毛，那些纤毛与蚂蚁的体长差不多，像一片怪异的矮树林。后来知道，这堵墙壁就是胃壁了。答巴沿着胃壁向上爬，它所到之处，周围的纤毛都卷曲起来，想把它抓住，但它们动作很慢，每次都抱了个空。这时答巴的眼睛已经适应了这黑暗的内部世界，它发现这里并非一片漆黑，而是弥漫着微弱的亮光，这可能是少量透过恐龙皮肤的外界光亮。借着这微弱的亮光，答巴看到了也在胃壁上爬行的另外四只蚂蚁，并与它们会合了。这五只蚂蚁惊魂稍定后，向下看到了后来被称为消化之海的地方，那就是它们刚刚脱离的泥浆区。消化之海是一大片粥状的沼泽，它的表面缓慢地翻滚着，不时有一个大泡泡爆裂，发出那种它们熟悉的咕隆声。答巴看到在下面不远处，当一个大泡泡爆裂后，有一根短粗的东西戳出了消化之海的表面，然后缓慢斜倒了，它看清那是一条蜥蜴的腿。紧接着，又有一个三角形的巨大物体浮了出来，那物体上有一双白色的大眼睛和一张大嘴，那是一个鱼头。接着，答巴在消化之海中认出了更多的还未完全消化的东西，大多是一些没被嚼碎的动物残体和骨架，还有一些野果的核。这时，旁边的一只蚂蚁推了答巴一下，提醒它注意它们所附着的胃壁，答巴看到胃壁上到处都在分泌出一种透明的黏液，这些黏液汇成一道道溪流，这些溪流反射着微弱的光亮，在纤毛的丛林间缓慢地向下面的消化之海流淌，后来知道这就是具有消化功能的胃液。几只蚂蚁的身上已涂满了胃液，使它们浑身都感到刺痛，这痛感迅速增强，很快变成一种烧灼感，以前只有在被蚁酸击中时才有这种感觉。

"我们正在被消化呢！"一只蚂蚁喊道，答巴很奇怪，在这充斥着浓烈怪味的浑浊的空气中，竟也能分辨出同类的气味语言。

它说得不错，蚂蚁们正在被恐龙的胃液消化，首先被消化掉的是纤细的触角，答巴看到自己的两根触角都被腐蚀得只剩一半了。

"我们得赶快出去！"答巴说。

"怎么可能呢？路长着呢！我们没有力气了。"一只蚂蚁说。

"我们爬不动了，我们的脚已经被消化了！"另一只蚂蚁说，答巴这才注意到，自己的六只脚已被胃液腐蚀得残缺不全，其他四只蚂蚁的脚也一样。

"唉，要是再有一场洪水把我们冲出去就好了。"一只蚂蚁异想天开地说。它的话提醒了答巴，它盯着这只蚂蚁看，认出它是一只双颚带有剧毒的兵蚁。

"笨蛋，你就能制造出那样一场洪水啊！"答巴冲兵蚁喊道。

兵蚁迷惑不解地看着探险队长。

"咬它，让它恶心！"

兵蚁明白了队长的意思，立刻在胃壁上乱咬起来，很快咬断了好几根纤毛，又在胃壁上咬出了很多划痕。胃壁剧烈地颤抖起来，然后开始蠕动变形，蚂蚁们死抓住纤毛才使自己没被甩下去。答巴发现纤毛丛正在变密，显然是胃在收缩，恐龙要呕吐了。随着胃的收缩，消化之海的海面急剧上升，很快升到了五只蚂蚁所在的位置并带走了它们。五只蚂蚁被飞速上升的消化之海裹挟着，在很短的时间里穿过了长长的食道，又掠过舌头平原，越过恐龙张开的两排巨牙进入了广阔的外部世界，重重地跌落在草地上。

五只蚂蚁探险者费了很大劲才从那一大堆呕吐物中爬出来，它们看到了一片蚂蚁的海洋，有几十万只蚂蚁在向它们这些伟大的探险家欢呼。

向恐龙体内的大探险时代开始了，这个时代对于蚂蚁文明而言，如同大航海时代对于我们人类一样重要。继答巴开创性的壮举之后，一支又一支的蚂蚁探险队通过食道深入了各种恐龙的体内，蚂蚁们发现，在恐龙饮水和进食时，搭乘水和嚼碎的食物进入是最快捷的方式。

蚂蚁们知道，一头恐龙至少是由两个世界组成，一个是它们已经多次探索的消化世界，另一个则是它们从未进入过的呼吸世界。答巴伤愈后，以只剩五条腿和半根触须的身体，率领一支探险队再次进行从气管进入恐龙的探险。这一次，探险队由体形较小的蚂蚁组成，并拉长了队列的间距，以尽量减少对恐龙呼吸道的刺激，避免灾难性的咳嗽的发生。比起食道探险，气管探险的旅程是异常艰苦的，因为没有食道中下咽的水或食物可以搭乘，还必须顶着强风前进，只有最强壮的蚂蚁才有可能走完全程。但这位伟大的探险家和它的探险队再次成功了，它们首次进入了恐龙的呼吸世界。与潮湿憋闷的消化世界不同，呼吸世界充满着劲风和气流。在恐龙的肺中，蚂蚁们目睹了空气在肺泡构成的巨大立体迷宫中溶入血液的壮观景象。而这不知从何发源的血液的大河告诉它们，恐龙身体内一定还存在着其他的世界。很长时间以后它们才知道，恐龙体内不仅有血液循环世界，还有神经世界和内分泌世界。

大探险的第三阶段是对恐龙头颅内部的探测。最初蚂蚁试图通过鼻孔进入，蚂蚁的刺激使恐龙打了一个喷嚏，而喷嚏所产生的气流的速度比气管探险中遇到的咳嗽要大得多，这超高速的气流把鼻孔中的蚂蚁们像枪弹般喷射出来，并撕碎了探险队大部队成员的身体。以后，对恐龙头部的探测改由耳朵进入并取得了成功。蚂蚁们考察了恐龙的视觉和听觉器官，看到了这些精致的系统。蚂蚁们还到达了恐龙的大脑，对这个器官的作用十分迷惑，很多年后才搞清了它存在的意义。

至此，蚂蚁们对恐龙的身体构造有了详细的了解，这为下面的医学革命奠定了基础。

蚂蚁们常常能够见到生病的恐龙，它们骨瘦如柴，双目暗淡无光，动作缓慢无力，在痛苦中发出连绵不断的呻吟。这些恐龙中的相当一部分会在不久后死去。蚂蚁探险队也多次进入这些生病的恐龙的体内，通过与健康恐龙的比较，蚂蚁们很容易确定恐龙病变的内脏器官和病灶的位置。蚂蚁们曾设想过很多种治疗恐龙内脏疾病的方案，但没有一项能够实际试验。因为这种治疗是一项庞大的工程，而以前蚂蚁进入恐龙体内都是在后者不知情的情况下进行的，如果事先知道蚂蚁要钻进它们的肚子里或脑袋里，绝大部分恐龙会拒绝的，即便是为它们治病也一样。

划时代的突破发生在一头名叫拉里加的鸭嘴龙身上，它也是在白垩纪文明史上最早有名字记载的恐龙。

一天，拉里加恐龙步履艰难地来到牙城，一看它那虚弱的样子，蚂蚁们就知道它生病了。像看到其他的恐龙顾客到来时一样，一个约有五百只的蚁群迎上来为它服务。拉里加张开大嘴，伸出一只爪子向嘴里指。这个动作是多余的，到这里来的恐龙肯定是来治牙的。但带队的蚂蚁医生阿维(它后来成为蚂蚁内科医学之父)注意到,与其他恐龙不同,拉里加不是在指自己的大牙,而是向更深处指着自己的嗓子眼儿。然后,它又指指自己的肚子,做了一个苦脸,意思是自己肚子疼,接着再指指嗓子眼。那意思很明白,是请蚂蚁到它的肚子里看病。于是,阿维医生率领几十只蚂蚁,进行了有史以来第一次经过恐龙允许的体内考察。诊断小队由拉里加的食道进入它的胃里,很快发现了胃壁上的病变区。但以阿维领导的蚁群目前的力量,进行这样大规模的治疗是根本不可能的,于是从恐龙的嘴里出来后,阿维紧急约见牙城市的市长。

阿维向市长说明了情况,要求增派五万只蚂蚁,并调拨麻醉药和消炎药各三公斤。

市长生气地挥动着触须说:“您疯了吗医生?今天恐龙病人很多,抽调这么多的蚂蚁,就得耽误对将近五六十个恐龙的服务。特别是还要那么多的药,那些药够我们使用上百次的!那个鸭嘴龙病恹恹的,根本没有力气搞到骨头和肉,用什么来偿付这次超级治疗?!”

阿维说:“把眼光放远一些,市长先生,如果这次治疗行动成功,那蚂蚁以后能为恐龙治疗的就不仅仅是牙病了,我们几乎可以治所有的病,那样蚂蚁对恐龙的业务量就会猛增十倍或百倍,我们会赚到数不清的骨头和肉,您的这座城市也能扩展到很大很大!”

市长被说服了,给了阿维它想要的蚂蚁、药品和权力。

由五万只蚂蚁组成的大蚁群很快完成集结,两堆药品也运来了。生病的鸭嘴龙平躺在地上,蚂蚁大军浩浩荡荡地从它张开的大嘴中进入,每个蚂蚁都携带着一个小小的背囊,其中装着药品。几百头高大的恐龙围成一圈,目瞪口呆地看着这伟大的壮举。

“这个白痴竟然允许这么多的小虫子爬进它的肚子里!”一头暴龙气愤地说。

“这有什么？我们不是已经允许它们爬进嘴里了吗?”一头霸王龙不以为然地说。

“我只允许它们爬到我的牙上,但肚子里不一样!”暴龙回答。

“如果真能治好病……”一头个子不高的剑龙从后面伸头看着说。

“为了治病就让它们爬进肚子里吗？以后它们还会爬进我们的鼻子耳朵里、眼睛里,甚至脑子里,谁知道那时会发生什么?!”暴龙生气地盯着剑龙说。

“管他呢,如果什么病都能治好,那生活该多么舒服。”霸王龙摸着下巴说。

“是啊是啊,那生活该多么舒服,生病太可怕了……”周围的恐龙们纷纷附和。

手术的第一步是对拉里加胃中的病变部分进行麻醉,在阿维的指挥下,蚂蚁们开始把那几公斤从植物中提炼的原本用于治疗恐龙牙科手术的麻醉药向鸭嘴龙的胃里搬运。麻醉完成后,在拉里加胃中的几千只工蚁开始切除病变部分,这是一项很大的工程,切除下来的胃组织被不断地运到恐龙体外,在这过程中,搬运蚁形成了一条长长的不间断的黑线,传递着被工蚁切下来的胃组织。在地面上那条黑线的尽头,被运出的黑色的胃壁腐坏组织越堆越高。当病变组织切除完成后,手术的最后一步是将消炎药敷在胃内的创口上,这又开始了向鸭嘴龙体内的浩浩荡荡的搬运。整个体内手术历时三个小时,在日落前完成了。当所有的蚂蚁撤出后,拉里加说它的肚子已经不痛了。几天后,它的身体完全康复。

消息在冈瓦纳古陆的恐龙世界中迅速传开，到牙城来看病的恐龙数量比以前猛增了十多倍，与此同时，也有数量更为巨大的蚂蚁到牙城来谋生。

随着业务量的大量增加，蚂蚁的医疗技术也在一日千里地发展。它们能够深入恐龙体内治疗消化系统、呼吸系统的各种疾病，后来治疗的范围扩大到需要更为精湛技术的血液系统、神经系统、视觉和听觉系统，甚至脑系统，新的药物也在不断地被研制出来，提炼这些药物的原料不仅有植物，还有动物和无机矿物。同时，在恐龙体内的手术技术也飞速发展。例如：现在进行消化系统的手术时，已不需要一长队的蚂蚁从恐龙的食道里爬进去，而是采用“蚁丸”技术进入：约千只蚂蚁抱在一起，形成了一个直径十至二十厘米的“蚁丸”，恐龙病人则像吞药片一样用水将一粒或多粒“蚁丸”吞下肚去，这项技术使手术的效率大为提高。

在蚂蚁大都市牙城急剧膨胀的同时，前来就医的一部分恐龙留了下来，在距牙城不远处形成了一个恐龙城市，由于这些恐龙用大石头盖住所，蚂蚁们将这座城市称为巨石城。牙城和巨石城后来都成为冈瓦纳蚂蚁帝国和恐龙帝国的首都。

与此同时，在那些看完病离去的恐龙中，有一部分带走了数量不等的蚁群，并把这些蚁群带到分布在冈瓦纳古陆上其他的恐龙城市和聚居地。蚁群到达这些遥远的地方后，就把牙城的医疗技术传授给当地的蚂蚁，这样，龙蚁合作在冈瓦纳古陆上渐渐传播开来。至此，龙蚁联盟的基础已经巩固。

但是，到目前为止，地球上两大物种的这种联盟还只是一种高级的生物共生关系：蚂蚁用为恐龙提供的医疗服务换取食物，而恐龙则用食物换取医疗。虽然自蚂蚁为恐龙剔牙以来，这种交换行为已经进化了许多，但本质没有改变。其实，在地球上这种不同生物间互利互助的关系早已存在，而且一直延续到我们今天。举一个今天仍存在的与蚂蚁和恐龙共生较为相似的例子：海洋生物的清洁性共生。清洁生物可以从一些鱼类身上清除外部的寄生虫、细菌及藻类等，也可以清除鱼类身上的伤口组织或食物残渣，清洁者亦可以饱餐一顿。此外，清洁者会固定出现在特定的“清洁站”等待被服务的鱼类光临。清洁者和被清洁者间会建立讯息传递的途径，比如说当一只清洁虾欲接近大鱼清洁时，会先用触角接触大鱼，如果大鱼此时希望接受服务会先将身体偏斜，同时将鳃盖及口张开表示接受，清洁者在接收到这善意的回应后才会放心地进行服务，否则就有被大鱼吃掉的危险。清洁性共生关系的建立对鱼类而言非常重要，一旦将清洁生物自某一区域移除后，将会造成该区域内鱼类的健康状况恶化，并且会减少鱼类的数量。

但是，这种共生关系有它的局限性，共生的两种生物间仅仅是因为生存的需要而聚合在一起，它们所交换的，也仅仅是低级的生存所必需的食品和服务。向文明的进化要求共生者之间交换更高级的东西，进行更高层次的合作，建立一个不仅仅是共生，而且是共同进化的联盟。

在巨石城发生了一件事，使龙蚁联盟的内涵产生了升华。

字　板

字板是恐龙世界必不可少的一件东西，它的作用相当于我们书写用的纸张。字板分为固定式和移动式两种。固定式的字板又称为字山或字石，也就是一座有较平整的山坡或断崖的小山，或者一块有着光滑平面的大岩石，恐龙把巨大的文字刻在上面。移动式字板可由多种材料制成，常见的有木制、石制和皮制三种。木制字板一般是从正中径向劈开的一棵大树树干的一半，在剖面上刻字。由于这时恐龙还没有使用金属，更没有锯子，所以不会制造木板，只能用大石斧把树干从正中劈开作此用途；石制字板就是一块块表面能刻字的扁平大石片，形状大小不一，但最小的也有我们的圆桌大；皮制字板是用各种兽皮或蜥蜴做的，用植物或矿物颜料在上面写字，常常是将许多张皮连接在一起组成一块字板。

由于恐龙爪子的粗大和笨拙，无法握住较细小的刻字或写字工具，也缺少进行精细书写的灵敏性，所以它们写出或刻出的字都很大，恐龙能写出的最小的字也有我们的足球那么大，这就决定了字板都是庞大而笨重的。即使是在一片这样的大字板上，也写不下多少字。那些庞大的字板一般都是一个恐龙部落或城市的公共所有，上面简单记录着集体的财产、成员情况、生育或死亡情况、生产情况等。一个由千头左右的恐龙组成的部落，其成员的花名册就需要二三十棵大树制成的字板才能写下，一次会议的简要记录可能需要上百张兽皮。字板的制造对恐龙的生产和生活资料是一项很大的消耗，而当部落或城市迁移时（对仍处于狩猎时代的恐龙社会这是经常发生的），携带数量众多的各种字板则更是一个沉重的负担。正因为这个原因，虽然恐龙社会早在一千年前就产生了文字，但其文化的发展一直十分缓慢，在最近的百年间几乎停滞不前。至今恐龙的文字仍十分原始，也只有简单的一进制数字和数量不多的象形文字，远远落后于其语言的进化。而文字进化的迟缓也成了恐龙世界科学和文化发展的最大障碍，这使得恐龙社会长时间停滞在原始状态。

这是一个物种不灵活的双手阻碍其进化的典型例子。

恐龙昆达是巨石城中一百多名字工中的一员。恐龙世界中的字工这个职业相当于我们的打字员和印刷工的结合体，负责抄写字板。现在，昆达正同其他二十多名字工一起在堆积如山的字板前工作，要给巨石城的居民名册抄一个备份。名册大部分刻在木字板上，数不清的半扇树干被码成一个个小山高的堆垛，使昆达和同事们的工作场地看上去像我们的木材堆放场。

现在，恐龙昆达左爪握着一把粗笨的石刀，右爪拿着一把大石锤，正在把一块近十米长的木字板上的象形文字抄刻到两块短些的新字板上。这枯燥又劳神的工作它已经干了好几天，但眼前这个由它负责抄写的树干堆垛的高度好像一点儿都没有降低。昆达扔下石刀和石锤，揉揉疲惫的双眼，靠在字板堆上长叹一声，对自己的乏味的生活心灰意冷。

正在这时，一群蚂蚁从它面前的地面上经过，有千只左右，可能是刚动完手术返回的。昆达灵机一动，起身拿出了两条风干的荧光蜥的肉对着蚁群挥动着。荧光蜥是一种夜晚发出荧光的蜥蜴，它的肉是蚂蚁最爱吃的。蚁群被吸引过来，昆达指指它正在抄写的那块字板，又指指只刻上两个半字的空字板，冲蚂蚁比画了一阵儿。蚂蚁们立刻明白了它的意思，纷纷爬上了木字板白色的光滑面，开始用自己的双颚刻字。

昆达得意地躺回到字板堆上，它知道蚂蚁干这活儿要比自己慢得多，但蚂蚁是最有耐心和韧性的动物，它们总能干完的，而自己可以好好悠闲一阵儿了。昆达呼呼睡去，梦见自己神气活现地率领着一支上百万的蚂蚁大军，蚁群将几百块空白大字板覆盖成黑色，时间不长蚁群撤下，这些字板立刻变成白色，每块字板上已刻好了一行工整的大字……它突然被脚趾的一阵微微的刺痛弄醒了，抬头一看，看到几只蚂蚁正在啃咬自己的左脚趾，这是蚂蚁向恐龙打招呼的方式。脚趾上的蚂蚁见它醒来，就一起用触须指指那块它们负责抄写的字板，意思是活儿干完了。昆达抬头看看太阳，发现没过去多长时间，再看看那块字板，一时间火冒三丈。除了把自己刻的那半个字按原大小补齐外，蚂蚁们在木板上咬出的字要小许多倍，像那三个大字的一行小尾巴！这种偷工减料的行径不仅没能完成工作，还糟蹋了一块字板！昆达早就知道蚂蚁的奸诈狡猾和唯利是图，现在得到了印证，它举起一根扫帚要进行惩罚，但无意中又扫了一眼那块字板后，脑子里灵光一闪：蚂蚁们咬出的字虽然小很多，但完全可以被恐龙的眼睛辨认出来。以前字板上的字很大，不是为了便于阅读，而是恐龙没有足够灵巧的手刻出或写出那么小的字来。看到那一群蚂蚁一起冲它拼命舞动着触须，想来也就是想说明这个意思。

昆达扔下扫帚，换上一副笑脸，把一根荧光蜥肉条放到蚁群中，又引诱地挥动着另一根，然后蹲在那块字板前，对着三个大字和一行小字比画着，问蚂蚁能不能把字刻得更小些。蚂蚁们过了好一阵儿才明白了它的意思，它们一起点点触须示意当然可以，然后一起爬上字板空白的部分开始工作。不一会儿，它们就刻出了一行更小的字，每个字的大小相当于我们这本书封面的标题，内容与刚才刻的那行字一样。蚂蚁并不识字，它们只是照着原稿的样子刻。昆达把剩下的那条肉送给蚂蚁，然后用石斧把字板上有小字的那一小段截下来，夹在胳膊下兴高采烈地去见市长。

由于昆达地位卑微，在用巨大的石块建成的市府前，那些门卫挡住它不让进。昆达把那一小段字板举到它们面前，那些高大威猛的恐龙卫兵盯着那截木片，目光由惊奇变为敬畏，仿佛面对着一件圣物，然后它们又把目光转向昆达，像看圣人似的看了它半天，放行让它进去了。

"你拿的是什么？牙签吗？"市长见到昆达后问。

"不，大人，这是一块字板。"

"字板？你是个白痴吗？它连半个字也写不下啊。"

"可它上面已经写了三十多个字，大人。"昆达说着，把那一小截木头递上去。

市长接过字板，也露出了刚才卫兵们的那种敬畏的目光，好一阵儿它才抬头看昆达："这，不会是你刻上去的吧。"

"当然不是，大人，是一群蚂蚁刻的！"

小字板在市府官员们的手中传开来，就像我们传看一件象牙微雕艺术品一样。这些身处巨石城统治阶层的恐龙们七嘴八舌地议论起来。

“真神奇，这么小的字！”

“但完全能阅读！”

“其实早在先祖时代就有很多前辈试图写出小字，但都失败了。”

“是啊，这些小虫子们真能干。”

“我们早该想到，除医疗之外，还可以让蚂蚁为我们干更多的事！”

“如果用这样小的字进行书写，那要节省多少制作字板的材料啊！”

“是啊，而且携带方便，说不定我一个人就能把全城市民的花名册带走呢！而以前我们要上百头恐龙搬运工才能运输！”

“还有一点大家没有想到：做字板的材料也应该有变化！”

“对，为什么非要用树干？这么小的字，用树皮不是更轻便吗？”

“对对对，树皮，还有小张的蜥蜴皮，都是更便宜的东西！”

…………

市长挥手打断了大家的议论：“好了，以后就让蚂蚁为我们写字！首先，组建一支蚂蚁书写大军，要百万以上的！就由……”市长环视一圈，目光最后落到昆达身上，“你来负责！”

昆达实现了它的梦想，而巨石城，乃至整个恐龙世界都将节约大量原用于制造字板的木材、石材和兽皮。但与这件事在白垩纪文明史上的真正意义相比，这一切都显得微不足道了。

由蚂蚁书写的小型文字的出现，使得大信息量的书写成为可能，恐龙的文字也随之发展得更加完善和丰富。这样，恐龙世界各个领域的经验和知识就可以系统完整地以文字和公式记录下来，并以这种方式广为传播，而不是像以前那样只能凭记忆和口授来保存。这一巨大的进步，对白垩纪文明的科学和文化都产生了巨大的推动力，使得已长期处于停滞状态的白垩纪文明进入飞速发展的阶段。

与此同时，蚂蚁精细操作的技能更多地进入恐龙世界的各个领域。以计时技术为例：恐龙们早就发明了日晷，但它们是用一棵大树的树干作为影针，在周围画出粗糙的刻度，这种粗笨的日晷只能固定于某个地方。由于蚂蚁技能的介入，日晷可以做得很小，刻度也更加精细，恐龙可以很方便地随身携带。后来，恐龙又发明了沙漏和水漏计时器，它们也许能做出这种设备所需的容器，但那些关键的小孔则只能由蚂蚁来钻出了。后来钟表的制造更是离不开蚂蚁，因为即使是一个比恐龙还高大的落地钟，其中也有许多只能由蚂蚁才能加工的精细零件。

然而，蚂蚁的技能对文明进化的最有意义的地方，除了文字书写之外，还在于科学实验方面。由于蚂蚁的精细操作能力，以前恐龙不可能进行的准确测量现在成为可能，这使得恐龙世界早期的科学实验纷纷由定性转为定量，更多的以前不可能进行的实验研究变为现实，这使得白垩纪世界的科学开始了飞速发展。

现在，蚂蚁已成为恐龙世界不可少的一部分。有身份的恐龙总是随身携带着一个小型蚁穴，外形大多是一个木球，里面居住着几百只蚂蚁。当恐龙需要书写时，它就在桌面上展开一张树皮或兽皮制成的纸，把蚁穴放在纸旁，其中的蚂蚁便纷纷爬到纸上，在恐龙的口授中把字咬刻在纸上。蚂蚁写字与我们不同，它们是采用并行方式，大量的蚂蚁同时刻许多字，因而速度比我们手写要快得多。当然，这个袖珍蚁穴还可以干许多其他的需要精细操作的工作。

与此同时，从蚂蚁一方来说，它们从恐龙那里得到的已远远超过了骨头和肉。新的龙蚁合作开始后，蚂蚁世界从恐龙世界得到的第一件无价之宝就是文字。蚂蚁世界以前没有文字，在它们开始为恐龙进行书写工作后也不识字，这样，最初蚂蚁们只能进行简单的抄写工作，把恐龙们在大字板上写的字抄到纸张上，即使这样效率也很低，只能一笔一画地临摹。而恐龙们则急需蚂蚁能够像秘书那样听写，而蚂蚁世界也意识到了文字对于一个社会的重要意义，渴望学习。在双方的共同努力下，蚂蚁很快掌握了恐龙的文字，在为恐龙进行书写服务的同时，也把它用于自己的社会。

对于白垩纪文明而言，蚂蚁掌握恐龙文字的最大意义，还在于在恐龙和蚂蚁两个世界间架起了一条沟通的桥梁。随着交往时间的延长，蚂蚁渐渐能够听懂恐龙的语言，而恐龙的生理结构则决定了它们永远不可能理解蚂蚁的气味语言。这样，两个世界间只能有一些简单的交流。但随着蚂蚁对文字的掌握，情况发生了根本的变化，蚂蚁可以通过文字与恐龙进行交流。为了使这种交流更加快捷，蚂蚁发明了一种神奇的队列书写法，即在一个方形的区域内，由成百上千只蚂蚁快速排列出一行行的文字。蚂蚁们的这种队列排字技术日益精湛，队列文字的变换十分迅速，以至于蚁群排字的方形区域像一块电脑显示屏，在不同的时间迅速浮现出不同的内容。

随着两个世界间交流的升级，蚂蚁世界从恐龙那里得到了更多的知识和思想，恐龙社会的每一项新的科学和文化成果，都能很快传播到蚂蚁世界。这样，蚂蚁社会的致命缺陷——没有创造性思维，得到了弥补，这导致了蚂蚁文明也开始了飞跃发展。

龙蚁联盟的结果是：蚂蚁成了恐龙灵巧的双手，恐龙则成了蚂蚁思想和创造的源泉。

白垩纪晚期两个萌芽智慧的融合，终于发生了剧烈的核反应，文明的太阳从冈瓦纳大陆的中心升起，照亮了地球生命进化史的漫漫长夜。

蒸汽机时代

时光飞逝，一千年过去了。

白垩纪文明进入了一个全新的时代，蚂蚁和恐龙都分别建立了自己庞大的帝国。

恐龙世界进入了蒸汽机时代，它们已经大量开采矿藏，冶炼并使用各种金属。虽然还没有使用电能，但已经用蒸汽机驱动复杂的巨型机器。恐龙们建起了许多巨大的城市，纵横交错的宽轨铁路把这些城市和大陆的各个部分连接起来，铁路上奔驰的列车每一节车厢都有我们的一幢五六层的楼房那么大，这列车由同样巨大的蒸汽机车牵引，所到之处地动山摇，机车喷出的水蒸气像天边升起的云层。恐龙们还造出了在高空飞行的运输气球，当这些巨大的气球从空中飘过时，投下的阴影会遮住一个城市。恐龙还造出了航行于各个大洋上的巨轮，这些巨轮以蒸汽机或巨帆做动力，由它们组成的舰队如同海上浮动的山脉。正是这些巨轮把冈瓦纳大陆上的恐龙和蚂蚁带到了其他大陆上，使龙蚁联盟的文明形态传遍白垩纪晚期的整个地球世界。

以蚂蚁的尺度而言，它们的帝国同样庞大无比，蚂蚁已不再穴居，它们的城市像星星一样布满了各个大陆。蚂蚁文明的微小和精致与恐龙文明的巨大和粗放同样令我们难以把握。蚂蚁城市一般只有我们的足球场大小，但如果用放大镜仔细观察的话，城市的规模和复杂程度是令人头晕目眩的。蚂蚁的高楼一般为一至两米高，内部的结构极其精细复杂，像一座立体迷宫。蚂蚁的火车只有我们最小的玩具车那么大，它们的运输气球像一个个肥皂泡，可以随风飘行。但蚂蚁的交通工具一般只能走很短的距离，如果要远行，它们总是乘恐龙的火车、气球或轮船。

蚂蚁和恐龙这两个世界之间仍然保持着密切合作和相互依存的关系。虽然恐龙早已发明了印刷技术，能够用机器在纸张上快速印出巨量的小字；同时它们还造出了打字机，为了适应恐龙粗大的手指，打字机上的每个键都有我们的电脑屏幕那么大，却能够快速打出很小的字。恐龙已不再需要蚂蚁为它们做书写工作，但在恐龙世界的更多领域中，蚂蚁的精细操作技能却变得更加重要，更必不可少了。仅以印刷业和文字处理而言，如果没有蚂蚁对大量精密零件的加工，印刷机和打字机根本不可能制造出来。在这个时代，恐龙世界的大工业已经出现，需要精细操作的地方比比皆是，从蒸汽机上的阀门和仪表到轮船上的指南针，其制造过程都需要借助蚂蚁的技能。在龙蚁联盟开发的医疗领域，更是蚂蚁一统天下，手指粗笨的恐龙一直没有学会为自己的病人动手术。

恐龙和蚂蚁两个世界相互依存的同时又相互独立，并形成了更为高级的经济关系。在这时的地球社会中，流通着两种货币，一种纸币有我们的凉席大小，是恐龙用的，另一种则像碎纸屑般细小，是蚂蚁用的。两种货币可以等值兑换。

在白垩纪文明最初的一千多年里，蚂蚁和恐龙两个世界间的关系一直是很和谐的，没有发生过大的摩擦。这固然因为双方的依存关系，联盟的损害和破裂对两个世界都是致命的危机。另一个很重要的原因是，蚂蚁是一个低消耗社会，它们的物质要求很容易满足，占有的领土也很少，而且蚂蚁帝国的领土的许多部分可以与恐龙帝国互不干扰地共存于一处，这样恐龙和蚂蚁之间不存在重大的生存竞争。

但两个物种在生理形态和社会结构方面的巨大差异，必然反映为两个文明两种文化间不可逾越的鸿沟。正因为如此，蚂蚁和恐龙两个世界从来也没有真正融为一体。随着文明的进步，两个世界文化间的冲突是不可避免的。

随着智慧的演进，蚂蚁和恐龙对外部宇宙的宏大有了越来越多的感知，但对宇宙深层规律的探索只处于萌芽阶段，科学在这时显得软弱无力，于是宗教产生了，并在两个世界中同时发展到狂热的程度。文明的差异在宗教中显现出来，潜藏已久的危机露出端倪，白垩纪文明的上空阴云密布。

一年一度的龙蚁峰会在巨石城举行，在这个会议上，恐龙和蚂蚁两大帝国的最高统治者将就两个世界所面临的重大问题进行讨论。

这时，恐龙帝国和蚂蚁帝国的都城仍然是巨石城和牙城，与宏伟的巨石城相比，牙城仿佛是贴在旁边的一张不起眼的小邮票，但它们的地位是平等的，所以当蚂蚁帝国女王拉西妮进入恐龙帝国高大的皇宫时，受到隆重的迎接。蚂蚁帝国的要员出行时，总是带着一支叫字军的队伍，这支队伍的功用就是进行队列排字，以完成蚂蚁和恐龙之间的会谈。字军的规模依要员的级别而定，蚂蚁女王带来的字军是规模最大的，有十万之众。在恐龙仪仗队齐鸣的号角声中，这十万只蚂蚁组成的方阵随着女王走进大厅，这个两米见方的黑方块在光滑如镜的地板上缓缓移动着，来到站在仪仗队前迎接女王的恐龙帝国皇帝面前。恐龙皇帝乌鲁斯首先向蚂蚁女王打招呼：

“呵呵，拉西妮女王，您是在这个黑方块前面吗？我们有一年没见了吧？”乌鲁斯弯腰盯着字军方阵前的地面看了好半天，摇摇头，“上次见面时，记得我还能看到您，但现在，我真的看不到您了！唉，我老了，眼睛不行了。”

黑方块散开来，飞快地组合出一行大字：“也许是地板的颜色不对吧，您在这里应该用白色的大理石，那样就能看到我了。蚂蚁帝国的统治者拉西妮向恐龙帝国的统治者，尊敬的乌鲁斯殿下致意。”

乌鲁斯笑着点点头：“呵呵，我也向尊敬的女王殿下致意。关于这次峰会的议题，我想帝国的使者已经通报给您了。”

拉西妮看着前面高耸入云的恐龙皇帝点点触须，并用气味语言发出自己的回答。字军方阵的头一排指挥官接收到气味语言后，迅速向后面的方阵传递指令，训练有素的字军士兵们像一部完整的机器般变换队列，转眼间将女王的话排列出来：

“我们这次峰会是要解决两个世界间的宗教争端，这个问题自先皇时代就困扰着我们，现在已成为龙蚁联盟所面临的最大危机，我想殿下已经看到，世界正因此走到灾难的边缘。”

乌鲁斯再次点点头：“是的，女王殿下，我想您也同样明白解决这个危机的难度，您看，我们从哪里开始呢？”

女王想了想做出了回答，字军闪电般地在大理石地面上排列出回答的内容：“从我们已经达成共识的地方开始吧。”

“很好很好，恐龙和蚂蚁都认为，这个世界只能有一位上帝。”

“是的，这个世界只能有一位上帝。”

两位帝王沉默了一会儿，乌鲁斯说：“下面，我们应该讨论上帝是什么样子的，虽然我们已讨论过上千次了。”

拉西妮说：“是的，这就是争端之所在，也是危机之所在。”

恐龙皇帝说：“上帝，无疑是恐龙的外形，我们已经在信仰中看到了它，它是各种恐龙形象的组合体。”

蚂蚁女王说：“上帝，无疑是蚂蚁的外形，我们也在信仰中看到了它，它是各种蚂蚁形象的组合体。”

乌鲁斯笑着摇摇头：“拉西妮殿下，如果您有起码的理智和常识，这个问题本来是不难解决的。您真的相信，上帝是一个像您这样灰尘般的小虫子？这样的上帝能够创造这么大的世界?!”

拉西妮回答说：“体积的大小并不代表力量，与山脉和海洋相比，恐龙也是灰尘。”

乌鲁斯说：“可我们有思想，有创造力，而你们没有这些，整个蚂蚁社会只是一架精确的大机器，每个蚂蚁不过是机器上的一个小零件。”

拉西妮说：“只有思想并不能创造世界，想想看，离开了蚂蚁的操作，恐龙的大部分发明创造都不能变成现实。创造世界显然是一项精确细致的工作，只有蚂蚁上帝才能完成。”

乌鲁斯大笑起来：“哈哈哈，你们蚂蚁最让我不能忍受的就是贫乏的想象力，也许你们那小小的脑袋只能进行简单的算术思维，你们真的只是一个个机器零件！”它说着，弯下腰来把脸凑近地面，对着那位它仍然看不见的蚂蚁女王低声说：“我告诉你，上帝创造世界时不用操作，它只是物化自己的思想，呼啦一下，思想就变成世界了！哈哈哈……”说完它又直起身大笑起来。

拉西妮说：“殿下，我并不是来同您讨论玄学的，这个在两个世界之间旷日持久的问题在这次会议上必须得到解决。”

乌鲁斯扬起两只大爪高声说：“啊，我们之间又达成了一项共识！是的，这个问题这次必须得到解决！尊敬的女王殿下，您可以先提出自己的解决方案。”

拉西妮很快做出了回答，为了表示郑重，蚂蚁字军在显示她的话时，在这行大字的周围加上了边框：“恐龙帝国必须立刻拆除所有供奉恐龙型上帝的教堂。”

乌鲁斯与周围的大臣们对视了一下，然后都大笑起来：“呵呵，小小的虫子，好大的口气！哈哈哈……”

拉西妮接着说：“蚂蚁将中止在恐龙帝国的一切工作，并从所有恐龙城市中全面撤出，直到你们的教堂按我们的要求拆除完毕，才能重新返回并恢复工作。”

乌鲁斯说：“我也提出恐龙帝国的最后通牒，蚂蚁帝国须在一个星期内拆除所有蚂蚁城市中供奉着蚂蚁型上帝的教堂，期限一到，恐龙帝国的军队将踏平所有仍竖立着蚂蚁型上帝教堂的蚂蚁城市。”

“这是宣战吗？”拉西妮冷静地问。

“但愿不要开战，否则与你们这些小虫子对阵，恐龙军队岂不失尽脸面？”

蚂蚁女王没有回答，转身走去，字军的方阵为她让开了一条通道，这通道在她走过后随即封闭，然后，字军方阵跟着女王向皇宫外走去。这时，恐龙中间出现了一阵小小的骚动，它们看到，自己带在身上和放在桌子上的球形小蚁穴中的蚂蚁正纷纷钻出来。虽然恐龙的印刷业已实现了机械化，但恐龙个人的书写仍依靠蚂蚁来进行，它们都随身携带着小蚁穴，就像我们都带着笔一样。这些蚁穴大小各异，有的十分精致，已是恐龙的一种必不可少的装饰品和身份财富的象征。但蚁穴中的蚂蚁不属于恐龙私人所有，它们必须受蚂蚁帝国雇佣，这些蚂蚁最后只服从女王的指令。现在，这些蚂蚁都从桌上或恐龙身上爬到地板上，纷纷加入那个正在离去的方阵。

“天啊，你们走了，我以后怎么写字和批阅文件?!”一个恐龙大臣高声说。

乌鲁斯一摆爪子不屑地说：“它们很快还会回来干活儿的，离开恐龙蚂蚁世界无法存在，哼，我们很快就能让这些小虫虫看看谁真正具有上帝的力量。”

已走到大门口的拉西妮回头说了句什么，字军方阵很快排出一行字：“这也正是蚂蚁帝国想让你们看到的。”

蚂蚁的武器

“什么？我们要和恐龙开战?！这不是疯了吗？它们那么大我们这么小……”一个蚂蚁大臣惊叫道，这是在牙城的蚂蚁帝国的宫殿中，帝国统帅部刚刚听完女王对龙蚁峰会情况的讲述。

帝国军队总司令冬里拉元帅说：“帝国发展到今天，如果仍然有人以个体的大小来作为力量的衡量，那它一定是个白痴！”它转向女王，“请殿下相信，帝国军队完全有力量战胜那些大笨兽！”

“说大话当然容易，”那个大臣质问元帅，“不错，您率领的蚂蚁军队身经百战，还乘着恐龙的大船到别的大陆上打过仗，但那只是同没开化的蚂蚁部落作战，如果同比我们大许多的动物作战，我看您的一个师连一只蜥蜴都打不过！”

女王对着元帅点点触须：“是的，冬里拉，我要的不是空谈，而是具体的战略战术。一个星期后就要开战了，说说帝国军队如何进行这场战争?”

元帅回答说：“经过上千年的医疗服务，我们对恐龙的身体构造已了如指掌，帝国军队将进入恐龙的体内攻击它们的致命处，对这种作战方式而言，小，正是蚂蚁的优势。”

有大臣问：“怎么进入呢？在它们睡觉的时候吗?”

元帅摇摇触须：“不，从道义上讲我们不能首先挑起战争。对恐龙的这种攻击当然是在战场上进行。”

“谈何容易！战场上的恐龙是醒着的而且是奔跑着的，您的士兵能爬到它们身上？就算恐龙站住让你们从它的脚上爬上去，要多长时间才能爬到它们的鼻子或嘴那儿呢？等您的部队钻到它们体内时，我们的都城早就被它们踏烂了！”

元帅没有直接回答，他环视了一下统帅部的全体蚂蚁，说：“各位，高瞻远瞩的拉西妮女王早就预见到今天龙蚁联盟的破裂，她在登基之初，就命令帝国军队开始了对恐龙作战的准备。经过长期的研究，我们制造了大批用于打击恐龙的新式武器和作战方法。下面请大家到外面去，我们将展示两件关键的装备。”

统帅部的全体蚂蚁来到皇宫外面的广场上。二十多只兵蚁抬上来一件外形奇特的装备，它实际上是一个固定在一条长基座上的小弹弓子。兵蚁们一起用力拉紧弹弓的皮筋，把后面的弹兜卡在基座另一头的一个机关上。然后，这二十多只兵蚁爬进弹兜，紧紧抱在一起，形成了弹兜中的一个黑色的弹丸。基座旁边的一个兵蚁扳动一个小杆，使机关释放了弹兜，啪的一下，把那个黑色的弹丸弹射出去，足足射了有十几米高，当到达最高处时弹丸迅速解体，那二十多只蚂蚁纷纷扬扬地在高空中飘落，它们黑亮的身躯在阳光下闪闪发光。

冬里拉元帅介绍说：“这个装备叫蚁球弹射器，能够解决刚才那位提出的问题。”

“哼，像无用的杂技。”一位大臣不以为然地说。

另一位大臣说：“帝国军队的战略基础是进攻，您以前所提出的作战宗旨是，攻击攻击再攻击。现在看来，这一切要有所改变，我们要防守防守再防守了。”

元帅回答说:“不,进攻仍是帝国军队的战略基础。”

“如何进攻呢? 即使您那些诸如什么蚁球弹射器之类的小玩意儿能够奏效,我们显然也不能用它们来进攻巨石城,只能等着恐龙来攻击蚂蚁的城市。”

“好吧,下面我们将展示一件可以攻击恐龙城市的武器。”

元帅一挥触角,几只兵蚁拿来了几粒黄色的小球,像几颗小米粒。一只兵蚁转身从尾部向其中的一粒喷射了一滴蚁酸,一分钟后,小球燃烧起来,发出耀眼的白光,这剧烈的燃烧持续了十几秒钟才熄灭。

“这种武器叫雷粒,是一种定时起爆的燃烧弹,向它喷射蚁酸后即启动了定时引信,定时的范围从几秒钟到几个小时。待蚁酸腐蚀透它的外壳后就引发燃烧,这种燃烧产生很高的温度,能够点燃一切易燃物。”

大臣们纷纷摇动触须表示不以为然,其中一位说:“真是孩子的玩具,这种小球就是在恐龙皇帝的脑袋上燃烧,它最多也只是感觉到被香烟烫了一下,这东西能毁灭巨石城?!”

“你们会看到它的威力的!”元帅自信地说。

第一次龙蚁战争

昨夜的一场大雨过后，乌云散去，迎来了一个晴朗的早晨。天空万里无云，空气清澈透明，在初升太阳的光芒下，大地上的一切都显得十分清晰，仿佛大自然为这场决定白垩纪文明命运的大战搭好了舞台。

战争在巨石城和牙城之间的广阔平原上展开，在这里向两个相反的方向看，恐龙和蚂蚁两个帝国的都城都遥遥在望。

两千名恐龙士兵面向牙城方向组成了一个方阵，在牙城蚂蚁的眼中，仿佛天边立起了一堵高入云霄的巨墙。同以往与同类作战时不同，恐龙士兵们没有穿戴盔甲，也没有拿武器，它们被告之，进攻时要做的只是列队从蚂蚁的城市踏过而已。

在恐龙方阵的对面，牙城的一千万只蚂蚁组成了上百个方阵，使那一块土地变成了黑压压一片。

在恐龙方阵前，一头霸王龙打破了沉静，它是恐龙陆军少将依西塔，它的声音像是天边的惊雷："小虫虫们，帝国的最后期限只剩下十分钟了，如果你们现在返回牙城去拆除你们的教堂，然后回到巨石城恢复工作的话，我可以再给你们延长一些时间，否则帝国军队就要进攻了！别看我们只有两千士兵，只是帝国陆军总兵力的千分之一，但足以踏平蚂蚁帝国的都城！我们的娃娃用玩具积木搭出来的城市都比你们的牙城大，它们撒泡尿就能产生淹没全城的大洪水！哈哈哈……”

战场陷入一片死寂，只有白垩纪的太阳在静静地升高，十分钟很快过去了。

“进攻！”依西塔将军大声发令，恐龙方阵开始向前挺进。大地在两千头恐龙整齐的脚步中微微颤抖，地面上一洼洼雨后的积水被震得起了波纹。蚂蚁的阵线仍然纹丝不动。

“拉西妮女王和冬里拉元帅，我看不到你们在哪里，但如果你们还不命令这些虫虫方阵让开路的话，我们的大脚就要把它们踩成蚂蚁浆了！哈哈哈！”依西塔对着越来越近的黑压压的蚂蚁方阵大喊。

这时，依西塔将军看到前面的蚂蚁方阵出现了明显的变化，定睛细看，发现方阵中竖起了无数细小的东西，仿佛是这黑色的地面上突然长出的一片小草，那是十万具蚁球弹射器！依西塔当然不认识那些东西，它有些疑惑，但恐龙方阵仍然继续推进。这时，蚂蚁方阵发生了第二个让它吃惊的变化：地面上的一片黑色突然凝结成无数的小球，这不由让它想起了蚂蚁字军那神奇的队形变换，依西塔一时真以为这一千万只蚂蚁要排列出什么字来，但方阵变换成一片密密麻麻的小球后就不再变化。恐龙方阵继续前进，距蚂蚁阵线的前锋只有十米左右了。这时，依西塔已能够看清蚁球弹射器的结构，它发现那是一个个绷紧的微型弹弓，每个蚁球都处于弹弓的弹兜上！一阵细微但密集的噼啪声响起，像暴雨打到水面上的声音，那十万个蚁球被射向空中，像是一大片被惊飞的苍蝇，前面的土地立刻现出了原色。那密密麻麻的蚁球飞升到恐龙方阵前几排的上空，纷纷散开来，每个蚁球由几十只蚂蚁组成，一阵蚂蚁的大雨自天而降！恐龙周围的空间充满了下落的蚂蚁，甚至呼吸时不注意都可能吸进鼻孔中！它们都急忙拍打着脑袋和身体，方阵一时乱了起来。

落到依西塔将军头上的蚂蚁有一部分被它的大爪扫了下去，另一部分则藏到它那粗糙皮肤的皱褶中躲过了大爪的扫荡。当它的爪子转而拍打身上时，有几只兵蚁爬向恐龙额头的边缘，寻找它的眼睛。在这头霸王龙宽大的头顶爬行，蚂蚁们仿佛行进在一片沟壑纵横的高原上，这高原像秋千似的晃荡着，蚂蚁们抓紧地面以免自己被抛出去。当蚂蚁们到达头顶边缘时，向下看到了一幅惊人的景象。想象一下你站在泰山顶上，而泰山正迈着一双巨腿在大地上行走的情景，更可怕的是你抬头还能看到周围另外上千座也在行走的泰山！这几名蚂蚁士兵找到了恐龙的右眼，那只巨眼在蚂蚁们看来很像一个圆形的结冰的池塘，半透明的塘面微微隆起，并以很大的角度向下倾斜。三名蚂蚁士兵小心地爬上光滑的“冰冻池塘”表面，在恐龙湿冰似的眼睑上，稍不小心就会滑下去跌到空中。蚂蚁们用有力的钳嘴在“湿冰”上啃起来，在蚂蚁钳牙的刺激下，恐龙的这只眼睛流出了泪水，那泪水像山洪般沿“池塘”的“冰面”冲下，将三只蚂蚁一起冲出了眼睑。

就在这头霸王龙揉眼睛的时候，落在它头上的另外三只兵蚁迅速进入了鼻孔，在呼吸大风的呼啸声中，它们很有经验地在纵横交错的鼻毛丛林间悬浮着行走，以免触发恐龙的喷嚏。它们很快通过了鼻腔，沿着以前在无数次手术中早已熟悉的道路来到了眼球后面。蚂蚁们顺着半透明的视觉神经前行，向着大脑进发。有时，薄薄的隔膜挡住了通路，它们就在上面咬出洞穿过它，那洞极小，恐龙感觉不到。三个蚂蚁终于到达了大脑，大脑静静地悬浮于脑液中，像一个神秘的独立生命体。蚂蚁们仔细寻找着，很快找到了那根粗大的脑血管，它是供应大脑血液的主要通道。透过透明的管壁，蚂蚁们看到暗红色的血液湍急地流过，发出低沉的隆隆声。现在，霸王龙依西塔的大脑正在超负荷工作，处理着来自视觉神经和听觉神经传来的巨量的战场信息，这湍急的血液供应着大脑工作的能量和氧分。这三只蚂蚁以前都是脑科手术工程师，它们曾无数次到过这种地方，清理被淤积堵塞的脑血管，拯救了无数恐龙的生命。但现在，它们要干相反的事了。蚂蚁们开始用锋利的双颚在血管壁上划割，它们干得很仔细也很内行。当三条深深的划痕相互连接形成一个封闭的圆形时，蚂蚁们急速撤出，它们并不想看最后的结果，作为经验丰富的手术工程师，它们知道将会发生什么。蚂蚁们刚离开，在强大的血压下，血管壁表面的划痕上就有血珠渗出，紧接着，就像被玻璃刀划过的玻璃一样，划痕处在血压下断裂了，那一小块圆形的管壁脱落下来，在管壁上形成了一个圆洞，血液的洪水从圆洞中喷薄而出，血在脑液中形成烟雾状的红色，这红色迅速笼罩了一切。失去了血液供应的大脑颤抖着，颜色越来越苍白。这时依西塔正在混乱的战场上大声发令，试图重新组织起恐龙的进攻队形，它突然感到眼前一黑，世界在一片黑雾中旋转起来。正在鼻腔中奔跑的三只蚂蚁感到了一阵失重，紧接着是一下剧烈的震荡，它们周围的世界翻转起来，但很快静止了。蚂蚁们知道，这头恐龙已经栽倒在地。接着，鼻孔中呼吸的疾风停止了，从远方传来的心脏沉重的搏动声也消失了，恐龙帝国陆军少将、霸王龙依西塔已经阵亡，它死于脑溢血。

战场上的恐龙一个接一个地倒下，除了像它们的指挥官脑部受到攻击外，还有一部分死于心血管破裂，或者因为脊椎内的神经束被切断而瘫痪。蚂蚁们大多是从恐龙的耳、鼻和口腔进入敌人体内进行攻击的。这一拨攻击过后，伤亡的恐龙士兵已达三百多个，战场上躺满了巨大的躯体，回荡着那些没断气的恐龙发出的恐怖的哀鸣声。剩下的恐龙士兵被这噩梦般的一幕吓得心惊胆战，纷纷向后溃逃，但在很多恐龙的体内仍有蚂蚁士兵在进行攻击，一路上不断地有恐龙倒下。

在击溃恐龙军队对牙城的进攻的同时，蚂蚁帝国正在开始另一个巨大的军事行动。

在恐龙帝国的都城巨石城，对蚂蚁世界的战争并没有对城市的日常生活造成太大的影响。蚂蚁的离去在短时间内还不至于产生灾难性后果，精细操作的缺乏只是给恐龙们的生活带来不便。至于战争，恐龙大众根本没有放在心上，它们相信庞大威猛的恐龙军队战胜那些肉眼刚刚能看见的小虫虫只是举爪之劳，为了摧毁那个如小孩的玩具沙盘般的蚂蚁城市，帝国竟出动了两千名恐龙士兵，这令公众觉得杀鸡用牛刀，也许这只是皇帝为了向蚂蚁展示帝国的力量而已。

清晨，帝国都城像每天那样苏醒过来。在城市东门的公共汽车总站，上千辆庞大的公共汽车驶入城市的各条街道。这个时代，白垩纪文明还没有开采和使用石油，汽车也同火车一样，是由粗重的蒸汽机驱动。每一辆恐龙的汽车都像一个巨大的火车，行驶时在顶上轰轰地喷着水蒸气。所以在白天，巨石城的街道总是弥漫在一片蒸汽中，那无数辆如我们的楼房般大小的汽车就在这蒸汽中穿行。今天，在这些公共汽车上，除了恐龙乘客外，还有另一批昨天夜间偷偷上车的乘客，它们是众多的蚂蚁士兵。在横穿城市主干道的一路公交车上偷乘的蚂蚁数量最多，有整整一个陆军师，达一万多只！

它们隐藏在诸如车门踩板的底面、工具箱、车底的横梁、蒸汽机用煤的煤堆这类不引人注意的地方，在这辆庞大的蒸汽车上，藏下这一个蚂蚁陆军师是轻而易举的事。

一路公交车在蒸汽弥漫噪声震天的大街上行驶了十分钟后，到达了第一站。与几名恐龙乘客一起下车的，还有贴在车梯踩板朝下一面的整整一个连的二百名蚂蚁士兵，每只蚂蚁的口中都衔着一颗雷粒。下车后，蚂蚁部队在路边的石缝中悄悄行进，它们那细小的黑色身躯与潮湿的路面浑然一色，在雾气迷漫的街道上穿行的恐龙根本无法察觉。在队伍的上方，不时有恐龙走过，它们那高大的身躯使地面顿时一黑，甚至有恐龙的大脚直接踩在蚂蚁行走的石缝上，但蚂蚁部队仍通行无阻。它们来到了一幢高大的建筑前，甚至连建筑的大门在蚂蚁看来都高入云端，上半部隐在蒸汽中看不到。蚂蚁部队从门的底缝进入了建筑。恐龙的建筑都十分高大，每个建筑对蚂蚁来说都是一个世界，它们进入其中与身处旷野没什么区别。这个建筑是一间仓库，蚂蚁在一堆堆货物间的宽大地板上爬行。这是一个昏暗的世界，唯一的太阳是高处一扇透进亮光的小窗。蚂蚁们很快找到了它们的目标：一排高大的木桶。恐龙世界仍未进入电气时代，它们在夜间用油灯照明，现在高耸于蚂蚁们之上的，就是一桶桶照明用的灯油。蚂蚁士兵仔细搜寻着，在地板上找到了几处潮湿，由此找到了油桶向外微微渗油的位置。它们将口中的雷粒贴在桶的渗油处。很快，上百个雷粒都安放到位，士兵们都将尾部对准雷粒，蚂蚁的中尉连长一声命令，它们同时将一滴蚁酸喷射到雷粒上，蚁酸在缓慢地腐蚀着雷粒的外壳，它的燃烧定时启动了，延时设定为六个小时，在下午两点燃烧。

与此同时，在巨石城中行驶的上千辆公共汽车中的每一辆在停站时，都会有一支偷乘的蚂蚁部队下车潜入城市之中。到中午时，蚂蚁帝国的一百个陆军师的上百万士兵已潜入到巨石城的各个角落，并将它们携带的雷粒安放到所有易燃之处，这一百多万颗雷粒散布于巨石城的政府机关、商场、学校、图书馆和居民楼中，它们的起爆时间都被定在下午两点整。

在恐龙帝国的皇宫中，乌鲁斯皇帝被几名从进攻牙城的战场上败退回来的恐龙军官吵醒了，它昨天夜里与来自罗拉西亚大陆的几位总督欢宴通宵，清晨才睡下。当它从那几个军官口中得知依西塔将军阵亡，两千恐龙军队已伤亡过半时，一时觉得像天方夜谭，怒不可遏，正要下令将这些玩忽职守的废物军法从事，紧接着发生的一件事让它也体会到了蚂蚁的威胁。皇宫的侍卫长手里拿着一块布，在床边惊叫起来。

"你个白痴，拿我的枕巾干什么?!"乌鲁斯怒斥道，它觉得今天周围的人全成了白痴和废物，都该杀。

"殿……殿下，这是我刚发现的，您看——"侍卫长把枕巾举到乌鲁斯面前，上面有一行由无数蚂蚁咬出的小洞构成的字，这些小洞显然是潜入皇宫的蚂蚁在刚才皇帝睡熟时爬到它的枕边咬出的：

我们随时可以要你的命！

乌鲁斯看着枕巾，一股寒气瞬间流遍全身，它不由颤抖了一下，像见了鬼似的四下看看。在场其他的恐龙也赶紧弯下腰四处搜寻，但没有找到蚂蚁的踪影，只有枕巾上的那行字证明它们确实来过，恐龙们不知道，那支潜入皇宫的蚂蚁部队留下的不仅仅是这行字迹，还有上千枚雷粒，那些恐龙的肉眼难以看到的黄色小球分别安放在蚊帐上、床脚上、沙发上、高大豪华的木制家具上、堆积如山的文件中……所有雷粒的表面正在被蚁酸慢慢地腐蚀，与巨石城中那上百万颗雷粒一样，它们的燃烧时间也定在下午两点钟。

恐龙帝国的陆军大臣直起身来，对皇帝说：“殿下，我早就警告过您，在不同物种间的战争中，大有大的威力，小有小的优势，我们不能过分轻视蚂蚁。”

“那我们下一步该怎么办？”乌鲁斯叹了口气说。

“请殿下放心，参谋部对此早有准备，我向您保证，帝国军队将在天黑前踏平牙城！”

在第一拨攻击被击溃后的三个小时，恐龙军队对牙城发动了第二轮进攻。

进攻的兵力仍然是两千恐龙，排成与上次一样的方阵向牙城推进，不同的是，每个恐龙的头上都戴着一个金属大头盔。

牙城的蚂蚁守军仍重复上次的战术动作，用蚁球弹射器将几十万只蚂蚁弹射到恐龙方阵上空，形成一场自天而降的蚂蚁雨。但这次，落到恐龙头上的蚂蚁士兵再也不可能进入敌人的体内，那些金属头盔十分严密，面罩由一整片玻璃构成，呼吸进气口上覆盖着细密的铁纱网，各部分的接合处严密无缝，脖颈处也用线绳扎紧，对头部形成了坚不可摧的保护。蚂蚁军队的统帅冬里拉也落到了一头恐龙的头盔上，它观察着脚下的头盔，懊悔不已。两个月前，蚂蚁工匠曾参与了这些头盔的制造工作，那呼吸口上的细密铁纱就是蚂蚁织出来的，当时恐龙的雇主只是说这些头盔是给恐龙养蜂工用的。看来，与蚂蚁世界一样，恐龙帝国也早就在秘密准备同蚂蚁的战争。

在蚁雨攻击失败后，蚂蚁军只好在第二道防线用弓箭阻击恐龙，一百五十万名蚂蚁一起放箭，细小的箭镞密密麻麻地飞向恐龙方阵，像被阵风吹起的沙尘，但这些对高大如山的恐龙士兵毫无杀伤力，那些细箭触到恐龙粗硬的皮肤后纷纷坠落，在地上积了厚厚的一层。

恐龙方阵踏入了蚁群之中，踏出了一排排死亡的脚印，每一个大脚印中都有上千只被踩碎的蚂蚁。没有在恐龙大脚下丧命的蚂蚁只能眼巴巴地看着恐龙巨大的身躯从头上的天空越过，向牙城方向而去。

恐龙方阵冲进城市后，开始疯狂地乱踩乱踢，牙城的建筑大多只及恐龙小腿高，在它们的大脚下，一片片高楼被踏平。这时冬里拉元帅和几名蚂蚁士兵仍在一只恐龙的头盔上来回爬行，试图找到一个入口，居高临下，蚂蚁们看到恐龙踏过的地方留下了一片废墟，废墟的一部分还在燃烧中。在这个高度上，蚂蚁们看到了牙城在恐龙眼中的样子，真正感觉到自己的种族是何等的渺小。这头霸王龙走到了帝国贸易大厦前，这幢高达三米的摩天大楼是蚂蚁帝国最高的建筑，是蚂蚁建筑技术的骄傲，却只高及这头巨兽的胯骨处。霸王龙蹲了下来，随着它头部的急剧降低，蚂蚁们感到自己一时失重了，恐龙头盔平原的地平线上出现了大厦的尖顶。这头恐龙蹲在大厦前打量了几秒钟，然后用两只巨爪抱住大厦的底部，一下子把它拔离了地面！它站了起来，举着大厦又好奇地打量起来，像得到了一件有趣的玩具。在恐龙头顶的蚂蚁们也都抬头看着被它举在高空的大厦，看到它那光滑的蓝黑色表面映着蓝天白云，上面无数扇玻璃窗在阳光下闪闪发光。蚂蚁们记得，它们进入学校后的第一课就是跟着老师登上大厦顶端，鸟瞰牙城的全景……霸王龙把大厦翻来覆去地看着，长长的楼体在它的巨爪中突然断成了两截，它骂了一声什么，把大厦的两截一前一后扔了出去。大厦的两部分高高地在空中划过了一条抛物线，落在远方的楼群中摔得粉碎，同时也砸塌了好几幢高楼。

在两千头恐龙的践踏下（这些恐龙在牙城的城区面积上甚至挤不下），只几分钟，蚂蚁帝国的都城就变成了一片细小的瓦砾。

恐龙士兵们在从牙城废墟上飞扬而起的黄尘中欢呼起来，但这胜利的欢呼声只持续了很短的时间就突然平息了，恐龙们全都呆呆地看着巨石城方向。

有道道黑色的烟柱从恐龙帝国的都城中升起。

乌鲁斯在侍卫们的簇拥下，从浓烟滚滚的皇宫中逃出来，迎面撞上了惊慌失措的内务大臣。

“不好啦，殿下，整座城市都烧起来了！”内务大臣惊叫着。

“你的消防队呢?！快让它们去救火啊！！”

“全城都在起火，消防队全体出动，也只能顾上救皇宫的火！”

“谁放的火？蚂蚁吗?”

“除了它们还有谁?！今天上午，有上百万只蚂蚁潜入城里！”

“这些该死的虫虫，它们怎么放的火?！”

“用这个，殿下——”内务大臣说着，打开一个纸包让皇帝看，乌鲁斯盯着那张纸看了半天什么也没有看到，大臣递给它一个放大镜，乌鲁斯用它看到了放在纸上的几颗雷粒，“这是城市巡警在上午从捕获的一群潜入城内的蚂蚁那里缴获的。”

“这是什么？蚂蚁拉的屎吗?”

“这是一种微型燃烧弹！用蚁酸点燃，可以定时。它们在城市里安放了上百万颗这玩意儿，都放在易燃品上，其中至少有五分之一引燃了蔓延的火，这样巨石城里就有二十万左右的起火点，就是调集全帝国的消防队，也绝不可能扑灭这样的火灾！”

乌鲁斯呆滞地望着正在被黑烟笼罩的天空，说不出话来。

“殿下，我们别无选择，弃城吧。”内务大臣低声说。

入夜，巨石城已成为一片火海，火光映红了半个夜空，给冈瓦纳大陆的中部平原带来了虚假的黎明。城外的公路上挤满了弃城而逃的恐龙和它们巨大的车辆，每头恐龙的眼睛中都映着火光和惊恐。帝国皇帝乌鲁斯和几位大臣站在一个小山岗上，长时间遥望着燃烧的城市。

“命令冈瓦纳大陆上的帝国陆军，立刻向所有蚂蚁城市进攻并彻底摧毁它们。同时，派快速帆船向其他各大陆传令，命令各大陆的帝国陆军采取同样的行动，在整个地球上给蚂蚁世界以致命打击！”

就这样，蚂蚁和恐龙的战争延续下去，战火很快扩展到整个冈瓦纳大陆，一个月后又扩展到其他各个大陆，成为一场笼罩整个地球的世界大战。战争给两个世界都带来了巨大的灾难，一座座恐龙的城市陷入火海，一座座蚂蚁的城市在恐龙的大脚下化为瓦砾。

蚂蚁在攻击恐龙城市的同时，还在恐龙进行农牧业生产的草原、农田和森林中大规模放火。蚂蚁们常常在一个广大的地域同时布下上万颗雷粒，最后引发的大火根本无法扑灭。森林和草原大火在各大陆蔓延，浓烟遮天蔽日，造成了巨大的生态灾难。在庄稼、草场和森林被烧毁的同时，遍及全球的大火产生的烟雾弥漫在大气层中，使得地面的光照急剧减少，农作物产量大幅度下降，致使食量很大的恐龙处于饥饿状态。同时，无数的蚂蚁小部队到处袭击恐龙，它们一般都采取那种进入恐龙体内的袭击方式，这令恐龙们心惊胆战，所有的恐龙都时时戴着面具，即使在睡觉时也不敢摘下，因为微小的蚂蚁是可以随意出入恐龙那巨大的住宅的。

与此同时，蚂蚁世界也受到恐龙的致命打击，几乎所有的蚂蚁城市都被摧毁，蚂蚁只得重新返回地下，即使这样，大型的地下基地还是时常被恐龙发现和摧毁。恐龙还大量使用化学武器，到处播撒一种对恐龙无害而对蚂蚁致命的毒剂，在大量杀伤蚂蚁的同时，也使其活动范围受到很大限制。同时，由于蚂蚁缺少远距离的交通工具，以前只能借助恐龙的交通工具保持帝国各部分的联系，随着恐龙对蚂蚁打击力度的增加，这种联系日益困难，致使蚂蚁世界的各部相互孤立，蚂蚁帝国处于分崩离析的状态。

战争还产生了更严重的后果：由于白垩纪文明是以龙蚁联盟为基础的，当这种联盟破裂后，两个世界的社会生活都受到了致命的影响，社会进步完全停滞，并出现了倒退的迹象，白垩纪文明危在旦夕。

在世界范围的战争中，蚂蚁和恐龙都投入了全部力量，但谁也无法在战场上取得绝对优势，战争演化成一场旷日持久的消耗战。两个帝国的统帅都意识到了这样一个现实：这是一场没有胜利者的战争，它的最后结果将是伟大的白垩纪文明的毁灭。

在战争的第五年，交战双方开始了停战谈判，其中最为关键的是恐龙帝国皇帝和蚂蚁帝国女王的历史性会晤。

会晤在巨石城的废墟上举行，具体地点就在五年前举行那次引发战争的龙蚁峰会的皇宫旧址，昔日宏伟的皇宫在大火中只剩下断壁残垣，从高墙的裂缝中可以看到远处林立的被烟熏黑的建筑遗迹，这座五年前被烧毁的城市现在已被杂草和藤蔓所覆盖，似乎很快就要被周围的森林吞没了。太阳在来自远方森林大火的烟雾后面时隐时现，使这皇宫在空旷的废墟中充满着变幻不定的光影。

“我虽然看不清您，但您好像不是拉西妮女王。”乌鲁斯看着脚下蚂蚁女王站的位置问。

“她已经去世了，我们蚂蚁的寿命是很短的，我是拉西妮二世。”蚂蚁帝国的女王说，她这次只带来了一万多名字军，乌鲁斯只有弯下腰才能辨认出蚂蚁排出的字。

“我觉得战争应该结束了。”恐龙帝国皇帝乌鲁斯说。

“我同意。”拉西妮二世说。

乌鲁斯接着说：“如果战争继续下去，蚂蚁将重新在动物的尸骨上搜寻残肉，并靠拖回小洞中去的死甲虫过活。”

拉西妮二世说：“如果战争继续下去，恐龙将重新在森林中饥饿地游荡，撕裂同类并吞食它们。”

“那么，女王殿下，您是否有结束战争的具体建议呢？”乌鲁斯盯着脚下蚂蚁女王站的位置问。

“这可以从战争的起因说起，皇帝殿下，很多的恐龙和蚂蚁已经忘记了这个起因。”

“可我还记得，是关于上帝的形象问题——它是蚂蚁的样子呢还是恐龙的样子？”

“恐龙帝国最优秀的学者这些年一直在研究这个问题，现在它们得出了新的结论：上帝既不是蚂蚁的样子也不是恐龙的样子，它是无形的，像一阵风，像一束光，像空气般弥漫于整个世界，每一粒沙子和每一滴水中都有它的影子。”

“蚂蚁没有你们那么复杂的大脑，很难进行那样深奥的哲学思考，但我同意这个结论，以我们的直觉来看，上帝确实是无形的，蚂蚁世界已经禁止偶像崇拜。”

“恐龙帝国也禁止了偶像崇拜。这样，女王殿下，我是不是可以说，蚂蚁和恐龙已经拥有了同一个上帝？”

“您可以这么认为，皇帝殿下。”

…………

于是，第一次龙蚁战争结束了，这是一场没有胜利者的战争。战后不久，龙蚁联盟迅速恢复，新的城市开始在废墟上出现，处于崩溃边缘的白垩纪文明浴火重生了。

信息时代

时光飞逝，又过了一千年。

白垩纪文明先后跨越了电气时代、原子时代，现在进入了信息时代。

现在，恐龙的城市比蒸汽机时代要大得多，这些城市中有上万米高的大楼，站在它们的楼顶向下看，就像坐在我们的高空飞机上鸟瞰一样，可以看到云层几乎贴着大地。这些巨楼站立在云海之上，下面的云很密时，总是处于万里晴空之中的顶层的恐龙就会打电话问底层的门卫，下面是不是在下雨，以决定它们下班回家时要不要带伞。它们的伞也很大，像我们马戏团的顶棚。它们的汽车现在用汽油开动了，但每一辆仍有我们的一幢楼房那么大，行驶时地面仍在颤动。飞机代替了气球，那些飞机像我们的巨轮那么大，飞行时如惊雷滚过长空，并在地面上投下大大的影子。恐龙还进入了太空进行探险，在地球同步轨道上运行着它们大量的卫星和飞船，这些航天器同样是庞然大物，在地面上就能看出其形状。

全球恐龙的数量比蒸汽机时代增加了十几倍，它们吃得很多，用的东西也很大，所以恐龙的社会是一个物资消耗量巨大的社会，这些消耗要由那些数量众多的巨型农场和工厂来满足，工厂中运行着由核能驱动的大机器，工厂上方的天空永远被浓烟覆盖。由于物质生产的规模庞大，能源、原材料和金融的运转流通极其复杂，只能借助于计算机网络来完成。恐龙的世界是由庞大而复杂的计算机网络连在一起的，它们的计算机键盘上的每一个键都有我们的电脑屏幕那么大，而它们的电脑屏幕像我们的一面墙那么宽。

与此同时，蚂蚁世界也进入了先进的信息时代。蚂蚁世界的能源动力与恐龙世界完全不同，它们不使用石油和煤炭，而是采集风力和太阳能。在蚂蚁城市中能看到大量的风力发电机，外形和大小与我们的孩子玩的纸风车相仿；城市的建筑表面都是一种光亮的黑色材料，那是太阳能电池。蚂蚁世界的另一个重要技术是用生物工程制造的动力肌肉，这种动力肌肉的外形像一根根粗电缆，注入营养液后就能够进行各种频率的伸缩以产生动力，蚂蚁的汽车和飞机都是由这种动力肌肉作为发动机的。蚂蚁也有计算机，它们都是米粒大小的圆粒，与恐龙的计算机不同，没有任何集成电路，所有的计算都是由复杂的有机化学反应完成。蚂蚁计算机没有显示屏，它用化学气味输出信息，这些极其复杂精细的气味只有蚂蚁能够分辨，蚂蚁的感觉可以把这些气味翻译成数据、语言和图像。这些粒状化学计算机同样连成了庞大的网络，只是它们之间的联网不是通过光纤和电波，而是通过化学气味，计算机之间用气味语言来交换信息。蚂蚁社会的结构与我们今天见到的蚁群大不相同，反倒更像我们人类。由于采用生物工程生产胚胎，蚁后在生殖繁衍后代中的作用已微不足道，所以她们在蚂蚁社会中没有今天这样的地位和重要性。

第一次龙蚁战争结束后，蚂蚁和恐龙两个世界间再也没有爆发过大的战争。龙蚁联盟一直延续着，推动着白垩纪文明平稳地发展。进入信息时代以后，恐龙对蚂蚁的精细操作技能有了更多的依赖，在恐龙世界的所有工厂中，都有大量的蚂蚁在工作，它们主要从事恐龙工人无法胜任的微小零件的制造、精密设备和仪器的操作、维护和维修等。蚂蚁在恐龙社会发挥重要作用的另一个重要领域是医学，恐龙的所有手术仍然由蚂蚁医师们进入它们那巨大的内脏来实施，蚂蚁拥有了许多精密的医疗设备，包括微小的激光手术刀、能够在恐龙血管中行驶并清淤的微型潜艇等。蚂蚁与恐龙之间的交流也不再借助字军排字，有一种电子翻译器能够直接将蚂蚁的气味语言翻译成恐龙的声音语言，那种由千万只蚁兵排字的奇特的交流方式渐渐变成一个古老的神话。

冈瓦纳大陆上的蚂蚁帝国最后统一了各个大陆上的未开化的蚂蚁部落，建立了名叫蚂蚁联邦的覆盖整个地球的蚂蚁世界。

与蚂蚁世界相反，原本统一的恐龙帝国却发生了分裂，罗拉西亚大陆独立，建立了另一个庞大的恐龙国家——罗拉西亚共和国。后来经过上千年的扩张，冈瓦纳帝国占据了原生印度、原生南极和原生澳大利亚，而罗拉西亚共和国则把自己的版图扩张至原生亚洲和原生欧洲两个大陆。冈瓦纳帝国主要由霸王龙组成，而罗拉西亚共和国主要龙种是暴龙，双方在领土扩张的漫长历史中不断爆发战争。早在蒸汽机时代的后期，两大帝国的军队就以巨大的舰队渡过冈瓦纳和罗拉西亚两个大陆之间的海峡互相攻击对方，有无数次大规模的战役，在广阔的平原上，上百万只恐龙杀得天昏地暗，尸骨如山血流成河。后来，恐龙世界进入电气时代，又爆发过多次波及所有大陆的恐龙世界大战，每次战争过后，大部分城市都变成火海和废墟。但在最近的两百年，随着核时代的到来，战争却停止了。这完全是核威慑的结果，两个大国都存储了大量的热核武器，战争一旦爆发，这些核弹会使地球变成一个没有生命的熔炉。正是对共同毁灭的恐惧，使地球维持了这针尖上的可怕和平。

随着时间的流逝，恐龙社会在地球上急剧膨胀，它们的数量迅速增加，各个大陆变得拥挤起来，环境污染和核战争两大威胁变得日益严重。蚂蚁和恐龙两个世界间的裂痕再次出现，白垩纪文明又被笼罩在一层不祥的阴云之中。

龙蚁峰会

自蒸汽机时代以来，一年一度的龙蚁峰会一直延续下来，并成为白垩纪世界最为重要的会议。在这个会议上，恐龙和蚂蚁的首脑们将就两个世界的关系和整个世界所面临的重大问题进行讨论。

本年度的龙蚁峰会在冈瓦纳帝国的世界大厅举行，这个大厅是白垩纪世界最大的建筑，它的内部空间是如此之大，以至于其中竟出现了独立的小气候，巨大的穹顶上时常会出现云层，并产生降雨和降雪，大厅不同部位的温差常常引起阵风。这种现象是恐龙建筑师在设计这座超级建筑时没有想到的，内部的小气候使大厅本身失去了意义，因为在大厅中与置身旷野差不多了，有几次峰会遇到下雨或下雪，不得不在大厅中央临时搭建一座较小的会议厅。但今天世界大厅中的天气很好，穹顶形成的天空上有百余盏巨灯发出光芒，像是一群灿烂的小太阳。

以冈瓦纳帝国皇帝和罗拉西亚共和国总统为首的两个恐龙代表团已围绕着大圆桌就座，那张放置在大厅中央的圆桌足有人类的足球场大小，但在大厅内部的空旷平原上显得微不足道。由联邦最高执政官卡奇卡率领的蚂蚁代表团刚刚到达，它们的飞行器像一群轻盈的白色羽毛飘向圆桌中央，在飞过桌边时，恐龙们都向飞行器吹气，把那些羽毛吹得上下翻飞，它们都为此哈哈大笑起来，这是峰会上的一个传统玩笑。有些蚂蚁从飞行器上掉到桌面上，很轻的身体使它们不会受到任何伤害，但要走到圆桌中央却是一段很长的路程。剩下的蚂蚁努力稳住飞行器，降落到圆桌中央的一个水晶托盘上，那就是它们在峰会上的座席。圆桌周围的恐龙在这么远的距离上是看不清蚂蚁的，但对准托盘的摄像机把蚂蚁的影像投射到圆桌一侧的一个巨型屏幕上，使得蚂蚁的影像变得与恐龙一样大小，这时，这些小虫子看上去比恐龙更加粗悍有力，那具有金属质感的身躯使它们像一架架威力无比的作战机器。

当峰会秘书长，一头背上长着一排骨板的剑龙宣布会议开始后，会场静了下来。与会者全体起立，向远处一根高大的旗杆上冉冉升起的白垩纪文明的旗帜致敬，在那面旗帜上，一头综合了各类恐龙特点的高大恐龙面对朝阳而立，它的旁边，站立着一个与它一样高大的蚂蚁，这个大蚂蚁是由大量的小蚂蚁组合成的。

会议很快进入了第一个议程：对全球重大危机的一般性辩论。

蚂蚁联邦最高执政官卡奇卡首先发言，这只身材细长的褐蚁挥动着两只触角，它的气味语言被翻译器译成粗放的恐龙语：

“我们的文明已走到了悬崖的边缘！”卡奇卡说，“恐龙世界的大工业正在杀死地球！生态圈正在被破坏，大气中充满了浓烟和毒素，森林和草原在迅速消失，最晚开发的南极大陆却成为第一个被彻底沙漠化的大陆，而其他的大陆也将重复它的命运。现在，这种掠夺性的开发已转向海洋，照目前的捕捞和污染的速度，海洋会在不到半个世纪的时间里完全死亡。但与核战争所造成的危险相比，这一切又都显得微不足道了。世界现在处在由核威慑维持的和平中，实际上是走在一条悬于地狱之火上的钢丝绳上，全面核大战一触即发，而现在两个恐龙大国所拥有的核武器，足以将地球上的所有生命毁灭上百次！”

“老生常谈。”罗拉西亚总统多多米，一头身材高大的暴龙不以为然地撇撇嘴说。

“所有这一切的发生，根源就在于你们对自然资源的巨量消耗。”卡奇卡接着说，它指指多多米，“你一顿饭所吃的食物，够蚂蚁一个大城市吃一天的，这真是个不公平的世界！”

“呵呵，小虫虫，你这话就没有道理了。”冈瓦纳帝国皇帝，一头名叫达达斯的强壮的霸王龙用雷鸣般的声音说，“我们就是长了这么大的个儿，有什么办法？难道你让我们都饿死不成？要想生存，就得消耗，就得有大量的工业和能源。”

“那你们应该使用可再生的清洁能源。”

“不可能，像蚂蚁用的那些小风车儿和太阳电池片儿，发出的那点儿电连驱动我们手腕上的电子表都不够。恐龙社会是高能耗社会，我们必须使用煤和石油，当然还有核能，产生污染是免不了的。”

“但是你们可以控制人口，这样就能降低能源的消耗。现在恐龙的全球人口已在七十亿以上，不能再增加了！”

达达斯摇摇头：“繁衍是生命的本能，膨胀和扩张更是文明的本性。要想保持一个国家的实力，就要有足够的人口。如果罗拉西亚愿意打碎它们的恐龙蛋，冈瓦纳也可以打碎我们自己的，它们打碎多少我们就打碎多少。”

“可是，殿下，冈瓦纳的人口比罗拉西亚多出近四亿！”多多米反驳说。

“总统先生，罗拉西亚的人口增长率要比冈瓦纳高出三个百分点！”达达斯回应道。

“大自然是绝不会允许你们这些消耗无度的大家伙的数量无休

止地增加的，你们非要等到灾难降临时才能清醒吗？”卡奇卡的两根触须分别指着多多米和达达斯说。

“哈哈，灾难？恐龙种族延续了几千万年，什么灾难没有遇到过？”多多米大笑着说。

“就是，车到山前自有路嘛。恐龙种族的本性就是顺其自然，什么到来时就去面对什么，我们是什么都不怕的种族！”达达斯挥着大爪说。

“那么全面核战争也不怕？当那毁灭一切的时刻到来时，我看不出还有什么路可走。”卡奇卡说。

“呵，虫虫，在这一点上我们的意见是相同的。”达达斯点点头说，“我们也不喜欢核武器，但罗拉西亚部署了那么多，我们也没办法，如果它们先销毁，我们也接着销毁。”

“嘻嘻嘻，”多多米指着达达斯讥笑说，“尊敬的殿下，您不会认为冈瓦纳帝国还有什么信誉可言吧。”

“你们首先销毁核武器是理所当然的，因为正是罗拉西亚的祖先首先发明了它。”

“但是冈瓦纳帝国也首先制造了洲际导弹，给核弹提供了远程运载工具……”

卡奇卡挥动触角打断了它们：“在这里追究几百年前的事有什么意思？！我们要面对的是现实！”

达达斯说：“现实是，罗拉西亚只能凭核武器给自己壮胆，离开了核武器就不堪一击！还记得那遥远的维拉平原战役吗，冈瓦拉的先皇率领二百五十万霸王龙，在南极大陆上大败罗拉西亚的五百万暴龙，把它们杀得片甲不留。现在南极点的那座雄伟的胜利山，就是由罗拉西亚恐龙的尸骨堆成的。”

“那殿下也一定记得巨石城的第二次毁灭了?”多多米反击道，“罗拉西亚空军的四十万只翼手龙飞临那座冈瓦纳巨城上空，投下了上百万颗燃烧弹，当罗拉西亚陆军进入城内时，已经能够吃到冈瓦纳恐龙美味的烤肉了，哈哈哈。”

“不错，罗拉西亚恐龙就是这样的懦夫，只能用从空中和远程投射的武器进行偷袭，从来没有面对面战斗的勇气，哼，一群卑劣的可怜虫!”

“那么，殿下，我们俩干吗不现在就让大家看看谁是可怜虫?!”多多米说着跳上了大圆桌，挥舞着两只锋利的大爪向达达斯扑去，冈瓦纳皇帝立刻跳上圆桌应战，其他的恐龙并没有干涉，只是在圆桌旁兴奋地欢呼。在国际会议上打架斗殴是恐龙世界的常事，蚂蚁们也见怪不怪，同过去发生这种事时一样，它们赶紧钻到坚固的水晶托盘下面，以免被恐龙的大脚踩扁。透过头顶的水晶盘，它们看到搏斗中两个恐龙像两座旋转的大山，圆桌的桌面剧烈地震动着。达达斯在体重和力量上占优势，多多米则更为灵活。

“你们不要再打架了！这像什么样子?!”蚂蚁们在水晶托盘下大喊，翻译系统把它们的声音放大播出。两个恶斗中的恐龙不分胜负，听到这声音停了下来，喘着气走下圆桌，坐回到自己的座位上，身上都带着长短不等的几道伤痕，仍恶狠狠地盯着对方。

“好了，我们似乎应该进入下一个议题了。”秘书长说。

“不行!”卡奇卡坚决地说，“本届峰会不应该再有别的议题了！当关系到我们世界的生死存亡的问题尚未解决时，任何其他的议题都无意义。”

“可是，最高执政官阁下，这几十年来，每一届的龙蚁峰会都要讨论关于环境污染和核威胁的议题，可最后都没有任何结果，这已经成了峰会上一个既浪费时间又让人厌烦的例行仪式了。”

“但这次不同，请各位相信，在此次峰会上，这个对地球文明最重要的议题将有一个结果。”

“既然您这么确定，那就请继续吧。”

卡奇卡沉默了一会儿，待会场上的喧闹声平息下来后，庄严地说：“下面宣读蚂蚁联邦第一四七号宣言，为了地球文明的延续，蚂蚁联邦对冈瓦纳恐龙帝国和罗拉西亚恐龙共和国提出如下要求：一、在以后十年内停止繁殖，使恐龙人口处于净减少状态；在十年后，恢复的繁殖率应低于死亡率，保证总的人口基数处于减少状态，并维持一个世纪。二、立刻关闭三分之一的重工业，并在十年内随着人口的减少逐渐再关闭三分之一的重工业，最终把环境污染降低到地球生物圈可承受的水平以下。三、立刻全面销毁核武器。具体的销毁方式，是在蚂蚁联邦的监督下，用洲际导弹把所有的核弹都发射到太空中去。”

恐龙中间出现了低低的几声笑，多多米用一只大爪指着水晶托盘说：“这个宣言蚂蚁已经发布了几十次，你们就不觉得厌烦吗？卡奇卡虫虫，您这是想窒息伟大的恐龙文明，您自己也不可能相信我们会接受这些荒唐的要求吧？”

卡奇卡点点触须说：“我们当然知道，恐龙是不会接受这些要求的。”

“那么好吧，”秘书长咔嗒咔嗒地动动背上的骨片说，“我想大会可以进行下一个议题了，一个更为现实的议题。”

“请等一下，我们的宣言还没有完，”卡奇卡说，“如果以上要求得不到满足，为了地球文明的延续，蚂蚁联邦将采取行动。”

恐龙们都愣了一下，互相看了看。

“如果恐龙世界不立刻按宣言的要求去做，在冈瓦纳帝国和罗拉西亚共和国工作的三百八十亿蚂蚁将全部罢工。”

会场陷入长时间的寂静，大厅的穹顶天空有薄云生成，那轻纱般的云片浮动着，给大厅广阔的地板平原上投下变幻不定的光影。

“卡奇卡执政官，您不是开玩笑吧？”多多米打破沉默问道。

“这是蚂蚁联邦一千一百四十五个国家共同拟定的宣言，我们的决心是不可动摇的。”

“执政官，我想您和所有的蚂蚁都应该明白，”达达斯用爪子揉着左眼说，它那只眼睛似乎在刚才的打斗中被多多米抓伤了，“恐龙和蚂蚁的联盟已延续了三千年，成为地球文明的基石。虽然历史上两个世界有过战争，但最终未能动摇联盟的基础。”

“但当整个地球的生物圈都受到致命的威胁时，蚂蚁联邦也只能这么做。”

“但不要拿这个当儿戏，请牢记第一次龙蚁战争的教训！”多多米说，“蚂蚁一旦罢工，恐龙世界的工业生产将陷入停顿，包括医疗在内的许多其他领域也将受到很大打击，这可能导致恐龙世界的经济崩溃。与此同时，蚂蚁联邦的经济也将面临崩溃，这对整个地球世界将产生难以预料的影响。”

“与因宗教冲突而起的第一次龙蚁战争不同，蚂蚁这次退出龙蚁联盟，是为了拯救地球文明，蚂蚁联邦将勇敢地面对由此而来的一切危机！”

“看来我们以前惯坏了这些小虫虫！”达达斯说完猛砸了一下桌子，发出了一声巨响。

“是恐龙们被惯坏了，”卡奇卡说，“如果蚂蚁世界早些采取行动，恐龙世界的傲慢与疯狂也不会发展到今天这种地步。”

会场再次陷入寂静，但这一次的空气中聚集着可怕的能量，似乎随时都会爆炸。

还是多多米打破了沉默，它转头看了看四周，如梦初醒地说："哦，看来，我得和蚂蚁虫虫单独谈谈。"说完，它走上圆桌，来到水晶托盘前，蹲下来松开了托盘与桌面的固定物，拿起托盘走下圆桌，端着托盘走到远离众人的地方，从上衣口袋中拿出一个小型翻译器，神秘地对水晶托盘上的卡奇卡说：

"尊敬的最高执政官，其实蚂蚁联邦的宣言也并非没有道理，地球文明所面临的危机是有目共睹的，罗拉西亚共和国也想解决这个危机，只是没有找到合适的机会而已。其实，现在我们有一个捷径可走：蚂蚁罢工是可以的，但只是在冈瓦纳帝国罢工，当帝国经济崩溃，社会陷入一片混乱后，罗拉西亚共和国将发起全面进攻，一举消灭冈瓦纳帝国。那时帝国已不堪一击，不用打核战争就能取得胜利。在占领冈瓦纳后，我们将关闭它们全部的重工业，人口问题更不用担心：战争中将会至少消灭三分之一的冈瓦纳恐龙，剩下的在一个世纪都不允许繁殖。这样，蚂蚁宣言的要求不就达到了吗？"

"不，总统。"卡奇卡在水晶盘中央说，盘上的其他几只蚂蚁联邦的官员也连连摇头，"这样恐龙世界的本质并没有改变，迟早有一天还会走到现在这一步。像您所设想的那样一场世界大战，可能带来很多我们预想不到的后果。更重要的是，蚂蚁联邦一直将所有的恐龙不分民族和国家一视同仁，在恐龙世界的不同地方以同样的方式工作并取得报酬，绝不卷入恐龙世界的任何政治和战争。这是蚂蚁世界自古以来遵循的原则，是保证蚂蚁联邦不可侵犯的独立性所必需的。"

"总统，请快把盘子放回来，我们要继续开会了！"秘书长在圆桌旁喊道。

多多米摇摇头叹息着说:“愚蠢的虫虫,你们错过了一次创造历史的机会!”然后端着水晶盘回到圆桌旁。他刚把水晶盘放回圆桌中央,达达斯皇帝立刻跳上桌来,又把盘子端了起来,“对不起各位,我也要同虫虫们单独谈谈!”他说着,像多多米那样端着水晶盘来到离圆桌很远的地方,掏出翻译器对卡奇卡说:

“呵呵,最高执政官虫虫,我猜得到那家伙都对您说了些什么。不要信它,多多米的狡猾奸诈是人所共知的。更应该消灭的是罗拉西亚,冈瓦纳恐龙多少还保留着一些与自然和谐相处的思想,我们的行为还受到宗教信仰的约束,而罗拉西亚恐龙,是彻头彻尾的技术崇拜者,不可救药的恐龙中心论者,它们比我们更盲目地相信大机器和大工业的力量,相信核武器的力量,那些杂种会一条道儿走到黑的!听着虫虫,你们在罗拉西亚全面罢工,或者更进一步,在那里搞大规模的破坏,冈瓦纳帝国将全面出击,在短时间内清除这些地球上的垃圾!虫虫,这可是我们共同为地球文明建立丰功伟业的最好机会!”

卡奇卡把刚才对罗拉西亚共和国总统说过的话又对冈瓦纳帝国的皇帝说了一遍。

听完卡奇卡的话,达达斯恼怒地把水晶盘扔了出去,盘子掉在地上几秒钟后,蚂蚁联邦代表团的成员们才纷纷扬扬落下来。

“你们这些微不足道的小虫虫,有什么资格藐视伟大的恐龙文明?!

要知道,统治地球的是我们而不是你们,你们只是些活着的灰尘而已!”

卡奇卡站在大厅的地板上,仰视着高得望不到顶的冈瓦纳皇帝说:“殿下,在这样一个时代,您仍然通过一个文明个体的大小来判断其力量的强弱,真是幼稚到极点,去读读第一次龙蚁战争的历史吧!”

由于离翻译器很远,达达斯没有听到卡奇卡的话,它用雷霆般的嗓音吼叫着:“如果蚂蚁敢于罢工,将受到最无情的惩罚!”说完扬长而去。

冈瓦纳帝国和罗拉西亚共和国代表团的恐龙也都从圆桌旁纷纷起身离去,一时间地面在恐龙们沉重的脚步声中剧烈地颤抖着,蚂蚁联邦的成员们同地板上的灰尘一起被震得反复蹦起落下。恐龙们的身影很快消失在远方,蚂蚁们面前只有平坦而光滑的地板平原,这平原在穹顶天空上那一群小太阳下反射着白光,伸向无穷远处,就像卡奇卡意识中的不可知的未来。

罢 工

冈瓦纳帝国首都，在高耸入云的皇宫中的一间宽阔的蓝色大厅中，达达斯皇帝躺在一张大沙发上，用大爪捂着左眼，不时痛苦地呻吟一声。围着它站着几头恐龙，它们是：国务大臣巴巴特、国防大臣洛洛加元帅、科学大臣尼尼坎博士，医疗大臣维维克医生。

维维克医生欠身看着皇帝说："殿下，您被多多米抓伤的左眼已经发炎了，急需手术，但现在找不到动眼科手术的蚂蚁医生，只能用抗生素药物维持，这样下去，您的这只眼睛有失明的危险。"

"我真想剥了多多米的皮！"皇帝咬牙切齿地说，接着问医生，"全国的医院都没有蚂蚁医生了吗？"

维维克点点头："是的殿下，大量需要手术的病人得不到治疗，已经引起了一定的社会恐慌。"

"大概更大的恐慌不是来自于此吧。"皇帝说着，转向国务大臣。

巴巴特欠一下身说："当然，殿下。现在，全国有三分之二的工厂已经停工，有几个城市还停电，罗拉西亚共和国的情况也比我们好不到哪里去。"

"那些恐龙能够操纵的机器和生产线也停下来了吗？"

"是的殿下，在制造业，比如汽车制造之类，如果精细的小部件造不出来，那些恐龙能够生产的大部件也无法装配成能够使用的成品，所以也都停止生产了。在另外一些工业部门，如化工和发电，蚂蚁罢工刚开始还影响不大，但后来随着设备故障的增加，维修又跟不上，瘫痪的工厂越来越多。”

皇帝暴跳如雷：“混蛋！龙蚁峰会刚结束，我们就命令你们在全国范围内对恐龙产业工人进行紧急培训，以使它们能够逐步胜任原来由蚂蚁从事的精细操作。”

“殿下，这几乎是一件不可能的事。”

“对于伟大的冈瓦纳帝国没有什么是不可能的！在帝国漫长的历史上，冈瓦纳恐龙经历过比这大得多的危机，有多少次敌众我寡的血战，多少次覆盖整个大陆的森林大火，多少次在大陆板块运动后岩浆横流的大地上生存下来……”

“但，殿下，这次不同……”

“有什么不同的?！只要勤学苦练，恐龙也能拥有一双灵巧的手！我们的世界不会因此而屈服于那些小虫子的要挟！”

“我将让您看到，这是一件多么困难的事……”国务大臣说着，张开它的大爪，把两根红色的电线放到沙发上，“殿下，您能试着做一个维修机器设备最基本的操作：把这两根导线接起来吗?”

达达斯皇帝大爪的每根指头都有半米长，比茶杯还粗，那两根直径三毫米的电线，在它看来比我们眼中的头发丝还细，它费了很大劲，蹲在那里把两眼紧凑在沙发上，试图把那两根电线捏起来，爪子粗大的锥形指甲像几颗小炮弹般光滑，夹起的电线最终都滑落下去，剥开电线的胶皮进行连接更是谈不上了。皇帝叹了口气，不耐烦地一挥爪子把电线扫到地上。

“就算是您最终练就了这接线的细功夫，还是无法进行维修工作，我们这粗大的手指不可能伸进那些只有蚂蚁才能钻进去的机器中。”

“唉——”科学大臣尼尼坎长叹一声，感慨地说，“早在八百年前，先皇就看到了恐龙世界对蚂蚁细微操作技能的依赖所产生的危险，并做出了巨大的努力，研究新的技术和设备以摆脱这种依赖，但恕我冒昧，在包括殿下在位的这两个世纪，这种努力几乎停止了，我们舒适地躺在蚂蚁服务的温床上，忘记了居安思危。”

“我没有躺在谁的温床上！”皇帝举起两只大爪愤怒地说，“事实上，先皇看到的那种危险也无数次在我的噩梦中出现，”它用一根粗指头抵着尼尼坎的前胸，“但你要知道，先皇摆脱对蚂蚁技能依赖的努力是因为失败而停止的，在罗拉西亚共和国也一样！”

“是这样，殿下！”国务大臣点点头，指指地上的电线对尼尼坎说，“博士，您不可能不知道，要想让恐龙顺利地完成接线操作，这两根电线必须有十至十五厘米粗！即使具有这样大的形体，我们也不可能想象一部内部盘着像小树那么粗的电线的移动电话，或者同样的一台电脑。与此类似，要想由恐龙操作和维护，有一半的机器设备必须造得比现在大百倍甚至几百倍，这样，资源和能源的消耗也相应地是现在的几百倍，这是恐龙世界的经济根本无法承受的！”

科学大臣点点头承认了上面的说法：“是的，更要命的是，有些设备的部件是不可能大型化的，比如光学和电磁波通信设备，包括光波在内的电磁波的波长，决定了调制和处理它们的部件一定是微小的。没有微小部件，怎么可能想象会有计算机和网络？在分子生物学和基因工程的研究和生产方面也是类似的。”

医疗大臣说：“由于恐龙的器官体积相对较大，由恐龙医生来动手术，在一部分病例中是可行的。但蚂蚁手术有不用开刀的优点，更安全，疗效也更好。据记载，在两千年前曾有过由恐龙医生开刀动手术的病例,但现在这种技术已经失传。恢复开刀的外科手术有一大堆的技术要掌握,比如深度麻醉和创口缝合等。这里还有个观念和习惯问题,在享受了几千年的蚂蚁医疗后,开膛破肚动手术对大部分恐龙来说是绝对无法接受的! 所以至少在今后相当长的时间里,我们的医疗离不开蚂蚁。”

科学大臣总结道:“龙蚁联盟是大自然在进化中的一项选择,它的意义是十分深远的,没有这种联盟,地球上的文明根本不可能出现,我们绝不能容忍蚂蚁破坏这个联盟。”

“可现在我们怎么办呢?”皇帝摊开双爪看看大家问。

一直沉默的国防大臣洛洛加元帅说话了:“殿下,蚂蚁联邦固然有它们的优势,但我们也有自己的力量,帝国应该使用这种力量。”

皇帝点点头,对元帅说:“好吧,你命令总参谋部制定一个行动方案。”

“元帅,”国务大臣拉住正要离去的洛洛加说,“关键是要与罗拉西亚协调好。”

“对!”皇帝点点头,“要与它们同时行动,以防让多多米做好人,把蚂蚁联邦拉到罗拉西亚那边去。”

第二次龙蚁战争

在第一次龙蚁战争的废墟上重建的牙城，现在已发展成蚂蚁世界中最大的城市，是冈瓦纳大陆上蚂蚁联邦的政治、经济和文化中心。它有一亿蚂蚁人口，占地面积约为两个足球场大小。牙城高楼林立，其中的联邦贸易大厦高达五米，是蚂蚁世界最高的建筑。平时，迷宫般的街道上蚁流不断，由于蚂蚁的高层建筑不需要楼梯，可以直接从外墙进入各层，所以条条蚁流也出现在摩天大楼的外表面上。城市的空中还有许多飞蚁，它们透明的薄翅在阳光下闪闪发光。牙城中最引人注目的是那位于高楼顶端的无数发电风车，像盛开在城市中的朵朵白花。

但今天，这座往日喧闹的大都市却一片寂静，市内的所有居民，连同蚂蚁罢工后从恐龙城市中撤出的大量蚂蚁工人，已大部撤离城市，在城市东面，撤离的几亿只蚂蚁形成一条流向远方的黑色小溪。在西方，原来一望无际的广阔平原上赫然出现了一排高大的金属山脉，那是十辆冈瓦纳恐龙的推土机。推土机巨大的推铲排成一排，像远方一堵齐天的铁墙。冈瓦纳恐龙帝国已向蚂蚁联邦发出最后通牒，如果罢工的蚂蚁不在二十四小时内复工，这些推土机将把牙城推平。现在，太阳正从西方地平线落下，恐龙推土机长长的影子盖住了牙城。

第二天早晨，第二次龙蚁战争开始了。

一阵晨风吹散了晨雾，初升的太阳照亮了这对蚂蚁来说无比广阔，对恐龙来说又过分狭小的战场。在牙城的西部边界外，蚂蚁炮兵摆开了长达二十多米的威严的炮阵，几百门大口径火炮在朝阳中闪闪发光，这些炮有我们的爆竹大小。在靠后一些的阵地上，上千枚导弹在发射架上严阵以待，每枚的尺寸与我们的一支香烟相当。一队蚂蚁空军的侦察机在城市上空盘旋，像被旋风吹起的几片小树叶。

远处，那十辆恐龙推土机的引擎已经发动起来，巨大的轰鸣充满天地之间，震动通过大地传过来，牙城像处于一场地震中，高楼上的玻璃哗哗作响。推土机旁站着几名恐龙军人，在蚂蚁眼中像顶天立地的巨人，其中一名军官手拿一个扩音器对牙城方向喊话：

"小虫虫们听着，如果你们再不复工，帝国的推土机就要开过去了！你们的城市将被推成平地!! 其实我们根本用不着费这个劲儿，我在一本描写第一次龙蚁战争的书上看到过古代的一位恐龙将军的一句话：你们这座城市比我们娃娃的玩具沙盘还小，它们撒泡尿就能把它冲垮！哈哈哈……"

牙城方向没有任何回答，甚至没有提醒这头恐龙它所提到的第一次龙蚁战争中那位恐龙将军的下场。

"前进!"恐龙军官一挥大爪，所有的推土机都缓缓向前移动，并逐渐加速。

这时，牙城中响起了轻微的咝咝声，在推土机的轰鸣声中只能隐约听到，像一个气球在跑气。有无数根极细的白线从城市中拉出来，并迅速拉长，仿佛城市长出了头发。这是蚂蚁发射的导弹的尾烟。那一群导弹飞过推土机和城市间的空旷地带，分别击中了推土机和站在后边的恐龙军人。刚才喊话的那个军官挥爪抓住了一枚导弹，导弹在它的掌心爆炸了，发出了沉闷的噗的一声，恐龙痛得叫了一声，一甩爪把导弹的残片扔掉，张开一看，掌中只被薄薄地炸起了一小块皮。又有几十枚导弹击中了它那庞大的身体，并噼里啪啦地炸开来，恐龙边拍打身体边哈哈大笑起来："哇，你们的导弹怎么像蚊子，叮得我好痒痒啊！"蚂蚁炮兵开始射击，那几百门大口径火炮喷出的火焰在牙城前面的地面上闪成了一条线，像有人在那里扔了一挂点着的鞭炮。如雨的炮弹飞过来，大部分击中了恐龙军人和推土机的驾驶室。那一片细小的爆炸声甚至连推土机的轰鸣声都压不过，这些武器对目标没有造成任何损坏，只是在驾驶舱的玻璃上留下一片斑点。

在刚刚启动的推土机前方不到两米的草地上，沿一条直线，突然飞起了上千只蚂蚁飞行器，它们的薄翅在阳光下闪着一片密密麻麻的细小闪光。飞行器群越过推土机高大的推铲，纷纷在推土机的前盖板上降落。蚂蚁们仿佛降落到一个广阔的黄色平原上，这金属的大地在推土机的引擎声中剧烈地震动。前方，驾驶室的玻璃像一面望不到顶的巨大悬崖，悬崖那光滑的表面反射着蓝天和白云，看不到里面的恐龙驾驶员。在盖板的中央，有一排通气缝，那些缝在蚂蚁看来十分宽大，它们纷纷钻了进去。进入内部后，蚂蚁们看到了一个骇人的巨大空间，这空间中充满了粗大的管道和飞转的巨轮，仿佛进入了一个由钢铁机械构成的宇宙。热烘烘的空气中充满了刺鼻的油味，怪异的巨响震得蚂蚁们浑身发麻。正如军官们警告过的，它们看到前面那个顶天立地的冷却扇在飞速旋转，空中充满了强劲的疾风，蚂蚁们按预定的路线沿着管道迅速向目标爬去，对于它们来说这些管子都很粗，部队像行进在一道道宽阔的山脊上。虽然管道错综复杂，但蚂蚁天生就是走迷宫的能手，寻找发动机火花塞的小分队很快看到了目标，那四个火花塞像远方四座巍峨的巨塔。蚂蚁士兵不需要靠近火花塞，据说它的附近有对蚂蚁来说足以致命的泄漏电场。火花塞的导线从它的顶部凌空而下，落到距蚂蚁们很近的地方，导线的直径约相当于一个蚂蚁的身长。蚂蚁士兵们爬到导线旁后，把背上携带的雷粒取下，粘到导线表面，每根导线上都粘贴了三四颗雷粒。把雷粒的定时起爆钮旋到合适的位置后，蚂蚁们很快撤离。与第一次龙蚁战争中的微型燃烧弹不同，这种雷粒是专门用于切断导线的小炸弹。一阵爆炸声响起，这声音相当于我们的鞭炮声，几乎被机器的轰鸣盖住，但四根导线还是被齐齐炸断，导线的断头与金属机壳接触，迸出了一串刺眼的电火花。在发动机的气缸内，已断电的火花塞不再点燃油汽，动力消失了，推土机骤然停下，惯性把几只蚂蚁从管道上掀了下去。与此同时，进入推土机内部的另一支蚂蚁分队找到了输油管，它比火花塞的导线要粗得多，透过透明的塑料管壁，可以清楚地看到管内流动的燃油。蚂蚁们爬上输油管，绕管壁一圈粘上了十几颗雷粒，然后撤离，至此，它们完成了全部作战任务。

恐龙的十台推土机大约驶出了二百多米，就相继停了下来，又过了两三分钟，其中的六台轰地燃烧起来，恐龙司机们纷纷从驾驶室中跳出逃命。它们刚刚跑开，有四台燃烧的推土机就发生了爆炸。在守卫牙城的蚂蚁眼中，裹着烈焰的浓烟遮住了大半个天空。爆炸平息后，那四台没有起火的推土机的恐龙司机又返回去，在燃烧中的邻车烈焰的烧烤下打开车前盖检查故障，它们很快查到了故障原因，其中一个恐龙本能地从口袋里掏出一个信号棒，这个装置能够发出蚂蚁的气味语言，是恐龙在平时召唤蚂蚁维修工用的。那个恐龙司机盯着闪光的信号棒看了好半天，才想起来现在已没有蚂蚁为自己工作了。它骂了一声，弯腰自己接线，同其他三个恐龙一样，它那粗大的爪子不能伸进机器把导线取出来，其中一个恐龙急中生智，用一根树枝挑出了导线，但它那粗笨的爪子根本不可能把两个线头接起来，没摆弄几下，导线又从它的爪中滑落下去。司机只好离开自己的推土机，眼巴巴地看着邻车的烈火蔓延到自己的车上来。

蚂蚁阵地上一片欢呼，但在一辆装甲车前指挥战斗的若列元帅冷静地下令撤退，其实炮兵和导弹部队早已撤走，剩下的完成攻击的蚂蚁部队也都向东方飞去，牙城真正成了一座空城。

看着一排熊熊燃烧的推土机，恐龙们恼羞成怒，那名军官大喊："你们这些可恶的虫虫！真以为就这样取得胜利了吗?！我们用推土机是为了好玩儿！看我们怎么收拾你们的玩具城市！"

恐龙离开约十分钟后，一架冈瓦纳帝国的轰炸机飞临牙城上空，当它那巨大的阴影把牙城完全盖住时，投下了一枚炸弹，这枚炸弹足有我们的油罐车大小，它下落时发出刺耳的尖叫声，正好击中了牙城的中央广场。一声惊天动地的巨响，巨大的黑色尘柱冲上了百米空中，待尘埃落定烟雾散去后，原来是牙城的地方出现了一个深深的大坑，浑浊的地下水开始从坑底涌出，这座蚂蚁世界最大的城市连一点儿痕迹都没有留下。

几乎与此同时，蚂蚁联邦在罗拉西亚大陆的中心城市绿城也被恐龙毁灭了，那座美丽的蚂蚁大都市被罗拉西亚恐龙消防车的高压水龙头冲成了一片泥泞的平地。

医疗队

牙城毁灭后的第二天，蚂蚁联邦执政官卡奇卡带领着一支医疗队来到巨石城，求见达达斯皇帝。

“对于冈瓦纳帝国所显示的强大力量，蚂蚁联邦深感敬畏。”卡奇卡恭谦地说。

达达斯兴奋地说：“呵呵，卡奇卡虫虫，您终于明白了一些道理。要知道，现在已不是第一次龙蚁战争的时代，蚂蚁早已不具有那时的战争力量。你们不可能再在城市和森林中放起火来，到处都有火警监视器和自动灭火器，火还燃不到香烟头那么大就会被扑灭。至于钻进恐龙鼻孔那种野蛮而愚蠢的战术，即使在第一次龙蚁战争时期恐龙就有办法防止它，只不过是麻烦了一些而已。”

“正是这样，尊敬的达达斯殿下。我此行就是请求冈瓦纳帝国立刻停止对蚂蚁联邦其他城市的攻击，蚂蚁将立刻停止罢工，恢复在恐龙帝国的所有工作。与此同时，蚂蚁联邦也向罗拉西亚共和国表达了同样的意愿。现在，在各个大陆上，几百亿只蚂蚁正在返回恐龙的所有城市。”

达达斯连连点头：“这就对了，龙蚁联盟的分裂对我们双方都是灾难。这次事件，至少让蚂蚁懂得了谁是地球真正的统治者！”

卡奇卡也点点触须：“这对蚂蚁是生动的一课！为了表示蚂蚁

联邦对地球统治者真诚的敬意，我带来了这支最优秀的医疗队，为殿下治疗眼伤。”

达达斯很高兴，因为这两天眼伤一直折磨着它，而恐龙医生除了给点药吃外束手无策，说是必须由蚂蚁来动手术。蚂蚁医疗队的手术很快开始，它们中的一部分在眼球外部操作，另一部分则通过鼻孔进入到眼球后面进行治疗。在手术的过程中，卡奇卡还同时向皇帝做介绍：“殿下，手术的第一步是清除眼球中的感染和坏死组织，同时给予药物注入。第二步将用一种最新的眼科治疗材料对伤处进行修补，这种材料是用生物工程培养出来的活体组织，能够使您的眼球痊愈，视力和外观都不受丝毫影响。”

手术在两个小时后完成。卡奇卡和蚂蚁医疗队一起离去。

这时，国务大臣和医疗大臣走了进来，它们身后跟着几头恐龙，推着一台高大复杂的机器。医疗大臣指着机器向皇帝介绍说：“殿下，这是高精度三维扫描仪。”

“你们要干什么？”左眼裹着纱布的达达斯一脸狐疑地问。

“为了安全起见，殿下，我们必须对您的头部进行全面的扫描。”国务大臣严肃地说。

“这有必要吗？”

“对这些狡诈的虫虫，我们还是小心为好。”

达达斯站到机器的一个小平台上，一道极细的亮线自上而下缓慢地移过它的头颅。在扫描过程中，达达斯不耐烦地说：“你们有些疑神疑鬼，蚂蚁虫虫绝对不敢在我的身上做手脚的，如果被发现，帝国军队会在三天内摧毁它们的所有城市。蚂蚁是狡诈的虫虫，但也是最理智的虫虫，它们的思考方式就像精确的计算机，其中绝没有感情用事的成分，它们能算清这笔账。”

扫描完成，达达斯的头颅内没有发现异常。与此同时，达达斯得到报告：蚂蚁正在陆续返回恐龙城市，它们从事的各项工作也正在很快恢复中。

“我还是不放心，殿下，我了解蚂蚁。”国务大臣低声对皇帝说。

达达斯对它微笑着说：“您的这种警惕是对的，也应该保持，但同时还应明白：我们战胜了它们！”

“从今以后，所有帝国高层官员和重要的科学家、关键岗位的工作人员，都要定期进行这种扫描检查，希望殿下批准。”医务大臣说。

“好吧，我同意，虽然我还是觉得你们在疑神疑鬼。”

但达达斯没有想到，在昨天夜晚，潜伏在皇家医院中的二十只蚂蚁分别进入了医院中的六台高精度三维扫描仪，破坏了每台中的一个恐龙的肉眼几乎无法看见的小集成块，这个元件损坏后，扫描仪的运转将一切正常，但其精度降低了百分之二十。正是这降低的百分之二十的精度，使扫描仪漏掉了达达斯头颅内的一个小东西，这个东西是动手术的蚂蚁偷偷放进去的，它只有米粒的十分之一大小，放置于脑部的主血管上，是一粒定时起爆的雷粒，可以在瞬间切断血管。一千年前的那场战争中，进攻牙城的恐龙将军依西塔，就是被由鼻孔进入脑部的蚂蚁士兵咬破那根血管，在战场上脑溢血而死的。

那颗雷粒的引爆时间设定在六百六十小时之后，那时地球的自转速度比现在快，每天只有二十二小时，所以恐龙皇帝大脑中的这颗雷粒将在一个月后爆炸。

最后的战争

“现在的事实已经很清楚：要么蚂蚁消灭恐龙；要么两者一起毁灭！”卡奇卡执政官在蚂蚁联邦的议会讲坛上对议员们说。

“我同意最高执政官的看法。”参议员比卢比在自己的座位上挥动着触角说，“照现在的趋势发展下去，地球生物圈只有两个命运：或者被恐龙大工业产生的污染完全毒化，或者在冈瓦纳和罗拉西亚两个恐龙大国间的核战争中被完全毁灭！”

它们的话在蚂蚁议员们中引起了强烈反响：“对，是做最后抉择的时候了！”“消灭恐龙，拯救文明！”“行动吧！行动吧！！……”

“请大家冷静一下！”蚂蚁联邦的首席科学家乔耶博士挥动触角平息了喧哗，“要知道，蚂蚁和恐龙的共生关系已经延续了两千多年，龙蚁联盟是地球文明的基础，当然也是蚂蚁文明的基础，如果这个联盟突然消失，并且其中的一方恐龙被消灭，蚂蚁文明真的能够独自存在下去吗？大家都知道，在龙蚁联盟中，恐龙从蚂蚁这里得到的东西一直是很明确很具体的，而蚂蚁从恐龙那里得到的，除了基本的生活物资外，还有一些无形的东西，这就是它们的思想和科技知识，对于蚂蚁文明来说，后者显然是更重要的。”

卡奇卡说：“博士，这个问题我考虑了很久。在龙蚁联盟的初期，那些来自恐龙的思想和知识确实是蚂蚁社会所必不可少的，是我们的文明起飞的动力。但现在，经过这两千多年从恐龙那里不断地学习和积累，蚂蚁的思想已远不是当初那样的简单和机械了，我们也能够进行科学思维，也能够进行技术设计和创新，事实上，在许多领域，比如微机械和生物计算机方面，我们都领先于恐龙，离开了它们，蚂蚁世界的技术照样能够进步，我们不再需要它们的思想源泉了！”

“不不不不——”乔耶博士使劲地摇着触须，“卡奇卡执政官，您混淆了技术和科学这两个概念！蚂蚁也许能够成为出色的工程师，但永远也成不了科学家！因为蚂蚁大脑的生理结构决定了我们永远也不可能拥有恐龙的两样东西：好奇心和想象力。”

比卢比参议员不以为然地摇摇头：“好奇心和想象力？博士，您以为这是两样好东西吗？正是这两样东西，使恐龙成为一种神经兮兮的动物，使它们的情绪变幻不定，喜怒无常，整天在胡思乱想的白日梦中浪费时光。”

“但，参议员，正是这种变幻不定和胡思乱想，才使灵感和创造成为可能，才使探索宇宙最深层规律的理论研究成为可能，而后者是技术进步的基础，没有抽象的理论，技术的发明和创新就成为无源之水，终究要枯竭的。”

“好了好了——”卡奇卡不耐烦地打断乔耶博士的话，“现在不是进行这种无聊的学术讨论的时候，博士，蚂蚁世界现在面临的问题只有一个：是消灭恐龙，还是与它们一起毁灭？”

乔耶无言以对。

“你们这些学者都是语言的巨人行动的矮子，只会空谈理论，在实际问题面前总是束手无策。”比卢比讥讽地说，然后转向卡奇卡，“这么说，尊敬的执政官，联邦统帅部已经有了一个详细的计划？”

卡奇卡点点头："下面请若列元帅为我们介绍。"

曾在几天前指挥过第二次牙城战役的若列元帅走上讲坛："我想让大家看一样小东西，这也是我们不依赖恐龙老师而进行的技术发明中的微不足道的一项。"

在元帅的示意下，有两只蚂蚁拿上来两小条薄薄的白色片状物，像两片小纸屑，若列介绍说："这是蚂蚁最传统的武器——雷粒的一种最新型号，这种片状的雷粒，是联邦的军事工程师们专为这场终极战争研制的。"它挥了一下触须，又有四只蚂蚁抬上来两小段导线，就是在恐龙的机器中最常见的那种，一段是红色的，另一段为绿色。它们把这两段导线放到一个支架上，然后把那两片白色的小条分别缠到两段导线的中部，小条紧紧地贴在导线上，像在上面缠了两圈白胶布。但接下来神奇的事情发生了：那两圈小白条突然开始变色，分别变成与它们所缠的导线一样的颜色，一条变红一条变绿，很快，它们就与所缠的导线融为一体，根本无法分辨出来。卡奇卡说："这就是联邦的最新武器：变色雷粒。它们一旦安装到位，恐龙是绝对无法发现的！"约两分钟后雷粒爆炸，啪啪两声脆响后，两段导线都被齐齐切断。

"届时，联邦将出动由一亿只蚂蚁组成的大军，它们中的一部分是目前正在恐龙世界恢复工作的蚂蚁，另一部分则正在潜入恐龙世界。这两千万大军将在恐龙的机器内部的导线上，安装两亿片变色雷粒！我们把这个行动称为断线行动。"

"哇，真是一个宏伟的计划！"比卢比参议员赞叹道，引发了议员们一阵由衷的附和声。

"同时进行的另一个行动也同样宏伟！联邦将出动另一支由两千万蚂蚁组成的大军，潜入五百万恐龙的头颅，在它们的大脑主血管上安装雷粒。这五百万头恐龙是地球上几十亿恐龙中的精英部分，它们包括国家领导层、科学家、关键岗位上的技术人员和操作人员等，这些恐龙一旦被消灭，整个恐龙世界就像失去了大脑，所以我们把这个行动称为断脑行动。”

比卢比说：“这个计划似乎不像上一个那么容易。据我所知，现在恐龙社会已经对所有关键人员定期进行高精度三维扫描检查，冈瓦纳帝国首先这样做，罗拉西亚共和国紧接着效仿。在冈瓦纳帝国，甚至达达斯皇帝都要定期接受这种检查。”

卡奇卡带着一种得意的神情说：“断脑行动的第一颗雷粒已经布下，它就在达达斯的大脑中，是我带领的那支医疗队布下的，现在皇帝已经经过了多次扫描检查，那颗雷粒仍然安全地贴在它的大脑主血管上。”

“这么说，我们已经研制出了另一种新型雷粒，高精度三维扫描仪探测不出？”乔耶博士问。

卡奇卡摇摇头：“我们确实做过这方面的努力，但都失败了。高精度三维扫描仪是近年来恐龙和蚂蚁共同完成的重大技术成果之一，它能够检测和识别出恐龙大脑内最细微的异物。当然，如果把雷粒安放在恐龙身体的其他部位就不容易被检测出来，但要想用一颗雷粒使其丧命或至少丧失意识和思考能力，只有布设在大脑主血管上才能做到，恐龙也明白这一点，所以它们只检测大脑。”

乔耶想了半天，困惑地摆摆触须：“对不起，执政官，我认为那颗雷粒不可能不被检测出来，我是高精度三维扫描仪项目蚂蚁方面的负责人，深知那种仪器的威力。”

若列也露出了卡奇卡那种得意的神色：“亲爱的博士，您总是把简单的事情想得复杂。我们只是另派了一支小部队潜入皇家医院，对医院中的六台高精度三维扫描仪做了手脚，破坏了其中的一个小集成块，使其精度降低百分之二十，这正好让机器识别不出那颗雷粒。”

“那以后呢？不是还要在五百万头恐龙的头颅中布设雷粒吗？总不能……啊，你们不会是想在恐龙世界中所有的高精度三维扫描仪上都做手脚，让其精度降低百分之二十吧？！”

“正是这样！与前面的行动相比，这反倒是较容易的一个任务。要知道，恐龙世界中目前只有四十万台左右的这种机器，我们用一支五百万的蚂蚁部队就能完成这件事。”

“一个疯狂的计划。”首席科学家惊愕地说。

“计划的最精彩之处是对恐龙世界打击的同时性！”卡奇卡接着说，它把博士的话当成了对计划的赞扬，“安放在恐龙世界机器中的那两亿颗雷粒，和布设在恐龙大脑中的五百万颗雷粒，将在同一时刻爆炸！这一时刻的误差不会超过一秒钟！这使得恐龙世界的任何一部分都不可能得到其他部分的救援和替代，这首先将导致它们那庞大复杂的信息系统彻底崩溃，接着，恐龙的大工业系统和交通运输系统也将瘫痪。由于故障面覆盖整个恐龙世界，遍及每一个角落，所以根本不可能在短时间内恢复，而那五百万处于关键岗位的恐龙被消灭，更使得恐龙社会被切除了大脑，陷入全面的休克中，整个恐龙社会将像大洋中部一艘被抽掉了船底的大船，飞快地沉下去！大家知道，恐龙城市的消耗量极大，我们所进行的计算机模拟表明，一旦维持这种不间断的庞大供应的信息网络、大工业系统和交通运输系统崩溃，在不到一个月的时间里，城市中将有三分之二的恐龙死于饥渴，剩下的恐龙人口将稀疏地散落到城市之外，在蚂蚁的继续攻击下，伴随着饥饿和疾病，在一年左右的时间内，这些幸存者的数量又会减少三分之二，最后幸存的恐龙世界，将退化到蒸汽时代之前的低技术社会，对蚂蚁世界已构不成任何威胁，那时，我们就是真正的地球统治者了。”

“尊敬的卡奇卡执政官，能否告诉我们那一伟大时刻的具体时间?”比卢比问，拼命抑制着自己的兴奋。

“所有雷粒的引爆时间，将设定在一个月后的午夜。”

蚂蚁们发出了一阵欢呼。

乔耶博士拼命地挥动触须，想让众蚂蚁安静下来，但欢呼声经久不息，他大喝了一声，才使大家安静下来把目光转向它。

“够了！你们都疯了?!”乔耶大喊道，“恐龙世界是一个极其复杂的超巨型系统，这个系统如果在一瞬间全面崩溃，会产生我们难以预测的后果。”

“博士，除了恐龙世界的毁灭和蚂蚁联邦在地球上的最后胜利，您能告诉大家还会有什么别的后果吗?”卡奇卡问。

“我说过，难以预测!”

“又来了，乔耶书呆子，您那一套我们都厌烦了。”比卢比说，其他的议员对首席科学家扫了大家的兴也纷纷表示不满。

若列走过来用前爪拍拍乔耶，元帅是一只冷静的蚂蚁，也是刚才少数没有同大家一起欢呼的蚂蚁之一：“博士，我理解您的忧虑，其实这种担心我们也有，但作为一个理智的现实主义者，我觉得蚂蚁联邦已别无选择，事实上您这样的学者也给不了我们更好的选择。至于您说到的可怕后果，我想恐龙的核武器失控算是最可能的一个吧，那些核武器足以消灭地球上的所有生命。但不用担心，虽然两个恐龙大国的核武器系统全部由恐龙控制，日常少量由蚂蚁进行的维护工作也在恐龙的严密监视之下，但对于蚂蚁特种部队来说，进入其内部也不是一件难事。我们在核武器系统中安放的雷粒数量将比别的系统多一倍，当那一时刻过后，核武器系统会同其他系统一样全面瘫痪，不会有一颗核弹发生爆炸的。”

乔耶叹了口气：“元帅，事情要复杂得多，关键的关键在于，我们真的了解恐龙世界吗？”

这个问题让所有的蚂蚁都愣了一下，卡奇卡看着乔耶说：“博士，蚂蚁遍及恐龙世界的每一个角落，而且三千年来一直如此！您怎么能提出一个如此愚蠢的问题？！”

乔耶缓缓地摇摇触须：“蚂蚁和恐龙毕竟是两个差异巨大的物种，生活在两个完全不同的世界里。直觉告诉我，恐龙世界肯定存在着某些蚂蚁完全不知晓的巨大秘密。”

“如果您提不出什么具体的来，那就等于没说。”比卢比不以为然地说。

乔耶说：“为此，我请求建立一个信息收集系统，具体的计划是：当你们每向恐龙的大脑中布设一颗雷粒，同时也向它的耳蜗中安装一个窃听器，我将领导一个部门监听和分析这些窃听器发回的信息，以期能尽快发现一些我们以前不知道的东西。”

若列说：“在恐龙大脑中安放雷粒的工作估计在半个月就能完成，这样，您的那个部门将接收五百万个窃听器发回的信息，这样巨量的信息，即使投入巨大的力量，在所有的雷粒爆炸前也只能分析极小的一部分。”

乔耶点点触须：“正因为如此，元帅，我请求将雷粒的起爆时间推迟两个月，以便我们尽可能多地分析一些信息，说不定真能发现什么。”

“胡说！”卡奇卡恼怒地喊道，“时间绝对不可能推迟，一个月是我们安放雷粒需要的时间，除此之外一秒钟都不能延长，夜长梦多，我们必须尽快行动！再说，我也不相信恐龙世界中真有什么我们以前不知道的东西。”

雷　粒

冈瓦纳恐龙帝国的皇帝达达斯走进了巨石城的通信大厦，同它一起的有国务大臣和安全大臣。通信大厦是巨石城信息网络的中心，担负着首都同全国的信息处理和交换任务。在冈瓦纳帝国共有上百个这样的网络中心，构成了帝国庞大信息网络的主干。

达达斯一行走进了通信大厦宽阔的主控室，这里有无数的电脑屏幕在发着光，在电脑前工作的恐龙们见到皇帝到来，都敬畏地站了起来。

"这里的负责人呢？"国务大臣问，有两头恐龙走上前来，它们介绍自己是网络中心的总工程师和保卫部长，大臣问它们："在这里工作的蚂蚁呢？"

"都下班走了。"总工程师说。

国务大臣点点头："你们一定已经接到帝国安全部门的命令，对所有计算机和网络设备进行一次彻底的检查，以防蚂蚁可能进行的破坏。这种检查是全国性的，在帝国的各个行业都在进行，其规模和覆盖面超过了以往的任何一次。皇帝殿下这次来，就是要视察你们这方面的工作。"

总工程师说："我们在接到命令后立刻着手进行全面检查，现在对所有关键设备都检查了两遍，并加强了安全工作，可以保证网络中心的安全，请殿下放心！”

“带我们到最重要的地方去看看。”达达斯说。

“那就去服务器机房吧？”总工程师询问地看着国务大臣，后者点点头，它于是带皇帝一行人进入了网络的心脏——服务器机房。它们行走在一排排白色的服务器中间，这些处理着来自全世界的海量信息的巨型电脑在它们周围发出轻轻的嗡嗡声，仿佛是一群有生命的东西。

“你们都采取了什么措施来保证这里的安全？”国务大臣问。

“这里严禁在网络中心工作的蚂蚁私自进入，它们在这里的维护工作必须在恐龙的严密监视下进行。”网络中心的保卫部长回答，它从一台服务器的机门上取下一个放大镜，“您看，我们就是用这个来监视蚂蚁工作的，在它们进入服务器后，每时每刻都在恐龙的监视下。”它指指周围，让它们看到每个服务器的机门上都挂着一个放大镜。

“很好。”国务大臣点点头，“那么，你们又是如何防止外界蚂蚁可能的秘密入侵呢？”

“首先，我们对服务器机房进行了严格的密封，以制止外界蚂蚁的进入。”

“哼，密封？真是笑话！”一直没有说话的帝国安全大臣说，“我曾见过恐龙世界密封最好的一个房间，那是帝国银行一间存放蚂蚁货币的金库。知道那个金库密封到什么程度吗？里面可以被抽成真空，外界的空气根本进不去，真正完美的密封。银行想借此来防止当时十分猖獗的一个专门袭击大银行的蚂蚁盗窃集团。金库内有敏感的气体传感器，当蚂蚁在金库的墙壁上打洞进入时，外部的大气就会渗入，传感器会很快检测到漏进的微量空气，发出警报。

但即使这样，金库还是被盗了，报警器一直没有响。甚至在后来勘查犯罪现场时，我们一直都没有发现蚂蚁是从哪里进入的，如何进入的，猜想它们可能把一个微型真空室贴在金库的外壁上，在真空室内打洞，盗窃完毕后立刻把那个小洞堵上，这样空气就不会渗入了。蚂蚁的狡诈远远超出我们的想象，同时，微小是它们的优势，像我们城市中这样巨大的建筑，想通过密封来阻止它们进入是根本不可能的。”

“那么是否可以通过对机器进行密封以防止蚂蚁破坏呢?”达达斯问。

安全大臣回答:“这也很难，殿下。首先，机器上的某些开口是必不可少的，如散热孔、导线出入孔、光盘和软盘的插入孔等，再说，即使将机器完全密封也不能防止蚂蚁的入侵，您知道，这些虫虫的打孔能力是极强的，这也可能是以前的穴居生活残留下来的本能，它们有各种微小但强有力的工具，可以快速在一切材料上打出足够它们通过的小孔。”

“要想真正保证机器的安全，唯一有效的办法就是检查、检查再检查，不可有丝毫松懈!”国务大臣严肃地对总工程师和保卫部长说。

“是，大臣!”网络中心的两个恐龙立正齐声说。

安全大臣在一台服务器前站住了，命令说:“检查这台机器。”

保卫部长拿起对讲机说了声什么，立刻有五头恐龙工程师跑了过来，它们的爪中都拿着手电筒放大镜之类的工具，还带着两台专用的仪器。恐龙工程师们打开机柜门，仔细检查起来。这不是一件容易的事，服务器内部的导线和元器件十分密集，恐龙们用放大镜仔细搜寻，像在读着一篇晦涩的长文或走着一个庞大的迷宫。就在达达斯一行人等得有些不耐烦时，一名恐龙工程师惊叫起来："哇，发现异常！有一颗雷粒！！"说完它把放大镜递给达达斯，"殿下，就在那里，在那根绿色导线上！"皇帝接过放大镜看了看，满意地点点头。另一名恐龙工程师拿出一根笔状物，那是一个微型吸尘器，它用笔尖点住那个位置，按动一个开关，把贴附在那根导线上的黄色小球吸了进去。

"很好！"安全大臣拍拍发现雷粒的那名工程师，然后转向达达斯，"殿下，这颗假雷粒是我预先命令安放在那里的，以检验这里安全检查的有效性。"

达达斯不以为然地说："哼，这类措施的作用毕竟是有限的，蚂蚁小而狡诈，如果它们打定主意搞破坏，总是难以防止的。我一直认为，对付蚂蚁威胁的最好办法，就是对威胁的制造者产生更大的威胁。现在，在摧毁了它们两个大城市后，我们已对蚂蚁联邦产生了足够的威慑力，我们已经成功地使蚂蚁明白，它们的世界在我们眼中只不过是放在桌面上的玩具沙盘，恐龙能够毫不费力地在一两天内毁灭地球上所有的蚂蚁城市。在这种情况下，蚂蚁是不敢进行任何针对恐龙世界的有组织破坏的活动，它们是绝对理智的动物，按照毫无感情色彩的机械思维来行事，这种思维方式是不允许做任何弊大于利的冒险的。"

国务大臣说："殿下，您说的当然有道理，但我昨天晚上做了一个噩梦，向我揭示了另一种可能性。"

"最近你总是做噩梦。"

"那是因为直觉告诉我巨大的危险确实存在。殿下，您所说的恐龙对蚂蚁世界的威慑是建立在一个前提之上，那就是蚂蚁首先对恐龙世界的一部分进行破坏，恐龙世界的另一部分进行还击，全面摧毁蚂蚁世界。但如果蚂蚁对恐龙世界的各个部分同时进行破坏，如果成功，我们就没有能力进行还击了。在这种情况下，恐龙对蚂蚁的威慑力是不存在的。”

达达斯想了想，摇摇头说：“你所说的只是一种逻辑上的可能性，是一种不可能发生的极端情况。”

“殿下，这就是蚂蚁机械思维的另一面：只要逻辑上可能，它们就会去做，在它们简单的感觉中，没有什么事情是疯狂的。”

“我还是觉得这不太可能发生，而且帝国的安全措施已经足够严密，如果蚂蚁真有这种超大规模的行动，我们会很快察觉的。我现在最担心的不是蚂蚁，而是罗拉西亚共和国的恐龙，它们现在对帝国的威胁越来越大了！”

…………

这时，除了在场的所有恐龙外，达达斯的话还有另外一群听众，那就是藏在这台服务器主板下面的十二只蚂蚁士兵。它们在五个小时前沿着一根供水管潜入通信大厦，然后又从地板上一道极小的缝隙进入了服务器机房，最后由通风孔进入这台服务器内部。帝国安全大臣的话是对的，在恐龙巨大的建筑和机器中，蚂蚁是通行无阻的。听到恐龙走来，蚂蚁们赶紧躲到比牙城的足球场还大的主板下面，它们听到机柜的门打开来，透过主板上的小孔，看到一面放大镜遮住了整个天空，放大镜中扭曲地映出了恐龙工程师的一只巨大的眼睛。这时蚂蚁们胆战心惊，但最后恐龙并没有发现它们。恐龙工程师在发现那颗由自己人安放的假雷粒的同时，漏掉了紧挨着那个位置的由蚂蚁刚刚布设的一颗真雷粒，那个小小的薄片已与贴于其上的导线颜色浑然一体，根本不可能分辨出来。在周围十几根不同颜色和粗细的导线上都贴上了薄片雷粒。还有几张薄片雷粒贴在电路板上，这些雷粒具有更高级的变色功能，它能在不同的位置变出不同的颜色，与下面的电路板精确对应，天衣无缝，比贴在导线上的雷粒更难发现。这种雷粒并不会爆炸，当到达设定的时间后，它会流出几滴强酸，将电路板上的蚀刻电路溶断。

主板下的蚂蚁们都听到了国务大臣和皇帝的对话。机柜的门关上后，服务器中的世界立刻进入夜晚，只有一个电源指示灯像一颗绿色的月亮挂在空中，冷却扇的嗡嗡声和硬盘嗒嗒的轻响反而加剧了这个世界的宁静。

一名蚂蚁士兵说："是啊，那个恐龙大臣说得有理，如果蚂蚁联邦采取一次那样的行动，就能毁灭恐龙世界！"

另一名蚂蚁士兵说："也许我们现在做的就是这件事，谁知道呢？"

它们不知道，此时通信大厦中潜入的蚂蚁远不止它们这十几只，事实上，这个大厅中的每台服务器中，下层大厅里的每台交换机中，都有一支蚂蚁小部队在完成着与它们同样的任务。

它们更不可能知道，在广阔的外部世界，在各个大陆上，有上亿只蚂蚁正在恐龙世界的无数大机器中干着同样的事。

这天夜里，国务大臣又做了一个噩梦。它梦见黑压压的一大片蚂蚁从鼻孔爬进了自己的身体，然后又从嘴里成长长的一列爬出来，出来的每只蚂蚁嘴里都衔着一块东西，那是自己被咬碎的内脏。蚂蚁们扔下碎块后又从鼻孔钻进去，形成了一个不停循环的大圈。它感觉到自己的内脏被掏空了……

国务大臣的梦并非完全没有根据，此时，真的有两只蚂蚁正在钻进它的鼻孔，这两只兵蚁在白天就潜入了它的卧室，藏在枕头下等待机会。现在，借着恐龙吸气时的风力，它们很快通过了鼻腔，接着在黑暗的头颅中熟练地向上穿行，到达了大脑。一只蚂蚁打开了微小的头灯，很快找到了大脑的主血管，另一只蚂蚁把一颗黄色的雷粒贴在血管透明的外壁上。然后它们从大脑部分撤出，在潮湿黑暗的头颅中沿着另一条曲折的道路向斜下方爬行，很快到达耳部，来到耳膜前，有一丝亮光从半透明的耳膜透进来，经过耳蜗放大的外界微小的声音在耳膜上轰轰作响。两只蚂蚁开始在耳膜下安装窃听器。

国务大臣的噩梦还在继续，梦中自己的内脏已被完全掏空，有更多的蚂蚁钻了进去，要用自己的身体当蚁穴……它一身冷汗地醒了过来。

正在耳内进行紧张作业的两只蚂蚁感到周围的世界突然晃动起来，接着感到一阵超重，它们知道恐龙已经醒来并坐了起来。紧接着一个巨大的声音充斥了整个昏暗的空间，震得蚂蚁们浑身发麻。这声音大部分是通过头颅的骨额传来的，这是恐龙自己在说话：

“来人！来人!!”

又有一个声音响起，这次是来自外部，耳膜在声音中剧烈振动，表面变得模糊起来，“大臣，有何吩咐？”

头颅内部的声音说：“马上给我进行一次高精度三维扫描检查!”

两个蚂蚁紧张地对视了一下，其中一只说：“怎么办？我们穿破耳膜从耳道撤出吧？”

“不行，那样很容易被发现！还是到肺里去躲一躲吧，它们一般只扫描头部。”

于是两只蚂蚁离开已安装好的窃听器，在黑暗中迅速下行，回到鼻腔后反向而行，很快到达呼吸道的入口处。它们静静地等待着，当恐龙开始吸下一口气时一跃而下，借着吸气产生的强风飞速通过气管，进入肺部。黑暗中它们听到一阵咝咝声，像夜间的小雨落在林中，这是大量肺泡进行气体交换时发出的声音。它们还听到了一阵轻微的嗡嗡声，这声音来自外界，是三维扫描仪运行时产生的。几分钟后，听到外面的说话声，比起在头颅中听到的要模糊许多，但还是能够分辨出来。

"大臣，扫描完成，没有发现异常。"

肺中的两只蚂蚁感到气压急剧降低，这是恐龙长出了一口气。

"大臣，您在今天夜里已经要求进行了三次扫描，每次都完全正常，我觉得您有些过虑了。"

"过虑？你们这些白痴懂什么？大家成天念念不忘罗拉西亚的威胁，把所有的力量都用于准备与那个恐龙大国的核大战上，只有我，是帝国唯一的清醒者，只有我知道真正的威胁来自何方！"

"可是……这些天所进行的扫描检查都没有发现异常。"

"我怀疑你们的机器是否正常。"

"大臣，机器应该是没有问题的，我们已经把皇家医院的所有扫描仪都用过了，这次，按照您的吩咐，还从巨石城的另一家大医院里调来了一台，所有这些机器的扫描结果都是一样的。"

在国务大臣的肺里，两只蚂蚁又紧张地对视了一下，其中一只说："好险啊！对巨石城扫描仪的破坏任务在今天上午才全部完成，我们的这次行动要是稍早一些的话，安放的雷粒和窃听器就会被发现了！"

国务大臣躺回床上，再次进入了仍然被噩梦困扰的睡眠，它肺里的两只蚂蚁无声地从鼻孔中爬出来，爬下床，从地板上撤出了卧室。

与此同时，在各个大陆上，有两千万只蚂蚁潜入了五百万只恐龙的头颅内，在它们的大脑主血管上布设了致命的雷粒，同时还在上百万头恐龙（包括冈瓦纳帝国皇帝达达斯和罗拉西亚共和国总统多多米）的耳内安放了窃听器，这些窃听器开始工作，把大量的信息通过各大陆上众多的中继站传输到蚂蚁联邦统帅部的一台巨型电脑上，由联邦首席科学家乔耶领导的一个新成立的机构正在对这些信息进行分析，如大海捞针般搜寻着蚂蚁所不知道的恐龙世界的秘密。

海神和明月

在蚂蚁联邦统帅部，执政官卡奇卡和联邦军队总司令若列元帅正在指挥着毁灭恐龙世界的巨大行动。有两个大屏幕分别显示着断线行动和断脑行动的进展情况。显示断线行动的屏幕下方有一个不断增长的数字，指示出目前已在恐龙世界的机器中布设的片状雷粒的数量，同时还显示了一幅世界地图，各大陆上有密密麻麻的不断变幻的光点、圆圈和箭头，标示着这些雷粒布设的位置等情况。在显示断脑行动的屏幕上也有一个增长的数字，表示已布设在恐龙大脑中的雷粒的数量，数字每增长一次，屏幕上就同时显示出大脑中布设了这颗雷粒的恐龙的名字，还有它的职位等信息。

"看起来一切顺利。"若列对卡奇卡说。

这时，联邦首席科学家乔耶走了进来。卡奇卡对它打招呼说：

"啊，乔耶博士，有一个星期没看见您了！一直在忙着分析窃听到的信息吗？看您那严肃的样子，好像真有什么惊人的秘密要告诉我们了？"

乔耶点点触须："是的，我必须立刻和你们两位谈谈。"

"我们很忙，请您简短一些。"

"我想让二位听一段录音，是在昨天召开的冈瓦纳帝国和罗拉西亚共和国首脑会议上，我们窃听到的达达斯和多多米的对话。"

卡奇卡不耐烦地说:“这次会议有什么秘密可言？我们都知道两国在裁减核武器问题上又谈崩了，冈瓦纳和罗拉西亚之间的战争一触即发，这更证明了我们行动的正确，必须在恐龙的核大战爆发之前消灭它们，以保护地球环境。”

乔耶说:“您说的是新闻公告，而我要你们听的是它们秘密进行的会谈的细节，这中间，透露出一件我们以前不知道的事。”

录音开始播放。

…………

多多米:“达达斯殿下，您真的认为蚂蚁会那么容易屈服吗？几乎可以肯定，它们回到恐龙世界复工只是缓兵之计，蚂蚁联邦一定在策划着针对恐龙世界的重大阴谋。”

达达斯:“多多米总统，您以为我愚蠢到连这么明显的事实都看不出来吗？但与罗拉西亚的‘明月’进入负计时的事相比，蚂蚁的威胁，甚至你们的核威胁，都变得微不足道了。”

多多米:“是的是的，比起蚂蚁威胁和核战争的危险，‘明月’和‘海神’当然是地球文明更大的危险，那我们就先谈这个问题吧:在‘明月’的事情上指责我们是不恰当的，是‘海神’首先进入了负计时!”

…………

“停停停，”卡奇卡挥挥触角说，“博士，我听不明白它们在说什么。”

乔耶暂停了录音机后说:“这段对话中有两个重要信息，它们提到的‘明月’和‘海神’是什么？负计时又是什么？”

“博士，恐龙高层领导者的谈话中常常出现各种古怪的代号，您干吗要在这上面疑神疑鬼？”

“从它们的谈话中可以听出，这是很危险的两样东西，能够对整个地球世界构成威胁。”

“从逻辑上说这是不可能的。博士，能够对整个地球构成威胁的东西一定是一个很大的设施，比如核武器，要想毁灭地球文明，至少需要发射上万枚洲际导弹，这是多么大的一个设施？而这样庞大复杂的系统，没有蚂蚁参与维护，是不可能正常运行的，换句话说，这样的设施如果存在，蚂蚁联邦不可能不知道。事实上，两个恐龙大国的核武器系统都离不开蚂蚁的维护，因而我们也全部掌握这些系统的信息。”

“执政官，我同意您的看法：地球上不可能有大的设施能瞒过蚂蚁而存在，但简单的规模较小的设施却有可能，它不需要蚂蚁的维护就能正常运行，比如一颗单独的洲际导弹，就可以在没有蚂蚁参与的情况下长期待命并随时可以发射。也许，‘明月’和‘海神’就是类似这样的东西。”

“要是这样就不必担心了，这种小设施是不可能对整个地球构成威胁的，我刚说过，即使能量最高的热核炸弹，要想毁灭地球也需要上万枚。”

乔耶有几秒钟没有说话，然后它把头凑近卡奇卡，它们触须交错，眼睛几乎撞在一起：“这就是问题的关键了，执政官，核弹真的是目前地球上能量最高的武器吗？”

“博士，这是常识啊！”

乔耶缩回头来，点点触须：“不错，是常识，这就是蚂蚁思维致命的缺陷，我们的思想只局限于常识，而恐龙则在时时盯着未知的新领域。恐龙在天文观测中发现，在遥远的宇宙中存在着一种叫类星体的东西，这样一个天体可以发出整个星系的能量，与这种能量过程相比，核聚变的能量比萤火虫还弱；它们还发现了当有物质落入星际间的黑洞时，会发出极其强烈的辐射，其能量的产生率也远高于核聚变。”

“您所说的都是成千上万光年之外的遥远的东西，与现实无关。”

“那我就提醒你们一件与现实有关的事：还记得三年前夜空中突然出现的那个新太阳吗？”

卡奇卡和若列当然记得，那件亘古未有的事给它们的印象太深了。那是一个寒冷的冬夜，南半球的正空中突然出现了一个新太阳，世界在瞬间变成白昼。那太阳的光芒十分强烈，直视它会导致暂时的失明。那个太阳大约亮了二十秒钟就熄灭了，它辐射的热量使得那个严冬之夜变得像夏天般闷热，突然融化的积雪产生的洪水淹没了好几座城市。这件事当时令蚂蚁们很震惊，它们去问恐龙是怎么回事，但恐龙科学家们也没有给出任何解释，缺乏好奇心的蚂蚁很快就把这件事忘了。

“当时，蚂蚁所进行的观测得到的唯一能确定的结果是：那个新太阳距地球约一个天文单位，也就是与地球同现在这个太阳的距离差不多。由这个距离和地球接收到的能量，我们可以大致推断出新太阳产生能量的等级，如果这样巨大的能量是由核聚变产生的，在那个位置应该有一个体积相当大的天体，但以前的天文观测表明这个天体并不存在。换句话说，就是在太阳系内，也可能存在着比核聚变更高的能量过程。”

卡奇卡仍不以为然：“博士，您所提到的事情仍然与现实无关，就算那种能量真的存在，您也无法证明恐龙已经把它弄到地球上来了。事实上这种可能性几乎不存在，要知道，一个天文单位是很遥远的距离,恐龙的航天器大多在近地空间运行,到那么远的太空对它们也不是一件容易的事。”

“我以前也是这么想的,但……请你们接着听下面的录音吧。”乔耶说着,又启动了录音机。

…………

达达斯:“我们这场游戏太危险了,危险得超出了可以忍受的上限,罗拉西亚应该立刻停止‘明月’的负计时,或至少将其改为正计时,如果这样,冈瓦纳也会跟着做的。”

多多米:“应该是冈瓦纳首先停止‘海神’的负计时,如果这样,罗拉西亚也会跟着做的。”

达达斯:“是罗拉西亚首先启动‘明月’的负计时的!”

多多米:“可是,殿下,在更早一些的时候,也就是三年前的十二月四日,如果冈瓦纳的飞船没有在太空中做那件事,‘明月’和‘海神’根本就不会存在!那个魔鬼早已沿着彗星轨道飞出太阳系,与地球无关了!”

达达斯:“那是为了科学研究的需要……”

多多米:“够了!到现在您还在重复这种无耻的谎言!是冈瓦纳帝国把地球文明推到了悬崖边缘,你们这些罪犯没有资格对罗拉西亚提出任何要求!”

达达斯:“看来罗拉西亚共和国是不打算首先做出让步了?”

多多米:“冈瓦纳帝国打算吗?”

达达斯:“那好吧,看来我们都不在乎地球的毁灭。”

多多米:“如果你们不在乎,我们也不在乎。”

达达斯:“呵呵呵,好的好的,恐龙本来就是对什么都不在乎的种族。”

…………

乔耶停止了播放，问卡奇卡和若列："我想，二位已经注意到了对话中提到的那个日期。"

"三年前的十二月四日？"若列回忆着，"就是那个新太阳出现的日子。"

"是的，把所有这一切联系起来，不知你们有什么感觉，但我感到毛骨悚然。"

卡奇卡说："我们不反对您尽力搞清这件事。"

乔耶叹了口气："谈何容易！搞清这个秘密的最好办法，是到恐龙的军事网络中查询，但蚂蚁的计算机与恐龙的在结构上完全不同，所以我们虽然能够随意进入恐龙计算机的硬件部分，却至今不能从软件上入侵，否则，怎么会用窃听这样的笨办法来搜集情报呢？而用这种方式，在短时间内揭开这个秘密是不可能的。"

"好吧，博士，我会提供您从事这个调查所需要的力量，但这件事不能影响我们正在进行的对恐龙的全面战争，现在唯一令我毛骨悚然的事就是让恐龙帝国继续存在下去。我觉得您一直生活在幻觉中，这对联邦正在从事的伟大事业是不利的。"

乔耶没再说什么，转身走了，第二天他就失踪了。

叛　逃

两只兵蚁悄悄地从冈瓦纳帝国皇宫大门的底缝中爬出，它们是负责在皇宫的计算机系统和恐龙的头颅中布设雷粒的三千只蚂蚁中最后撤出的两只。爬出门缝后，它们开始爬下那高大的台阶，就在第一级台阶笔直的悬崖上，它们看到了一个向上爬的蚂蚁的身影。

“咦，那不是乔耶博士吗？！”一只兵蚁吃惊地对另一只说。

“联邦首席科学家？不错，是它！”

“乔耶博士！”两只兵蚁同时用气味语言大声打招呼。

乔耶抬头看到了它们，浑身一震，似乎想躲开，但犹豫了一下，还是硬着头皮爬了上来。

“博士，您到这里来干什么？！”

“我来，呵，视察一下皇宫雷粒的布设情况。”

“已经全部完成了，部队也都撤了……您这样级别的长官，怎么能到这种地方来？这里太危险了！”

“我必须……必须来看看，你们知道，这个布设区很关键。”乔耶说着，快步向皇宫大门走去，很快消失在门的底缝中。

“我怎么看它怪怪的？”一只兵蚁看着乔耶消失的方向说。

“事情有些不对，你的对讲机呢？快向长官报告！”

达达斯皇帝正在主持一个由帝国主要大臣参加的会议，一个秘书走进来通报：蚂蚁联邦首席科学家乔耶博士紧急求见皇帝。

“让它等一等，开完会再说。”达达斯一挥爪说。

秘书出去不长时间又回来了：“它说有极其重要的事情，坚持要立即见您，并且要求国务大臣、科学大臣和帝国军队总司令也在场。”

“混蛋，这个小虫虫怎么这么没礼貌?！让它等着，要不就滚!”

“可它……”秘书看了看在座的大臣们，伏到皇帝耳边低声说，“它说自己已从蚂蚁联邦叛逃。”

国务大臣插话说：“乔耶是蚂蚁联邦领导层的重要成员，它的思维方式似乎也与其他蚂蚁不太一样，它这样来，可能真有什么紧急重要的事。”

“那好，就让它到这里来吧。”达达斯指指会议桌宽大的桌面说。

“我为拯救地球而来。”乔耶站在会议桌光滑的平原上，对周围高山似的恐龙说，翻译器把它的气味语言译成恐龙语，由一个看不见的扩音器播放出来。

“哼，好大的口气，地球现在很好嘛。”达达斯冷笑了一声说。

“您很快就不这么认为了。我首先要各位回答一个问题：‘明月’和‘海神’是什么?”

恐龙们顿时警觉起来，互相交换着目光，乔耶周围的高山一时陷入沉默中，过了好一会儿，达达斯才反问：“我们凭什么要告诉你呢?”

“殿下，如果它们真是我预料的那种东西，我也会向你们透露一个关系到恐龙世界生死存亡的超级秘密，你们会认为这种交换是值得的。”

“如果它们不是你预料的那种东西呢?”达达斯阴沉地问。

“那我就不会告诉你们那个超级秘密,你们也可以杀死我或者永远不让我离开这里,以保住你们的秘密。不管怎样,大家都没有什么损失。”

达达斯沉默了几秒钟,对坐在会议桌左边的帝国科学大臣点点头:“告诉它。”

在蚂蚁联邦统帅部,若列元帅放下电话,神色严峻地对卡奇卡执政官说:“已经发现了乔耶的行踪,第二百一十四师完成布设任务正在撤退的两名士兵看到它进入了冈瓦纳皇宫,看来我们的预测是对的,这家伙叛逃了。”

“这个无耻的叛徒!我很想知道它都对恐龙们说了些什么,皇宫中所有恐龙的头颅中不是都布设了窃听器吗?”

“但乔耶破坏了安装在皇宫外面的中继器,刚刚派人去维修,一时还无法收听到窃听的内容。”

“即使如此,我也能够肯定它是去出卖蚂蚁联邦整个战争计划的!”

“我也是这么想,看来,整个行动已经危在旦夕!”

“雷粒的布设行动进行得怎么样了?”

“断线行动已完成了百分之九十二,断脑行动也完成了百分之九十。”

“有没有可能提前引爆?”

“当然可以!所有的雷粒都有定时和遥控两种引爆方式,我们已经建立了大量的中断站,使遥控信号覆盖整个恐龙世界,可以在任何时间瞬间引爆所有已布设的雷粒！执政官，是果断行动的时候了，下命令吧！”

卡奇卡转向显示着世界地图的大屏幕，看着闪烁着五光十色的各个大陆，沉默了几秒钟后说：“好，让地球的历史翻开新的一页吧，引爆！”

听完了几位恐龙大臣的叙述，震惊使乔耶头昏目眩，一时站立不稳，更说不出话来。

“怎么样，博士？您是否可以按照刚才的承诺，告诉我们您的那个秘密？”达达斯问。

乔耶如梦初醒：“这太……太可怕了！！你们简直是魔鬼！不过，蚂蚁也是魔鬼……快，立刻给蚂蚁联邦最高执政官去电话！”

“您还没有回答……”

“殿下，没有时间公布什么秘密了！它们已经知道我到这里来，随时都会提前行动，恐龙世界的毁灭已是千钧一发，整个地球的毁灭将紧跟其后！相信我吧，快打电话！快！！”

“好吧。”恐龙皇帝拿起会议桌上的电话，乔耶心急如焚地看着它的粗指头一个一个地按动着电话机上那硕大的按键，随后从达达斯爪中的话筒中隐约听到了接通的信号声，几秒钟后信号声停止，它知道卡奇卡已在另一端拿起了那小如米粒的电话，话筒中很快传来了它的声音：

“喂，谁呀？”

达达斯对着话筒说：“是卡奇卡执政官吗？我是达达斯，现在……”

正在这时，乔耶听到周围响起了一阵细微的咔嗒声，像是许多钟表的秒针同时走动了一下，它知道，这是从恐龙们的头颅中传出的雷粒的爆炸声，所有的恐龙同时僵住了，这一刻的现实像被定格，达达斯爪中的话筒重重地摔在距乔耶不远处的桌面上，发出一声惊天动地的巨响，然后，所有的恐龙都轰然倒下，桌面平原晃动了几下，那些恐龙高山消失后，地平线处显得空旷了。乔耶爬上电话的耳机，里面仍在传出卡奇卡的声音：

“喂，我是卡奇卡，您有什么事吗？喂……”

耳机的音膜在这声音中振动着，使站在上面的乔耶浑身发麻，它大喊：“执政官！我是乔耶！！”与刚才不同，它发出的气味语言没有被转化成声音，因而也无法被线路另一端的卡奇卡听到，皇宫的翻译系统已经被雷粒破坏了。乔耶没有再说话，它知道说什么都晚了。

接着，大厅内所有的灯都灭了，这时已是傍晚，这里的一切陷入昏暗之中。乔耶向着最近的一个窗子爬去，远处城市交通的喧哗声消失了，一切都陷入一片死寂之中，很像刚才恐龙倒下前的僵滞状态。当乔耶越过会议桌的边缘向下爬时，外面开始有种种不和谐的声音传进来，先是远远的恐龙的跑动声和惊叫声，乔耶知道这声音来自皇宫外面，因为皇宫内肯定已经没有活着的恐龙了，它们都死于自己头颅中的雷粒；然后，远处的城市有警报声，持续了不长时间就消失了；当乔耶在地板上向着窗子爬过一半路程时，远处开始传来隐约的爆炸声。它终于爬上了窗子，向外看去，巨石城尽收眼底，傍晚的城市笼罩在一片黑暗中，可以看到几根细长的烟柱升上还没完全黑下来的天空，后来更多的烟柱出现了，在某些烟柱的根部出现了火光，城市的轮廓在火光中时隐时现。起火点越来越多，火光透过窗子，在乔耶身后高高的天花板上映出跳动的暗红色光影。

终极威慑

“我们成功了!!”若列元帅看着大屏幕上红光闪烁的世界地图兴奋地喊道,“恐龙世界已彻底瘫痪,它们的信息系统已经完全中断,所有的城市都已断电,被雷粒所破坏的车辆已堵死了所有的道路,火灾正在到处出现和蔓延。断脑行动已经消灭了四百多万恐龙世界的重要领导成员,冈瓦纳帝国和罗拉西亚共和国的首脑机构已不存在,这两个恐龙大国已陷入没有大脑的休克状态,整个社会一片混乱。”

“这还只是开始,”卡奇卡说,“所有的恐龙城市已经断水,存粮也将很快被这些食量很大的居民吃光,那时候真正致命的时刻才到来,大批恐龙将弃城而出,在没有交通工具和道路堵塞的情况下,它们不可能在短时间内真正疏散开来,它们的食量太大了,至少有一半的恐龙将在找到足够的食物之前饿死。其实,在恐龙弃城之际,它们的技术社会就已经彻底崩溃,恐龙世界已退回到低技术的农业时代了。”

“两个大国的核武器系统怎么样了?”有蚂蚁问。

若列回答:“正如我们预料的那样,恐龙的所有核武器,包括洲际导弹和战略轰炸机,都在我们大量雷粒的破坏下成了一堆废铁,没有发生任何意外的核事故或核污染。”

“好极了，这真是一个伟大的时刻，我们只需等待恐龙世界自行灭亡就可以了！”卡奇卡兴高采烈地说。

正在这时，有蚂蚁报告，说乔耶博士回来了，急着要见卡奇卡和若列。当疲惫不堪的首席科学家走进指挥中心时，卡奇卡愤怒地斥责道：

“博士，你在最关键的时刻背叛了蚂蚁联邦的伟大事业，你将受到严厉的审判！”

“当你们听完我已得知的一切时，就明白到底谁该受到审判了。”乔耶冷冷地说。

“你到冈瓦纳皇帝那里去干什么了？”若列问。

“我从它那里知道了‘明月’和‘海神’到底是什么。”

博士的这句话使蚂蚁们亢奋的情绪顿时冷了下来，它们专注地把目光集中在乔耶身上。

乔耶看看四周问：“首先，这里有没有谁知道反物质是什么？”

蚂蚁们沉默了一会儿，卡奇卡说：“我知道一些，反物质是恐龙物理学家们猜想中的一种物质，它的原子中的粒子电荷与我们世界中的物质相反：电子带正电荷，质子带负电荷，这种物质是我们世界的物质的量子镜像。”

“不是猜想，恐龙们在对宇宙的观测中早已证明了反物质的存在。”乔耶说，“关于它，我想一定还有谁听说过更多的东西吧？”

“是的，”若列说，“我听说过，反物质一旦与我们世界的正物质相接触，双方的质量就全部转化为能量。”

“这种过程叫正反物质的湮灭。”乔耶点点触须说，“你们所认为的威力最大的核弹，其爆炸时只有百分之零点几的质量转化为能量，而正反物质湮灭过程的质能转化率是百分之百！现在大家知道有比核武器更厉害的东西了，在同样的质量下，正反物质湮灭产生的能量要比核弹大几百倍甚至上千倍！”

“但这和那神秘的‘明月’‘海神’有什么关系？”

“请听我接着说，还记得三年前那个南半球的夜间突然出现的新太阳吗？恐龙天文学家观测到，这次闪光是从一个沿彗星轨道进入太阳系的小天体上发出的，那个天体很小，直径还不到三十公里，只是飘浮在太空中的一个小石块。它发出如此强的闪光引起了恐龙们的好奇，它们发射了探测器进行近距离观察，发现这竟是一个反物质天体！在它经过小行星带时，与一块陨石相撞，陨石与反物质发生湮灭爆发出巨大的能量，产生了那次闪光。当时，罗拉西亚和冈瓦纳都发射了探测器，也都得到了同样的结果。这次湮灭在反物质天体上炸出了一个大坑，产生了许多大大小小的反物质碎片，这些碎片都飞散到太空之中。恐龙天文学家很快定位了几块碎片，这并不是很困难，因为在小行星带以内，太阳风中的正粒子会与反物质产生湮灭，使那些碎片表面发出一种特殊的光，距太阳越近，这种光就越强。那时正值罗拉西亚和冈瓦纳军备竞赛的高峰期，于是，两个恐龙大国同时产生了一个极其疯狂的想法：采集一些反物质碎片带回地球，作为一种威力远在核弹之上的超级武器威慑对方……”

“等等等等，”卡奇卡打断了乔耶的话，“这里有一个明显的逻辑错误：既然反物质与正物质接触后会发生湮灭，那它们用什么容器来存贮它并把它带回地球呢？”

乔耶接着说：“恐龙天文学家发现，那个反物质天体的相当大一部分是反物质铁，它们在太空中定位的碎片也都是反物质铁。反物质铁与我们世界的铁一样，能受到磁场的作用，这就为解决存贮问题提供了可能，这使得恐龙有可能制造一种容器，容器的内部为真空，并产生一个强大的约束磁场，把要存贮的反物质牢牢约束在容器的正中，避免它与容器的内壁相接触，这样就可以对反物质进行存贮，并能够将它运送或投放到任何地方。当然，这种想法最初只是一种理论上的可能，要想用这种容器将反物质带回地球，则是一个极其疯狂和危险的举动，但疯狂是恐龙的本性，称霸世界的欲望战胜了一切，它们真的那么做了！

“是冈瓦纳帝国首先走出了这通向地狱的第一步。它们设计并制造了磁约束容器，它是一个空心球，在采集反物质碎片时，这个空心球分成两个半球，分别固定在飞船的两只机械臂上，飞船缓慢地接近反物质碎片，机械臂举着两个半球极其小心地向碎片合拢，最后将碎片扣在空心球中，在两个半球合拢的同时，球内由超导体产生的约束磁场开始工作，将碎片约束在球体正中，然后，飞船就将这个球体带回了地球。

“如果罗拉西亚共和国早些得知冈瓦纳帝国的这个行动，它们一定会出动武装飞船，在太空中拦截冈瓦纳运送反物质碎片的飞船，但当罗拉西亚得到情报时，一切都晚了，冈瓦纳飞船已载着球体容器进入地球大气层，这时如果拦截，就不可避免地引起反物质碎片在大气层内湮灭。那块碎片重达四十五吨，湮灭将使九十吨的正反物质在大气层内转化为纯能，这巨大的能量将毁灭地球上的一切生命。罗拉西亚恐龙当然不想与冈瓦纳帝国玉石俱焚同归于尽，所以它们眼巴巴地看着那艘飞船降落在海面上。

“接下来发生的事情使疯狂达到了巅峰：冈瓦纳飞船降落后，在海上将那个球体容器转载到一艘大货轮上，这艘船叫海神号，以后恐龙也就将它所运载的反物质碎片称为‘海神’了。这艘大船不是驶回冈瓦纳，而是驶向罗拉西亚大陆，最后停泊在罗拉西亚最大的港口上！在整个航程中，罗拉西亚不敢对这艘毁灭之船进行任何拦截，只能听之任之，那艘船进入港口如入无人之境。'海神'号停泊后，船上的恐龙乘直升机返回冈瓦纳，把船遗弃在港口。罗拉西亚恐龙对'海神'号敬若神明，不敢对它有任何轻举妄动，因为它们知道，冈瓦纳帝国可以遥控球体容器，随时关闭容器内的约束磁场，使那块反物质与容器接触而发生湮灭。如果这事发生，整个世界的毁灭在所难免，但最先毁灭的是罗拉西亚大陆，大陆上的一切将在海岸出现的一轮死亡太阳的烈焰中瞬间化为灰烬。那真是罗拉西亚共和国最黑暗的日子，而冈瓦纳帝国手握地球的生命之弦，变得无比猖狂，不断地向罗拉西亚提出领土要求，并命令其解除核武装。"

"但这种一边倒的局面并没有持续多久，冈瓦纳的'海神行动'仅一个月后，罗拉西亚采取了同样的行动，用同样的技术从太空中将第二块反物质碎片带回地球，并做了与冈瓦纳帝国同样的事：将其装载到一艘叫'明月'号的货轮上，运到了冈瓦纳大陆最大的港口。"

"于是，恐龙世界再次形成了平衡，这是终极威慑下的平衡，地球已被推到了毁灭的边缘上。"

"为了避免世界性的恐慌，'海神行动'和'明月行动'都是在绝密状态下进行的，即使在恐龙世界，也只有极少数的人知道它的底细。这两个行动都使用了不惜成本的高可靠性设备，同时使用可替换的模块结构，同时系统的规模不大，所以完全不需要蚂蚁的维护，蚂蚁联邦也就至今对此一无所知。"

乔耶的叙述使统帅部所有的蚂蚁都极为震惊，它们从胜利的巅峰一下子跌入了恐惧的深渊，卡奇卡说："这不只是疯狂，是变态！

这样以整个世界共同毁灭为基础的终极威慑，已完全失去了任何政治意义和军事意义，只是彻底的变态！”

“博士，这就是您所推崇的恐龙的好奇心、想象力和创造力产生的结果。”若列元帅讥讽地说。

“别扯远了，还是回到世界面临的极度危险中来吧。”乔耶说。

卡奇卡说：“现在，我们至少知道世界的毁灭还没有变成现实，地球上的那两块反物质仍完好无损地存放在磁约束容器中。”

若列点点触须表示同意：“这很好理解。引爆反物质的命令只能由最高层最权威的恐龙发布才有效，而现在具有这种资格的恐龙肯定已经被消灭了，因而这种命令也就永远不会发出。至于在混乱和机器故障中引发误操作的可能性也很小，因为这种操作类似于核导弹的发射，一定要经过极其复杂的操作程序和多道安全锁，任何微小的异常都会导致系统闭锁。”

卡奇卡问乔耶：“那两个球形容器中的约束磁场能维持多久？”

乔耶回答：“能维持很长时间。因为磁场是靠超导体中的循环电流产生的，这种循环电流衰耗极小。同时，在‘海神’号和‘明月’号上，还配备了能够长时间供电的核能电池组，使其不需要外界就可补充电流的衰耗。据恐龙说，约束磁场至少可以维持二十年。”

“那我们要做的事情就很清楚了！”卡奇卡坚定地说，“立刻找到‘明月’号和‘海神’号，在那两个球形容器周围建立一道屏蔽，把它与外界的一切电磁信号隔绝开来，这样，首先可以彻底避免有信号从外界引爆它。”

“然后，再想办法把两个容器发射到太空中去，这虽有些困难，但我们有的是时间，借助恐龙留下的飞船和火箭，应该能做到的。”若列说。

蚂蚁们重新看到了胜利的希望，纷纷研究起行动的细节来。

“要是按照执政官的办法去做，地球就死定了。”乔耶突然说。

蚂蚁们停止了讨论，一起看着乔耶，不知它这话是什么意思。

乔耶接着说：“这就涉及两个恐龙大国元首曾提到的‘负计时’了。最初，两大国对‘海神’和‘明月’的控制正如我们想象的那样，它们在本土上的遥控站中随时准备着，一旦自己的国家遭到对方的袭击，就发出遥控信号，引爆远在敌国港口的反物质。但双方很快发现，这种控制方式有一个缺陷，让我们做如下假设：罗拉西亚突然对冈瓦纳发动常规核袭击（现在核武器也确实只能算作常规武器了），这种袭击以最大的力度进行，以迅雷不及掩耳之势在瞬间覆盖整个冈瓦纳国土，特别重点打击其首脑机构，在冈瓦纳来得及做出反应前就使其陷入现在这种瘫痪和休克状态，这样，‘海神’就不可能被引爆。如果在发起核突袭的同时，对‘海神’采取某些信号屏蔽措施，如强干扰，使冈瓦纳的引爆信号无法到达‘海神’号上的球形容器，成功的希望就更大了。为了避免在对方这种先发制人的打击下无还手之力，两个恐龙大国几乎同时对‘海神’和‘明月’采取了一种新的待命方式，这就是所谓‘负计时’。这以后，本土遥控站不再用于对反物质容器发出引爆信号，相反，它发出的是解除引爆的信号；而球形容器则每时每刻都处于引爆倒计时状态，只有在收到本土遥控站的解除信号后，它才中断本次倒计时，重新复位，从零开始新的一轮倒计时，并等待着下一次的解除信号。每次的解除信号由冈瓦纳皇帝和罗拉西亚总统亲自发出。这样，当某一方遭受对方先发制人的打击而陷入瘫痪后，解除信号就无法发出，球形容器就会完成倒计时引爆反物质。这种待命方式使先发制人的打击等于自杀，使得敌人的存在成为自己存在的必要条件，同时，也使地球面临的危险上升了一个等级，‘负计时’是这场终极威慑中最为疯狂，或用执政官的话说，最为变态的部分。”

统帅部再次陷入死寂之中。卡奇卡首先打破沉寂，它的气味语声有些颤抖：

“这就是说，‘海神’和‘明月’现在正在等待着下一个解除信号?”

乔耶点点触须：“也许是两个永远不会发出的信号。”

“您是说，冈瓦纳和罗拉西亚的遥控站已经被我们的雷粒破坏了?!”若列问。

“是的。达达斯告诉了冈瓦纳遥控站的位置，也告知我他们侦察到的罗拉西亚遥控站的位置，我回来后在断线行动的数据库中查询，发现这是两个很小的信号发射站，由于其用途不明，我们只在其中的通信设备里布设了很少的雷粒，冈瓦纳遥控站中布设了三十五颗，罗拉西亚遥控站中布设了二十六颗，总共切断六十一根导线。虽数量不多，但足以使这两个遥控站的信号发射设备完全失效。”

“每次倒计时有多长时间?”

“三天时间，六十六个小时，罗拉西亚和冈瓦纳的倒计时几乎是同时开始的，一般解除信号是在倒计时开始后的二十二小时发出的，这次倒计时已过去二十小时，我们还有两天的时间。”

卡奇卡说：“为什么倒计时要这么长时间？我觉得一两个小时更合理些。三天的时间，如果一方在另一方倒计时开始之际发动打击，迅速使其陷入瘫痪，那它们就可能有近三天的时间来处理对方的反物质容器，将其重新发射到太空中去。”

乔耶说：“两个球形容器都与所在的船只紧密连接，任何试图使其分离的破坏都会导致约束磁场关闭，引爆反物质。也许经过较长时间的努力,能够使容器和船分离,并将其发射回太空,但两三天的时间是不够的。达达斯特别向我解释了留出这么长倒计时的原因:地球的命脉就系于这一个解除信号,恐龙们虽然疯狂,也不得不万分慎重,如果由于敌国袭击以外的其他不可观测的原因导致解除信号发不出去,较长的倒计时可以留出应付这种意外的时间。其实,对于种种意外,恐龙最先想到的就是蚂蚁的破坏,它们的担心应验了。”

若列说:“如果我们知道解除信号的具体内容,就能够自己建立一个发射台,不停地中断‘海神’和‘明月’的倒计时了。”

“问题是我们不知道,也不可能知道!恐龙没有告诉我信号的内容,只是说那个信号是一个十分复杂的长密码,每次都在变化,其算法只存储在遥控站的计算机中,我想现在已没有恐龙知道了。”

“这就是说,只有这两个遥控站能够发出解除信号了。”

“我想是这样。”

卡奇卡迅速思考了一下说:“我们能够做的,就是尽快修复它们了。”

遥控站战役

冈瓦纳帝国发射解除信号的遥控站位于巨石城远郊的一片荒漠之中。这是一幢顶端有复杂天线的不大的建筑，看上去像个气象站似的毫不起眼。遥控站的守卫很松懈，只有一个排的恐龙在把守，而这些守卫者主要是为了防止偶尔路过的本国恐龙无意中的闯入，并不担心敌国的间谍和破坏分子。因为，比起冈瓦纳来，罗拉西亚更愿意保证这个地方的安全，事实上，它们曾多次向冈瓦纳提出抗议，要求加强遥控站的保卫。

除去守卫者外，负责遥控站日常工作的只有五个恐龙，包括一名工程师、三名操作员和一名维修技师。它们同守卫者一样，对这个站的用途全然不知。

遥控站的控制室里有一个大屏幕，上面显示着一个倒计时，从六十六小时开始递减。但这个倒计时从未减到四十四小时以下，每到这个时间（通常是早晨），另一个空着的屏幕上就出现了帝国皇帝达达斯的影像，皇帝每次只说一句简短的话：

"我命令，发信号。"

这时，值班操作员就会立正回答："是！殿下！"然后移动操作台上的鼠标，点击一下电脑屏幕上的"发射"图标，大屏幕上就会显示出如下信息：

解除信号已发出——收到本次解除成功的回复信号——倒计时重置。然后，屏幕上重新显示出“66:00”的数字，并开始递减。

在另一个屏幕上，皇帝很专注地看着这一切的进行，直到重置的倒计时开始，它才像松了一口气似的离开了。

两年来，这一过程每天都精确地重复着。皇帝不论是在皇宫中，还是在外巡视，甚至在罗拉西亚访问时，都在每天的这个时间给遥控站打这个电话，从未有过一天的间断。这让在遥控站工作的恐龙们百思不得其解：如果皇帝要每天发信号，只需简单地交代下来即可，干吗每天都亲自下命令呢？（操作员们被告之，没有皇帝的命令，信号绝对不能发出。）甚至连它们这些操作员也不需要，只需用一台自动定时发射的装置即可。那个六十六小时倒计时也十分神秘，如果它走到头意味着什么呢？它们唯一能够确定的是，这个信号极其重要，这从皇帝关注信号发出的眼神可以看出来。但这些普通恐龙无论如何也不可能想到，这个信号每天都推迟了一次地球的死刑。

这一天，两年如一日的平静生活中断了，信号发射机出了故障。遥控站配备的是高可靠性设备，且有冗余备份，像这样包括备份系统在内的整个设备都因故障停机，肯定不是自然或偶然因素所致。工程师和技师立刻查找故障，很快发现有几根导线断了，而那些导线只有蚂蚁才能接上。于是它们立刻向上级打电话，请求派蚂蚁维修工来，这才发现电话已不通了。它们继续查找故障，发现了更多的断线，而这时，距皇帝命令发信号的时间已经很近了，恐龙们只好自己动手接线，但那些细线它们的粗爪很难接上，五头恐龙心急如焚。虽然电话不通，但它们相信通信很快就会恢复，在倒计时减到四十四小时时，皇帝一定会出现在那个屏幕上。两年来，在恐龙们的意识中，皇帝的出现如同太阳升起一般成了铁打不动的规律。但今天，太阳虽升起了，皇帝却没有出现，倒计时的时钟数码第一次减到了四十四以下，还在以同样恒定的速度继续减少着。

后来恐龙们知道，不可能再指望蚂蚁了，因为发射机就是它们破坏的。从巨石城逃出来的恐龙开始经过这里，从那些惊魂未定的恐龙那里，遥控站的恐龙们知道了首都的情况，知道了蚂蚁已经用雷粒破坏了恐龙帝国所有的机器，恐龙世界已经陷入瘫痪。

但在遥控站工作的都是尽心尽责的恐龙，它们继续试图接上已断的导线。但这是一项不可能完成的任务，机器中大部分断线所在的地方，恐龙粗大的爪子根本伸不进去，那几根露在外面的断线的线头在它们那粗笨的手指间跳来跳去，就是凑不到一起。

"唉，这些该死的蚂蚁!"恐龙技师揉揉发酸的双眼，骂了一声。

这时，工程师瞪大了双眼，它真的看到了蚂蚁！那是由百只左右的蚂蚁组成的小队伍，正在操作台白色的台面上急速行进，领队的蚂蚁对着恐龙高喊：

"喂，我们是来帮你们修机器的！我们是来帮你们接线的!! 我们是来……"

恐龙这时没有打开气味语言翻译器，因而也听不到蚂蚁的话，其实就是听到了它们也不会相信，对蚂蚁的仇恨此时占据了它们的整个心灵。恐龙们用它们的爪子在控制台上蚂蚁所在的位置使劲拍着，嘴里咬牙切齿地嘟囔着："让你们放雷粒！让你们破坏机器……"白色的台面上很快出现了一片小小的污迹，这些蚂蚁都被拍碎了。

"报告执政官，遥控站内的恐龙攻击蚂蚁维修队，把它们消灭在控制台上了！”在距遥控站五十米远的一棵小草下，从遥控站中侥幸逃回来的一只蚂蚁对卡奇卡说。蚂蚁联邦统帅部的大部分成员都在这里。

“再派一支更大的维修队！”

“哇，蚂蚁！”在遥控站门前台阶上站岗的一名恐龙哨兵喊道，它的声音引出了另外几名恐龙士兵，以及一名负责它们的少尉。它们看到有一片蚁群正在涌上台阶，看上去有四五千只，像一块在台阶上缓缓滑动的黑色绸缎。有许多蚂蚁从蚁群中爬出来，冲着恐龙挥动触须，好像在对它们喊什么。

“拿扫帚来！”恐龙少尉喊道，立刻有一个士兵拿来一把大扫帚，少尉抓过来，猛扫几下，像扫一片黑色的灰尘一样把蚁群扫到台阶下，接着把它们同飞扬的尘土一起扫得七零八落。

“执政官，我们必须设法与遥控站的恐龙交流，说明我们的来意！”乔耶说。

“怎么交流？它们不听我们说话，根本就不打开翻译器！”

“能不能打电话试试？”有蚂蚁建议。

“早试过了，恐龙的整个通信系统已被破坏，与蚂蚁联邦的电话网完全断开，电话根本打不通！”

若列说：“大家应该知道蚂蚁的一项古老的技艺，在蒸汽机时代之前的漫长岁月，先祖用队列排出字来与恐龙交流。”

卡奇卡叹口气：“说这些有什么用？这项技艺已经失传了。”

“不，我现在率领的这支部队就能排出字来，进行这项训练，是想让士兵记住先祖的光荣，并且体验到蚂蚁世界的整体精神。本来想在今年的阅兵式上给各位一个惊喜的，看来现在就能用上了。”

“目前在这里已集结了多少部队？”

“十个陆军师，大约十五万蚂蚁。”

“这能排出多少个字来呢？”

“这要看字的大小了，为了让恐龙在一定的距离上也能看清，最多也就是十几个字吧。”

“好吧，”卡奇卡想了一下，“就排出以下的字句：我们来帮你们修机器，这台机器能拯救世界。”

“这什么也没说清。”乔耶嘟囔了一声。

“有什么办法，这已经是十九个字了！还是试试吧，总比干等着强。”

“蚂蚁又来了！这次好多耶！”

在遥控站的门前，恐龙士兵们看到有一个蚂蚁方阵正在向这里逼近，方阵约有三四米见方，随着地面的凸凹起伏，像一面在地上飘动的黑色旗帜。

“它们要进攻我们吗？”

“不像，这队形好奇怪。”

蚂蚁方阵渐渐近了，一头眼尖的恐龙惊叫起来：“哇，那里面有字耶!!”

另一头恐龙一字一顿地念着：**“我、们、来、帮、你、们、修、机、器，这、台、机、器、能、拯、救、世、界。”**

“听说在古代蚂蚁就是这样与我们的先祖交谈的，现在亲眼看见了！”有头恐龙赞叹说。

“扯淡！”少尉一摆触须说，“不要中它们的诡计，去，把热水器中所有的热水都倒到盆里端来。”

一名中士小心地说：“少尉，您看我们是不是过去同它们谈谈，也许它们是真的想来修机器，再说里面工程师它们急需蚂蚁技工的帮助。”

恐龙士兵七嘴八舌地议论起来：“它们的话太奇怪了，这台机器怎么能拯救世界？”“谁的世界？我们的还是它们的？”“这台机器发出的信号想必是很重要的。”“是啊，要不为什么每天都由皇帝亲自下命令发出呢？”

“白痴！”中尉训斥道，“到现在你们还相信蚂蚁？就因为我们对它们的轻信，它们已经摧毁了帝国！这是地球上最卑鄙最阴险的虫虫，我们绝不再上它们的当了！快，去倒热水！”

很快，恐龙士兵们搬出了五大盆热水，五个士兵每人端一盆，一字排开向蚂蚁方阵走去，同时把热水泼向方阵。滚烫的水花在弥漫的蒸汽中飞溅，地上的那行黑色字迹被冲散了，字阵的蚂蚁被烫死大半。

“与恐龙交流已不可能，现在唯一的选择，就是强攻遥控站，将其占领后修好机器，我们自己发出解除信号。”卡奇卡看着远处腾起的蒸汽说。

“蚂蚁强攻恐龙的建筑？!”若列像不认识似的看着卡奇卡，“这在军事上简直是发疯！”

“没办法，这本来就是一个疯狂的世界。这个建筑规模不大，且处于孤立状态，短时间内得不到增援，我们集结可能集结的最大力量，是有可能攻下它的！”

"看远处那是些什么？好像是蚂蚁的超级行走车！"

听到哨兵的喊声，少尉举起望远镜，看到远方的荒原上果然有一长排黑色的东西在移动，再细看，那确实是哨兵所说的东西。蚂蚁的交通工具一般都很小，但出于军事方面的特殊需要，它们也造出了一些与它们的身体相比极其巨大的车辆，这就是超级行走车。每辆这样的车约有我们的三轮车大小，这在蚂蚁的眼中无疑是庞然大物，与我们眼中的万吨巨轮一样。超级行走车没有轮子，而是仿照蚂蚁用六条机械腿行走，所以能够快速穿越复杂的地形。每辆超级行走车可以搭载几十万只蚂蚁。

"开枪，打那些车！"少尉命令。恐龙士兵用它们仅有的一挺轻机枪向远处的行走车射击，一排子弹在沙地上激起道道尘柱，走在最前面的那辆车的一条前腿被打断了，一下子翻倒在地，剩下的五条机械腿仍在不停地挥动着。从打开侧盖的车厢里滚出许多黑色的圆球，每一个有我们的足球那么大，那是一团团的蚂蚁！这些黑球滚到地面后很快散开来，就像在水中溶化的咖啡块一样。又有两辆行走车被击中停了下来，穿透车厢的子弹并不能杀死多少蚂蚁，黑色的蚁团纷纷从车厢中滚落到地面。

"唉，要是有门炮就好了！"一名恐龙士兵说。

"是啊，有手榴弹也行啊。"

"火焰喷射器最管用！"

"好了，不要废话了，你们数数有多少辆行走车！"少尉放下望远镜，指着前方说。

"天啊，足有二三百辆啊！"

"我看蚂蚁联邦在冈瓦纳大陆的超级行走车都开到这里了。"

"这就是说，这里集结了上亿只蚂蚁！"少尉说，"可以肯定，蚂蚁要强攻遥控站了！”

“少尉，我们冲过去，捣毁那些虫虫车！”

“不行，我们的机枪和步枪对它们没有多少杀伤力。”

“我们还有发电用的汽油，冲过去烧它们！”

少尉冷静地摇摇头：“那也只能烧掉一部分。我们的首要任务是保卫遥控站，下面，听我的安排……”

“执政官，元帅，前方空军观察机报告，恐龙们正在挖壕沟，以遥控站为圆心挖了两圈壕沟。它们正在引来附近一条小河的水灌满外圈壕沟，还搬出了几个大油桶，向内圈的壕沟中倒汽油！”

“立刻发起进攻！”

蚁群开始向遥控站移动，黑压压一片，仿佛是空中的云层在大地上投下的阴影。这景象让遥控站中的恐龙们胆战心惊。

蚁群的前锋到达已经注满水的第一道壕沟边，最前边的蚂蚁没有停留，直接爬进了水中，后面的蚂蚁踏着它们的身体爬进稍靠前些的水中，很快，水面上形成了一层厚厚的黑色浮膜，这浮膜在迅速向壕沟的内侧扩展。恐龙士兵们都戴上了密封头盔以防蚂蚁钻进体内，它们在壕沟的内侧用铁锹向蚁群撒土，还大盆大盆地泼热水，但这些作用都不大，那层黑色浮膜很快覆盖了整个水面，蚁群踏着浮膜如黑色的洪水般涌了过来，恐龙们只得撤到第二道壕沟之内，并点燃了壕沟中的汽油。一圈熊熊烈火将遥控站围了起来。

蚁群到达火沟后，在沟边堆叠起来，形成了一道蚁坝。恐龙们向蚁坝开枪，子弹射进蚁堆中，像穿进了黑色的沙堆般了无声息。它们还向蚁坝投掷石块，那些石块在蚁坝上发出噗的一声闷响，打开一个缺口，但那缺口很快就被重新填满。蚁坝不断增高，最后高达两米多，在火沟外面形成一堵黑色的墙。接着，蚁坝整体开始向火沟移动，它的表面在火光中蠕动着，仿佛是一条黑色的巨蟒。在烈火的烘烤中，蚁坝的表面冒出了青烟，空气中充满了刺鼻的焦味，蚁坝表面被烤焦的蚂蚁不停地滚落下去，掉进火沟烧着了，在火沟的外缘形成了一圈奇异的绿火，蚁坝的表面则不断地被一层新蚂蚁代替，整个蚁坝仍坚定地站立在火沟边上。这时，大批蚂蚁从蚁坝的另一侧登上顶端，聚成了一个个黑色的大蚁球，其大小与一小时前从超级行走车上滚下的那些相当，每个蚁球包含了一个师的蚂蚁兵力。这些黑色的球体从蚁坝的顶端滚下去，有一些被大火吞没了，但大部分借着冲力滚过了火沟，到达沟的另一侧。在穿越烈火的过程中，这些蚁球的外层都被烧焦了，但那无数只蚂蚁仍互相紧抓着不放，在蚁球外面形成了一层焦壳，保护了内层的蚂蚁。滚上火沟对岸的蚁球很快达到了上千个，它们外部的焦壳很快裂开，球体溶散成蚁群，黑压压地拥上遥控站的台阶。

守卫遥控站的恐龙士兵们的精神完全崩溃了，它们不顾少尉的阻拦，夺门而出，绕到建筑物后面，沿着正在包围遥控站的蚁群尚未填充的一条通道狂奔而去。

蚁群涌入了遥控站的底层，然后涌上楼梯，进入控制室。同时，蚁群也爬上了建筑的外墙，由窗户进入，一时间这幢建筑的下半截变成了黑色的。

控制室中还有六头恐龙，它们是少尉、工程师、维修技师和三名操作员。它们惊恐地看着蚂蚁从门、窗和所有的缝隙进入这个房间，仿佛整幢建筑被浸在蚂蚁之海中，黑色的海水正在从各处渗进来。它们看看窗外，发现这蚂蚁之海真的存在，目力所及之处，大地都被黑色的蚁群所覆盖，遥控站只是这蚂蚁海洋中的一个孤岛。

蚁群很快淹没了控制室的大部分地板，在控制台前留下了一个空圈，六头恐龙就站在空圈中。工程师赶紧取出翻译器，打开开关时立刻听到了一个声音：

“我是蚂蚁联邦的最高执政官，已没有时间向您详细说明一切，您只需要知道，如果遥控站不能在十分钟之内发出信号，地球将被毁灭。”

工程师向四周看看，黑压压的全是蚂蚁，按照翻译器上的方向指示，它看到控制台上有三只蚂蚁，刚才的话就是其中的一只说出的。它对那三只蚂蚁摇摇头：

“发射机坏了。”

“我们的技工已经接好了所有的断线，修好了机器，请立即启动机器发信号！”

工程师再次摇头：“没电了。”

“你们不是有备用发电机吗？”

“是的，自从外部电力中断后，我们一直用汽油发电机供电，但现在没有油了，汽油都倒进外面的壕沟中点燃了。”

“一点儿都没有了吗？！”

少尉接过话头：“一点都没有了，当时士兵们只想守住遥控站，连发电机油箱中的油都倒光了。”

“那就到外面去，从壕沟中取一些剩油来！”

少尉向窗外看了一眼，沟中的火正在熄灭。它打开控制台下的一个柜子，拿出一个小铁桶，蚁群让出了一条通向门的路，少尉走到门边时站住了，回头问：“世界真的会在十分钟后毁灭吗？”

翻译器中传出了卡奇卡的回答：“如果发不出信号，是的！”

少尉转身走下了楼梯，不一会儿它就回来了，它把那个小桶放到地板上，卡奇卡、若列和乔耶爬到控制台的边缘向下看，桶里没有汽油，只有半桶散发着汽油味夹杂着烧焦的蚂蚁尸体的泥土。

“沟里的汽油已经烧完了。”少尉说。

卡奇卡看看窗外，发现外面的火已经灭了，这证实了少尉的话。它转身问若列：

“倒计时还剩多长时间？”

若列一直在看着表，它回答说：“还剩五分钟三十秒，执政官。”

乔耶说：“刚刚接到电话，罗拉西亚那边已经失败了，守卫遥控站的恐龙在蚂蚁军队的进攻中炸毁了遥控站，对‘明月’的解除信号已不可能发出，五分钟后它将引爆。”

若列平静地说：“‘海神’也一样，执政官，一切都完了。”

恐龙们并没有听明白这三位蚂蚁联邦的最高领导者在说什么，工程师说：“我们可以到附近去找汽油，距这里五公里有一个村庄，公路不通了，只能跑着去，快的话，二十分钟就能回来。”

卡奇卡无力地挥了挥触须：“去吧，你们都去吧，想去哪就去哪儿。”

六头恐龙鱼贯而出，工程师在门口停下脚步，问了刚才少尉问的同一个问题：“几分钟后地球真的会毁灭吗？”

蚂蚁联邦的最高执政官对它做出了一个类似微笑的表情：“工程师，什么东西都有毁灭的一天。”

“呵，我第一次听蚂蚁说出这么有哲学意味的话。”工程师说完，转身走去。

卡奇卡再次走到控制台的边缘，对地板上黑压压一片的蚂蚁军队说：“迅速向全军将士传我的话，遥控站附近的部队立刻到这幢建筑的地下室隐蔽，远处的部队就地寻找缝隙和孔洞藏身，蚂蚁联邦政府最后告诉全体公民的话是：世界末日到了，大家各自保重吧。”

“执政官，元帅，我们一起去地下室吧！”乔耶说。

“不，您快去吧，博士。我们已犯了文明史上最大的错误，没有资格再活下去了。”

“是的，博士，”若列说，“虽然不太可能，还是希望您能把文明的火种保存下去。”

乔耶同卡奇卡和若列分别碰了碰触须，这是蚂蚁世界的最高礼仪，然后它转身混入了控制室中正在快速离去的蚁群。

蚂蚁军队离开后，控制室内一片宁静，卡奇卡向窗子爬去，若列跟着它。两只蚂蚁爬到窗前时，正好看到了一幅奇景：此时是夜色将尽的凌晨，天空中有一轮残月。突然，月牙的方向在瞬间转动了一个角度，同时亮度急剧增强，直到那银光变得电弧般刺目，把大地上的一切，包括正在疏散的蚁群，都照得毫发毕现。

“怎么回事？太阳的亮度增强了吗？”若列好奇地问。

“不，元帅，是又出现了一个新太阳，月球在反射着它的光芒，那个太阳在罗拉西亚出现，正在把那个大陆烧焦。”

“冈瓦纳的太阳也该出现了。”

“这不是吗，来了。”

更强的光芒从西方射来，很快淹没了一切。在被高温气化之前，两只蚂蚁看到有一轮雪亮的太阳从西方的地平线上迅速升起，那太阳的体积急剧膨胀，最后占据了半个天空，大地上的一切在瞬间燃烧起来。反物质湮灭的海岸距这里有上千公里，冲击波要几十分钟后才能到达，但在这之前，一切都早已在烈火中结束了。

这是白垩纪的最后一天。

漫漫长夜

寒冬已持续了三千年。

在一个稍微暖和一些的正午，冈瓦纳大陆中部，两只蚂蚁从深深的蚁穴中爬到地面。在没有生气的灰蒙蒙的天空中，太阳只是一团模糊的光晕，大地覆盖在厚厚的冰雪下，偶尔有一块岩石从雪中露出，黑乎乎的格外醒目，极目望去，远方的山脉也是白色的。

蚂蚁 A 转过身来，打量着一个巨大的骨架，这种大骨架在大地上到处都有，由于也是白色的，同雪混在一起，从远处不易看到。但从这个角度看，在天空的背景上显得格外醒目。

"听说这种动物叫恐龙。"蚂蚁 A 说。

蚂蚁 B 转过身来，也凝视着天空中的骨架："昨天夜里你听它们讲那个关于神奇时代的传说了吗？"

"听了，它们说在几千年前，蚂蚁有过辉煌的时代。"

"是啊，它们说，那时的蚂蚁不是住在地下的洞穴中，而是生活在地面的大城市里，它们也不是由蚁后来生育，那真是一个神奇的时代。"

"那个传说里面说，那个神奇时代是蚂蚁和恐龙一起创造的，恐龙没有灵巧的手，蚂蚁就为它们干细活儿；蚂蚁没有灵活的思想，恐龙就想出了神奇的技术。"

“那个神奇的时代啊，蚂蚁和恐龙造出了许多大机器，建造了许多大城市，拥有了神一般的力量！”

“你听懂了传说中关于那个世界毁灭的部分了吗？”

“听不太懂，好像很复杂的：恐龙世界里爆发了战争，蚂蚁和恐龙之间也爆发了战争……再到后来，地球上出现了两个太阳。”

蚂蚁 A 在寒风中打着抖：“唉，现在要是有个新太阳有多好啊！”

“你不懂的！那两个太阳很可怕，把陆地上的一切都烧毁了！”

“那现在为什么这么冷呢？”

“这很复杂，好像是这么回事：那两个太阳出现以后的一段时间内，世界上确实很热，据说太阳附近的大地都融成岩浆了！后来，太阳蒸发的海水变成雨，那大雨一下就是上百年，大地上洪水泛滥；再后来，太阳爆炸时激起的尘埃在空中遮住了旧太阳的阳光，世界就变冷了，变得比那两个太阳出现前还冷得多，就是现在这个样子。恐龙那么大个儿，在那可怕的时代自然都死光了，但有一部分蚂蚁钻到地下，活了下来。”

“蚂蚁还能重建神奇时代吗？”

“它们说不可能，我们的脑容量太小，大家在一起才能思考，不能创造出神奇技术，就是那些古代的技术也忘光了。”

“是的，听说就在不久前蚂蚁还识字的，现在，我们都不认识字了，那些古代留下来的书谁也读不了了。”

“我们在退化，照这样下去，蚂蚁很快就会退化成什么都不知道，只会筑穴觅食的小虫子了。”

“那有什么不好？在这艰难时代，懂得少些就舒服些。”

“那倒也是。”

…………

“会不会有那么一天，世界又温暖起来，别的什么动物又建立起一个神奇时代？”

“有可能，我觉得那种动物应该既有足够大的大脑，又有灵巧的双手。”

“是的，还不能像恐龙这么大，它们吃得太多，生活会很难。”

“也不能像我们这么小，脑子不够大。”

“唉，这种神奇的动物怎么会出现呢？”

“我想会的，时间是无穷无尽的，什么都会出现，我告诉你吧，什么都会出现的。”

2003 年 4 月 29 日于娘子关

魔鬼积木

奥拉博士站在女儿的尸体旁，双眼失神地看着远方。前面是德克萨斯州广阔的荒原，零星地生长着一些仙人掌，地平线处立着几座大石柱一样的孤峰，风滚草在德克萨斯特有的让人烦躁的干燥热风中滚动着。奥拉的身边站着几名警察，他们身后是一条高速公路，公路的另一边是一座人口不到五千的小镇。

警长打量着眼前的这个黑人，他五十岁左右，长得很瘦，穿着随便。警长很难把他同一名获诺贝尔奖提名的科学家联系起来。

“奥拉博士，据黛丽丝的同事说，她接到了一个电话，放下电话后她告诉同事，说有一个陌生人要向她提供一条重要的新线索，然后就离开办公室开车急匆匆地朝这里赶。博士，您的女儿作为一个大通讯社的记者，一定常常接到类似的电话，她不会轻易地答应一个陌生人的约见，除非有真正让她感兴趣的东西。她的死因也让人难以想象，我从警三十多年了，第一次遇到这样的事，博士，您的女儿是被……”

“是被吓死的。”奥拉打断他的话说。

警长吃惊地盯着奥拉，好一阵才恢复常态：“是的博士，用法医的话来说，是由于过度的惊惧而导致的过激神经反应所引起的心室震颤而死。这么说，您能告诉我们一些东西了？”

“不，我没什么可说的。”奥拉冷冷地说。

奥拉的女儿仰躺在沙地上，她是一名混血姑娘，皮肤呈浅褐色，很有些东方风韵。这时她那大睁的双眼的眼睑上已蒙上了一层薄薄的灰尘，但那惊惧的目光仍然从这灰霭后面透射出来，仿佛整个天空在她的眼中就是一个魔鬼狰狞的面容。

“这也没关系，博士，我们知道的比您想象的要多，事实上，罪犯现在已经在我们的包围之中了。”

奥拉仍木然地站在那儿，无神的双眼仍像刚才一样茫然地直视前方。

“怎么，您不感兴趣？这倒使我们对您感兴趣了。我承认，有些事情确实让人搞不明白，您看看这些痕迹。”

那些隐隐约约的痕迹从远方的荒原上延伸过来，绕着黛丽丝的尸体转了一圈，又伸向高速公路，并在路基上消失了。这些痕迹在形状上十分奇特，看上去像一个个首尾相连的S，每一个S有1米多长。

“博士，我们并不是仅凭这种让人难以理解的痕迹找到罪犯的，因为它只在沙地上才能留下，但在痕迹中我们找到了微量的同位素示踪剂，同我们常用于跟踪的那种一样，凭着这种示踪剂的指示我们找到了那家伙的位置，现在他还在那儿。怎么，您仍然不感兴趣？我可不可以把您这种态度理解为默认了同这件事有关系，或至少知道些什么？好了，还是让我们亲自去那里看看吧。”

10分钟后，警长和奥拉博士坐的警车驶进了小镇。到达目的地后，奥拉看到了更多的警车停在那里，十几名全副武装的警察躲在警车后面，紧张地盯着一个用黄布带围起来的圆形区域。在那个区域正中，是一个已揭开盖板的下水道的圆形井口。

“难以相信，他就在那下面。”警长指着那个小小的井口对奥拉说。

“这么说你们还没有见到过它？”奥拉问。

警长注意到博士说的是“它”而不是“他”或“她”。

“我们很快会把他弄出来的！”警长朝旁边甩了一下头，那个方向有 3 名警察正在穿防弹衣。

“别派人下去！”奥拉严肃地对警长说，“等一会儿会有人来处理这事的。”

“谁，慈善机构？”警长对奥拉博士付之一笑。

“我知道阻止不了你们，但我能不能见见将下去执行任务的人？”

警长挥手把那 3 名已穿好防弹衣的警察叫过来：“介绍一下，这位是格兰特警官。”

“见过我女儿的样子吗？”奥拉问格兰特。

“当然，我是第一个到达现场的，我理解您的感受，博士。”

“我只是想提醒你，年轻人，对你将要看到的要有思想准备。”

身材剽悍高大的警官笑了笑：“博士，您过虑了，我见过的东西不少了。就在前天，我们逮捕了一名变态杀人狂。他的房间里到处挂着一串串的装饰品，那些东西是他用自己杀的 6 个女人的肉块风干后做成的，每一块像一个棒球那么大，一串串的，像东方的大念珠一样……博士，我在重案组干了十年，对这类事司空见惯了。”不等奥拉回答，他就同另外两个警察大步朝下水道井口走去。

“在这个时代，事情正变得越来越奇怪，每天早上起床时你真不知道这一天会遇到什么。”在等待的时候，警长对奥拉说，“在我年轻的时候，我们同犯罪世界的关系是一对敌手的关系，他们虽然残忍贪婪，但是从精神和人的本性方面还可以理解；现在呢，我们同犯罪世界的关系是心理分析者同精神病人的关系，罪犯们变得怪诞，从哪方面都不可理解。比如一位温文尔雅的白领绅士，尽心尽责地工作，尽心尽责地对待家庭，生活不越雷池一步，就这么度过了大半生。可突然有一天，他用手枪打死了包括母亲、妻子和三个孩子在内的全家人，然后平静地宣布自己在为社会造福……更不用提那些在网络中飘忽不定的数字的影子，它们比幽灵更虚幻更难以捉摸。"

"这次也一样，"奥拉说，"您面临的可能是历史上最复杂的一个案件，也许它不能被称为案件，而是一个最复杂的事件，它的复杂和离奇远远超出了您的想象，我劝您还是立即打住，你们没有能力处理它。"

在比预料的短得多的时间，不到 5 分钟后，进入下水道里的 3 名警员就出来了，其中格兰特是被另外两个人费很大力气拖出来的。他一上来就瘫倒在地，脸色惨白，浑身颤抖，双手紧紧抓住衣领，像是怕冷；他的双眼瞪到最大，眼球突出，呆滞地看着前方，使人想起了黛丽丝死后的那双眼睛。他对警长的问话毫无反应。这时有人递过一个金属酒瓶，使劲往他嘴里灌威士忌，使他的脸上渐渐有了些红晕，那红晕像抹上去的油彩，同周围没有一点过渡。这时他喃喃地说话了："回家，我要回家……"两名警员架着他走向一辆警车，但他用双脚死蹬着车门不敢进去，"黑，里面黑，我怕黑！"他喊道。人们最终还是把他硬塞进警车拉走了。

"见鬼，你们究竟看到了什么?!"警长问另外两名警员。

"我们没有看到，是格兰特看到了。下面的通道很窄，只能容一个人行走，格兰特走在最前面，我们跟着他的手电光走，与他相距有两三米。他走着走着突然停住了，对我们的喊话也没有反应，就那么呆呆地站了几秒钟，然后他的手电和枪都掉到地上，仰天倒下，接着从脏水里拼命地往回爬。我们没敢再向前走，只好把他弄出来。真见鬼，无法想象什么东西能把格兰特这样的人吓成这个样子。”

警长转身从旁边的警车中拿出了一个手电筒，走到奥拉博士前说：“我们俩一起下去。”奥拉无言地看着他，他接着说：“即便我落到格兰特的下场，也要看看里面是什么，我当警察三十多年了，应该满足自己这个好奇心。”奥拉又默默地看了警长几秒钟，然后跟着他走向下水道井口。

当他们俩走下扶梯，站到下面齐膝深的污水中时，奥拉说：“警长，你必须如实回答我一个问题。”警长在手电光中看到奥拉一脸严肃，点了点头，“假如把您的性格分成十份，勇敢和理智各占多少？”

“理智占 9 点多，勇敢连 1 都不到。”

“要真是这样您是幸运的，你不会遭到我女儿和格兰特那样的命运，理智是真正的勇敢。”

他们沿着地下通道向前走去，一股阴风从黑暗深处吹来，凉彻骨髓，周围散发着一股腐败的味道。警长跟着奥拉向前走，手电光在奥拉前面飘忽不定。

“我并不想劝您做一个无神论者，”奥拉边走边说，“但真正的神秘其实是不存在的，在原始人看来，我们现在的一切都是巫术，同样对于我们来说……”

“安静！”警长厉声说，并疾步向前拉住了奥拉，他们停了下来。有一个声音从前方传来，很轻微，隐隐约约，仿佛这黑暗和阴风中的一缕飘忽不定的游丝。

那是笑声。

那声音把警长带入了这样一个幻觉世界：所有的大陆上已没有

人烟，也没有森林和植物，大地被密密麻麻的墓碑所覆盖。惨白的月光照在这无边无际的墓碑的森林上，墓碑之间的地面上有白色的雾气在匍匐爬行。在一块大陆的正中央，有一块无比高大的墓碑，有纽约的世界大厦那么高。在这个墓碑的顶端，站着地球上唯一的一个活物，在那高高的墓碑顶端，在惨白月亮的背景上，呈一个黑色的剪影。从那纷乱飘动的长发可以知道那是一个女人，她的面部在阴影中闪出磷光，她在笑，阴森的笑声从那摩天大楼般高大的墓碑顶端隐隐约约传下来……

奥拉拉开了警长抓着他的手继续向前走，他们蹚着污水又走了有半分钟，奥拉站住了，转身对警长说："过来看吧，记住，用你的理智！"

警长越过奥拉的肩头看去。他不能称自己看到了噩梦，因为梦受人的想象力的限制，很难想象有人能梦见这样的景象。他仿佛回到了童年，回到了人人都会有的那一段害怕黑暗的年代，那时，周围充满恐惧，在黑黑的屋子中孩子的唯一愿望就是紧紧抓住大人的手。

警长首先看到的是一条巨蟒，它盘缠在前面的一道栅栏前。蟒身上虽然沾满了污泥，但鳞片仍然在手电光的光圈中闪闪发亮，而蟒身特有的艳丽色彩，随着它的蠕动而变换着，那妖艳的色彩同周围这阴暗腐败的黑灰色很不协调，又太协调了，仿佛是这肮脏环境中阴暗和腐败的精华。在盘缠成一堆的蟒体的正中央，它的头部高高立起。

在那里代替蟒头的，是一个人头。

在人头和蟒身之间，有一段从人的皮肤渐渐过渡到蟒的鳞片。纷乱的长发从那个人头上披散下来，由于浸入了污水而成一缕一缕的，分不清这个人头是男是女，蛇人的面容如白骨一般惨白，在深深的眼窝中，那双眼睛射出幽幽的冷光，直视着刚在这里出现的这两个人，而蛇人的嘴里不时地闪电般地吐出端头有叉的细长的蛇舌。这时蛇人又笑了起来，它的头向上仰着，一颤一颤的，细长的蛇舌吐向空中，那阴森的笑声像一双细长而尖利的手，攫住了警长的心脏，几乎使它停止跳动……

"不要紧张，它这并不是在表达什么感情，这只是一种呼吸行为，以使它那冷血动物的呼吸系统供给温血动物的大脑足够的氧气。"奥拉拍拍警长死抓着他肩膀的手说。

"我们回去吧……"警长用颤抖的声音说。

两人转身沿来路走去，没走几步，就听到蛇人在他们身后喊了一声，那声音是人类不可能有的尖利嘶哑，警长感到这声音好像一把利刃在他的后背划了一道。

"死——"蛇人喊道。

奥拉停了下来，微微回头对后面的黑暗说："是的，2904号，死，没有别的选择，你是废品。"

警长在奥拉的帮助下艰难地从下水道井口爬到地面上。他眯起双眼适应着突然出现的阳光，当部下们围上来问他看到了什么时，他只是伸出了一只手，虚弱地说："酒。"有人递给了他那个金属酒瓶，他开始猛灌威士忌，直到把酒瓶喝得底朝天。

当警长的感觉恢复后，他听到了一阵巨大的轰鸣声，这声音来自天空。他抬头一看，见空中悬停着三架直升机，转身又看到在不远处镇上教堂前面的草坪上有一架直升机正在降落，从机舱中跳出一群全副武装的士兵。由于草坪很小，这架直升机在清空载员后立即升空给另一架让出地方，从这架中跳出的仍然是士兵。他们并没有朝警长这边来，而是围着这块空地建立一道环形的警戒圈，同时赶开不多的几名围观者。当最后一架直升机降落时，这块空地已由平端着枪的士兵严密警戒起来了。从那架有陆军白星标志的黑鹰直升机上下来三个人，大踏步地朝警长和奥拉站的地方走来，为首的是一位身材细长的将军，他的肩上有四颗星，警长在新闻媒体上常见这个人，不用介绍也知道他是谁，这时他真感到自己抓住了大人的手。

“你们终于来了，菲利克斯将军！”警长感激地说，好像他早就知道他们要来似的。

“先生，我不想干涉您的工作，但请您接个电话。”将军说，同时他旁边的一名少校军官把一个手机递给了警长。

警长从电话中听到了局长的声音，他只听到了让他们退出，其他的顾不上听了，他迫不及待地问：“那么，将军，我和我的人现在就可以走了吗？”

“当然，先生，但我想刚才您的上级已经对您说清楚了，你必须做出一个绝对的保证。”

警长茫然地点点头，他只想快点离开这里。

菲利克斯将军又向他走近了一步，把脸凑近他，他们的眼睛对视着，将军那双蓝色的眼睛如黑暗的深海，警长打了个寒战，这双眼睛让他想起了蛇人的眼睛。

“先生，您和您的部下什么都没看见。”

警长使劲地点点头：“当然，当然将军！”

就在他们说话的时候，几名持枪的士兵急匆匆地从他们身边走过，钻进了下水道井口。在警长挥手招呼部下上车离开的时候，他听到了从井口传出的几声沉闷的枪声。他们把三辆警车开出了警戒圈，不知是由一种什么本能所驱使，警长把他的车在警戒圈外面刹住了。从后视镜中看到，几名士兵正把一个黑色的塑料袋从下水道的井口中提出来，那是他常见的尸袋，但比正常的大许多，巨蟒的轮廓从尸袋中清晰地凸现出来。

警戒圈内离井口不远的地方，奥拉博士和菲利克斯将军并排站着，冷冷地看着发生的这一切。

“博士，事情怎么变成这样？”菲利克斯叹息着低声说。

奥拉博士沉默无语，是啊，事情怎么会变成这样呢？

这一切要从十六年前说起。

淘金者

那一年的那一天，科菲·安南在他获得管理硕士学位的麻省理工学院举行了一次晚间招待会，奥拉和他的妻子凯西都接到了邀请。奥拉在招待会上兴致不高，他端着一杯香槟酒站在一个角落看着聚聚离离的人群，也看到凯西和纳内·安南，那位瑞典籍艺术家，谈得火热。

这时，一位穿着白色西装，身材颀长、温文尔雅的男子走过来同奥拉打招呼。他只简单地介绍自己是戴维·菲利克斯。他问奥拉是否同安南先生认识很久了。

“不，只是我父亲同他有深交，五十年代末他们是加纳库马西科技大学的同学。”

“您父亲好像不是加纳人。”

“是桑比亚人，在15年前，我和父亲移民到美国。”

“哦，桑比亚，”菲利克斯礼貌地点点头说，“一个很有希望的国家，卡迪斯独裁政权被推翻后，桑比亚现在在一个民主政府治理之下，经济繁荣，现代化进程很快。”

奥拉说：“对祖国的情况我了解得不多，出来后从未回去过。但据我所知，桑比亚的经济起飞是以破坏环境和资源为代价的，那里成了西方高污染工业的垃圾场；我还得知，那里的社会没有中间阶层，少数富人狂奢极侈，而占大多数的穷人面临着饿死的危险。”

“这是现代化的代价，也是一个必须经历的阶段。”菲利克斯说。

奥拉正要说什么，安南转到了他们这儿。只有离他很近时，奥拉才看到了他脸上露出的深深的疲惫，这时，在另一个大陆上，南斯拉夫正在火海中挣扎。奥拉本以为他只是礼节性地同自己谈几句，没想到他很认真地同自己谈了很长时间。

“在世界经济的飞速发展中，我们出生的那块大陆正在被抛下。”安南说，“非洲需要科学，这是毫无疑义的；关键是她需要什么样的科学呢？在目前非洲最贫穷的一些地区，计算机和互联网这类东西，正如有人说过，是穷人的假上帝；他们更需要现代的生物技术，特别是你所研究的基因工程，在这方面我部分同意你的观点。”

“这么说您读过我写的那本书？”

安南点点头，菲利克斯插进来说：“博士，我也读过那本书。您书中的主要设想是，在非洲和世界上其他最贫困的地区，在用基因工程对干旱农作物进行改造的同时，也可尝试用同样的技术对人本身进行改造，如果能用基因工程改造人类的消化系统，使其能消化更粗糙一些的植物，那么，在同样的耕种条件下，农作物的可食用产量可能增加几倍甚至十几倍，地球上大部分的饥饿将消失。即使对于发达社会，这也能大大减少耕地的用量，加速自然环境的恢复和良性循环。”

安南笑着说：“看，你的思想传播很广。”

奥拉苦笑了一下，“你们二位并不知道我为此受到了多少的攻击。”

安南说：“你书中思想的视角很独特，但也确实很偏激，看得出来你还没有完全融入西方的基督教文化，所以在生物学的伦理方面不太顾忌。不过确实应该在非洲开始几个谨慎但能产生实效的基因工程应用项目，这将有助于联合国的努力，这种努力正在使百慕大协议成为一个全球的政府间协议。”

在他们的谈话结束时，安南握着奥拉的手说：“回非洲看看，回你的祖国看看，用你的学识为那个大陆做一些事情，这也是你父亲的愿望。”

安南离开后，菲利克斯对奥拉说：“博士，我知道您是一位爱国主义者，同您父亲一样，这很让人敬佩，但你也不要误解了安南先生的意思。”

奥拉笑笑说：“我当然不会长期待在非洲。”

“这就对了，”菲利克斯点点头，“我认识一个埃及人，他是高能物理博士，很有才华，可是回到埃及后得不到他需要的实验环境，他现在只是国家旅游局的一名官员。”

奥拉觉得菲利克斯有一种才能，他像一把刀子，能很快同一个初次见面的人一下子切入谈话的深处。后来，凯西曾到奥拉这边来过一次，对他说：“知道刚才同你谈话的那个人是谁吗？”奥拉摇了摇头，凯西接着说：“纳内告诉了我他的情况，不过没有告诉我他的身份，只是说他能给我们想要的东西，那笔研究资金。你现在要抓住他！”

在招待会快结束的时候，菲利克斯又有意无意地来到了奥拉身边，说：“博士，我对您的工作很感兴趣，不知我能否在方便的时候参观一下您的实验室，”他接着又重重地加了一句，“这不只是我个人的兴趣。”

想起刚才凯西的话，奥拉对菲利克斯表示欢迎。

一个星期以后，菲利克斯果然造访了奥拉博士领导的麻省理工学院的一个实验室。这个实验室的建筑是建于南北战争时期的一幢旧楼房。同任何一个生物化学实验室一样，它的内部也平淡无奇，能看到的是一排排的试管架、培养基，还有几台离心分离器，几个液氮冷藏罐，最复杂的设备也就是电子显微镜，一切都显得琐碎和杂乱。奥拉似乎很清楚这点，立刻把菲利克斯领到了最让外行感兴趣的地方。

奥拉首先把菲利克斯领进了一间标着"3 号种植区"的房间，里面在人造阳光下种满了初看上去平淡无奇的植物。奥拉随手从一棵矮树上摘下一个橘子，递给菲利克斯并示意他剥开，菲利克斯剥开后发现里面很硬，他看到了里面是白色的果肉，并惊奇地闻到了苹果的香味。他们又来到一棵热带植物下面，奥拉摘了一个香蕉递给菲利克斯，菲利克斯好奇地剥开了香蕉，奥拉没来得及制止，有一股液体喷出来落到菲利克斯的衣服上，奥拉告诉他，这是椰子汁。当他们来到种植区的尽头时，菲利克斯看到了一片生长在架子上的藤状植物，上面长着几根黄瓜一样的果实。菲利克斯看到在几根黄瓜的顶部有一个红色的圆球，他摸了摸那个圆球，确定那是一个西红柿。菲利克斯抬头看架子上其他的西红柿和黄瓜的组合体，像一个个小丑的鼻子，有一些组合体西红柿长在黄瓜正中间，还有的西红柿长在底部，还有一根两端各长着一个西红柿。

走出"3 号种植区"，奥拉又带着菲利克斯走进了一间标明"3 号成长区"的房间里。在进门之前菲利克斯注意到，旁边还有 1 号 2 号种植区和 1 号 2 号成长区，奥拉都没带他去。"3 号成长区"里有很多鱼缸大小的玻璃箱，有的玻璃箱前还放着一个放大镜。在一个底部薄薄地铺着一层细沙的玻璃箱里，菲利克斯看到有几只蚯蚓在蠕动着，他仔细看后，吃惊地发现蚯蚓的后部长着一只强劲的带齿的腿，那分明是蚂蚱的腿。有一只蚯蚓用那双蚂蚱腿弹跳了一下，但由于身体太长，它只是翻了一个滚。但有另外两三只蚯蚓似乎适应了它们的身体，蚂蚱腿每弹跳一次，身体就蜷成一团向前滚动着。在另一个装满水的玻璃缸里，菲利克斯看到了许多水中的小生物，他仔细看后发现那是遗传学中最常用的实验品——果蝇，奇怪的是这些果蝇在水中快速移动着，菲利克斯很惊奇它们为什么不会被淹死。奥拉递给他一个放大镜，他用它仔细地观察其中的一只，发现那只果蝇竟长着一个小小的鱼头！他清楚地看到了小小的鱼眼和一张一合的鱼鳃。奥拉说："用双翅在水下运动很不容易，但它们正在慢慢地学会。"

奥拉领着菲利克斯走进了他在顶层的办公室，一进门，凯西就起身迎接他们，奥拉把她介绍给菲利克斯。

看着凯西苗条动人的身材，菲利克斯说："我们在招待会上见过的。奥拉博士，我认为您夫人更适合生物学的研究，因为科学的最高境界是对美的追求，而凯西博士本身就是生命美的生动体现。"

"奥拉大概不同意您的看法。"凯西笑着说。

"菲利克斯先生，领略生物学之美同领略物理学的美一样困难，你从凯西身上看到的美是什么呢？嗯……比如说您看到了一部史诗，您赞叹它封面的华丽，装帧的精美，这就是您从凯西身上看到的生命之美；而对于史诗内部的诗行，您还一句都没读呢。只有当您深入到用想象才能把握的分子尺度，当您看到 DNA 分子以简洁优美的排列，表达着那浩如烟海的魔咒般的生命信息时，您才真正感觉到生命之美！顺着那长长的分子链走下去，您就是在读一部流传了几十亿年的史诗，那分子链之长，你可能沿着它跋涉一生也走不到头。而从您身上掉下的每一粒皮屑中，就含有几十万甚至上百万部那样的史诗。人们对生命美的肤浅的认识，就如同他们同样肤浅的宗教一样，正阻碍着生命科学特别是基因科学的发展，因为对以基因为代表的生命内在美的探索，很可能产生出一些在常人看来不美，甚至丑恶恐怖的东西，这使人们恐慌。他们只对你从凯西或其他什么对象表面看到的那种肤浅的美感兴趣。”

菲利克斯摇摇头说：“至少当凯西博士在这儿时，我很难被说服。”

“那我不妨碍你们了，菲利克斯先生，很欢迎您光临！”凯西起身告辞，在她走出门时，对奥拉使了个眼色。

菲利克斯打量着奥拉的办公室，这里堆满了资料，墙上挂着一幅孟德尔的画像，一幅达尔文的画像，在这两幅画像的中央，却挂着一幅描述亚当和夏娃在伊甸园中情形的油画，可能是拉菲尔某幅画的复制品，但看上去栩栩如生。

“很有意思吧，”奥拉笑着说，“您看到的就是目前基因研究领域的精神状态。”

菲利克斯又像上次一样很快切入正题：“博士，我是一个分子生物学的外行，所以下面这个问题，如果浅薄可笑请不要介意：据我所知，目前基因工程研究领域对各物种的遗传密码的测序工作只进行了很少的一部分，更不用提遗传密码的完全破译了。在这种情况下，您如何能够实现我前面看到的不同物种之间的基因组合呢？”

“您对计算机程序知道一些吗？”奥拉反问，菲利克斯点了点头，“如果您要把两个程序模块连接起来，并不需要完全读通这两个模块的全部程序代码，甚至完全不需要知道模块内部的情况，只需了解两个模块外部的数据接口，只要把数据接口正确连接，两个模块就合为一体了，尽管这时两个模块的内部对您仍是黑箱状态。其实在很多年前，当分子生物学对各物种的基因信息知之甚少的时候，人们已经在干这种事了，比如有的研究者使果蝇的翅膀上长出了眼睛，甚至还有人使白鼠的背上长出人的耳朵……事实上，这种基因组合的难度和层次远低于对基因的直接修改。我的实验室所做的最大贡献，就是把这项工作由以前的手工操作转为全自动化方式，这我将带您去看，但在这之前，我带您看另外一些东西，它会使您更加了解这项工作的意义。”

奥拉领着菲利克斯走出了办公室，沿着来时的那条路走去，经过了来时的3号成长室，又经过了2号成长室，进入了1号成长室。“这个地方叫这个名称是不确切的，因为这里没有活着的东西。”奥拉说。菲利克斯看到，在1号成长室中，立着一排排像书架一样的金属架子，上面密密麻麻地排放着无数小玻璃瓶，那些密封的玻璃瓶只有手指大小，奥拉告诉菲利克斯这样的标本瓶在这里有12万个，每一个瓶中都有一个基因组合的失败产物。菲利克斯仔细看了看面前的一排标本瓶，浸泡在瓶里福尔马林液中的是一些形状模糊的糊状物；向前走过几排架子后，小瓶中开始出现一些更具实感的小残片，好像是无意中混入的一些木片树叶之类的杂物。

奥拉带着菲利克斯来到了2号成长室，这里同1号成长室一样，立着一排排放满标本瓶的高架子。不同的是，在这些标本瓶中，菲利克斯找到了一些他能认出来的东西：一条昆虫的腿，一片残缺的翅膀，一个昆虫的脑袋……越向前走，标本瓶中昆虫的形态就越完整越清晰。

奥拉说：“这些都是基因组合失败的产物，真正成功的能成活下来的基因组合体，就是刚进来时我带您看的那很少的几例了，它们是所有这20多万次组合试验中的幸运者，由此您也就能明白，我为什么把您马上要看到的那个系统命名为‘淘金者’系统。”

奥拉带着菲利克斯来到了下一层楼，这一层的墙壁都被打通了，形成了一个很大的车间。奥拉首先让菲利克斯看两根手指粗细的玻璃管，管中都流淌着似乎一模一样的乳白色液体。奥拉说：“这就是‘淘金者’系统的输入端，通过两根管子分别向系统中输入要进行组合的两种基因的细胞溶液。”菲利克斯看到，这两根管子在前面分开了，分别进入了两条流水线，这两条长长的流水线是由体积不大但数量繁多的机器组成的，两条流水线的机器精确对称，完全一样。奥拉边走边介绍：“这一段是物理分离提纯，这一段是细胞级的预处理，这一段已经比较精密了，是分子级的预处理……”

最后，两条流水线汇入一个巨大的金属球体中，菲利克斯看到了球体顶部立着一个塔状物。“您看，这就是‘淘金者’系统的核心：基因组合舱。”

“那是电子显微镜吧？”菲利克斯指着那个塔状物问。

“是的，但同一般的电子显微镜不同，它的图像只提供给计算机。对DNA进行分析和破译的基本操作，包括用酶对碱基对的复制、对DNA进行标记以及根据放射频谱对特定碱基对的检测，都是在计算机的控制下自动完成的。计算机中的分子结构分析软件对DNA分子进行分析，这当然还需一些预处理过程中其他设备采集的信息。同时，计算机控制极其微小的分子探针，根据分析的数据对染色体进行操作，以实现基因组合。这是一个极其精密复杂的系统。请看，这些就是电子显微镜输入计算机中的原始的分子图像。”

菲利克斯看到，那些图像中只是一些形状和大小都变幻不定的幻影，看不到带状染色体，更看不到想象中的 DNA 长链。奥拉解释说："在这种尺度下，物质的量子效应变得明显了，人是很难理解这些图像的。"

但菲利克斯想象中的长链在对面的一排大屏幕上可以看到，奥拉告诉他，这是计算机根据接收到的信息产生的 DNA 分子链的三维模型。链上那无数个小球的色彩组合似乎永不重复，整个长链伸向屏幕深处的无限远方，并不停地移动着。菲利克斯觉得，他沿着那条色彩斑斓的长链，可以一直走到宇宙的尽头。

"菲利克斯先生，这就是那首几十亿年的荷马史诗！现在我们要修改它了，你看……"

屏幕上的那条长长的碱基分子链断开了，从屏幕的左上方又飘过了另一条分子链，它像一条在空中飘行的彩带，轻盈地插入了长链的断开处，两头很快和断点连接起来，与此同时响起了一声蜂鸣声，对面的一个大屏幕上显示的红色数字又加了 1，标志着一对物种的基因组合的完成。

奥拉带着菲利克斯绕过组合舱来到它的另一面，菲利克斯看到，一长排试管正在从一个金属槽中源源不断地流出，奥拉告诉菲利克斯每一个试管都容纳着一个基因组合完成的胚胎细胞。这些试管滑着滑槽进入了一个体积更大的方形密封舱中，奥拉说这是初级培育舱，像一个人造子宫。菲利克斯透过一个观察窗向里面看去，他看到了一个充满了潮湿雾气的世界，这雾气中散射着橘红色的光，使人想起了创世之初的地球，在那发着红光的火山和浓密的硫黄气体之下，幼年的生命在萌发。在这散射着橘红色光芒的雾气之下，是一片试管的海洋，那密密麻麻的试管从观察窗下面延伸到前面的雾气之中。

接下来连接有三个培育舱，分别对应着组合体成长的不同阶段。最后一个培育舱是开放的，那是一个底部铺着一层沙土的大池子。菲利克斯站在池边，觉得自己在俯瞰着一个血战之后的巨大战场，伤残的躯体布满了原野，它们大半已死去，有的只是在进行着生命最后的无知觉的抽搐；还有的在艰难地一点点移动着自己，用巨大的痛苦维持着那必然要失去的生命。菲利克斯一个个仔细地观察这基因组合的最后成品，他看到其中最成功的一些能够分辨出躯干、肢体、头、翅膀，但大部分的组合体则像是一只只被车轮碾过的昆虫，从它们那残缺不全的躯体上，这里伸出一根齿腿，那里伸出半个翅膀或一根触须；还有一些完全失败的例子，它们看上去就像是沾了几片几丁质的一团团糨糊。有几只细长的精巧的机械手从上方伸下来不停地从这惨不忍睹的地狱平原上捡走已确定死亡的组合体，轻轻地把它们放进一个传送带上的一排移动的标本瓶中，这就是菲利克斯在 1 号和 2 号成长室看到的那些标本瓶的来源。

奥拉说："您看到了，基因组合的成功率是很低的，不到万分之一，但令人庆幸的是，总会有极稀少的成功组合。丁肇忠博士曾同我谈起过他发现 J 粒子的经历，他说那像是从迈阿密的一阵暴雨中找出颜色稍有不同的几个雨点。基因科学也应进行这样大规模的试验，以从巨量的实例中找出我们所需要的东西，这种试验比目前正在进行的规模要大两至三个数量级。如果我们能进行几千万甚至上亿次基因组合试验，制造出相应数量的胚胎细胞，并观察它们成长的结果，相信我们一定能得到许多有价值的东西。但我们没有那么多资金。"

菲利克斯问："你们到目前为止组合成功的最高等的生物是什么？"

“如您所看到的，‘淘金者’系统目前只能组合最低级的小昆虫。”

“那么您是出于什么考虑没有用更高等的动物大规模地做这种组合试验呢?”菲利克斯小心翼翼地问道。

奥拉笑了起来:“先生，您谨慎的样子很有意思，我知道您想说的是什么。可是你想错了，这与所谓的生物学道德无关。我最初学的是理论物理，后来进入了生物学领域，我想我比那些基因研究领域的卫道士们更了解世界的本源;还有很重要的一点，正如安南先生所说，我并没有完全融入西方的基督教文化。同西方相比，非洲的古代文化中创世主的概念要模糊得多，比如马萨伊曾说，‘当上帝着手准备开创世界时，他发现那里有了一支多洛勃(狩猎的部落)，一头象和一条蛇’。就是说人类是先在的，是一种自发的创造物。所以在我所来自的文化中，对人为干预生命的进化并没有西方这么多的忌讳。我们没有用高等动物做试验的原因很简单:没有钱。”

菲利克斯说:“对刚才看到的如此复杂的技术我当然一无所知，但就我所知道的分子生物学常识而言，组合低等昆虫的基因和组合高等动物的基因，都是在分子层面上进行，它们的复杂程度和所用的设备不会相差太大的。”

“是的，差别不大，”奥拉点点头说，“现在的‘淘金者’系统就能对高等动物基因进行组合，但您想过如何培育这些胚胎细胞吗? 那将是现在的培育系统的费用的100倍! 但这还不是费用增加的主要原因。菲利克斯先生，在童年的时候，您屠杀过其他的生命吗?”

菲利克斯笑了笑说:“很少有男孩子没有这么做过，但我想我还没到下地狱的程度。”

“那您一定有过这样的经验:比较高等的动物，比如鼠、兔子、猫狗之类，当它们受到一定的创伤时，比如在颈动脉上割一刀，就会很快死去；但是对于昆虫，即使你把它们的脑袋揪下来，并带出部分内脏，它们的身体还能活相当一段时间；对于植物，失去某一部分大多不会影响到它们的生存。所以，在这方面，越低等的生物生存能力越强。这就意味着对低等生物进行的基因组合成功率较高，事实上，用同样的'淘金者'系统对高等哺乳动物进行基因组合，其成功率比对昆虫的组合低一个数量级，这就意味着对高等动物进行的试验，要取得现在的成品数量，试验规模将大10倍。加上刚才所说的培育系统增加的资金，费用的增加可想而知。"

菲利克斯问："假如对高等动物进行基因组合，并使成功的组合体数量是现在的100倍，所需的资金是多少？"

"您可以用这笔钱建一座太空站或登上火星了。"

"今天晚上如果您肯赏光的话我请你共进晚餐，到时您能否估计一个概算？"

"产生那么多高等组合体的概算？这有意义吗？"奥拉笑了笑说。

菲利克斯也笑了笑："万一有呢？我知道时间太紧，只需大概估计一下就行。晚上有车来接您。哦，另外，我是代表国防部来拜访您的，这是我的介绍函，请原谅这时才给您。"

菲利克斯在波士顿远郊的一幢临海别墅前迎接奥拉，奥拉是由一位黑人少尉开着车从学院接来的。菲利克斯这时穿着军装，肩上有三颗将星，虽然奥拉早就知道他的身份，但是同西装革履的他相比，奥拉觉得这时自己面对的是另外一个人。他们在临海的阳台上坐下来，这时太阳已经从别墅背后的城市后面落下，面前是大西洋朦胧的波影。

菲利克斯说："博士，您一定带来了我要的那个数字。哦，不用马上告诉我，我知道那对您来说是天文数字，但如果一切顺利的话，您得到它问题不大。不过，在这之前，我们必须坦率地谈一谈，绝对坦率，这对您和我们都有好处。"

"我一直是很坦率的，但您对我却并非如此，我现在对您的那面一无所知。"奥拉说。

"您很快就会知道的，这之前我问一个十分唐突的问题，由于事关重大，所以请您理解。我的问题是：您对这个国家真正的感情是什么？"

奥拉淡淡地说："将军，我对政治不感兴趣。但即使在美国，在麻省理工，政治对我也是一件麻烦事。在我读博士的时候，学院的院长是詹姆斯·D.威斯拉，您可能知道他，他是肯尼迪总统的科学顾问。在他的作用下，麻省理工大量从事与战争有关的研究；但与此同时，学院的建筑系和城市研究系在主流学府中又属于最左的一类，这就使得学院内部的政治情况十分复杂。从我个人来说，黑人占23%的波士顿所固有的种族问题不可能不影响到麻省理工，而我作为一名黑人移民，不是在校橄榄球队，而是在学术领域爬到如此高的位置，自然有一些很让人心烦的事情……"

"博士，我指的是这个国家，而不是它的政治。"

奥拉起身伏在阳台的栏杆上看着夜色正在降临的大海："将军，我分得清这两者。和一般移民不同，我和父亲先到欧洲，没钱买机票，就在那里混上了一艘货轮，在纽约港上的岸。记得那是在深夜，下船后，我们就坐渡轮到自由女神像去，我一遍又一遍地读着女神像基座上的埃玛·拉扎勒斯的诗：

把你们疲惫的人，你们贫穷的人，
你们渴望呼吸自由的空气挤在一堆的人都给我，
把那些无家可归、饱经风浪的人都送来：
在这金色的大门旁，我要为他们把灯举起。

“我看到了远处夜中的曼哈顿，那真像一大块宝石的切面在夜色中灿烂发光。您知道，我们这些从那个贫穷大陆出来的穷人，那时会是什么感受，当时我流下了眼泪……后来证明我没把这个国家看错，虽然有这样那样的不如意甚至黑暗，但作为一个竭尽全力的自我奋斗者，我还是穿过了美国社会一层又一层的玻璃天花板，实现了自己的价值。我喜欢美国，虽做不到像内森·黑尔那样毫不犹豫地为其献身，但，将军，如果这个国家需要我做些事情，我是会尽全力的。”

菲利克斯说：“那么，博士，这个国家确实遇到了难题。现在，美国正面临着越南战争以来最为严重的兵力危机，从南卡罗来纳州的新兵训练营到关岛的海军基地，种种迹象表明，各军种的兵力目前薄弱到了危险的地步。志愿入伍的人太少，离开军队的人又太多，各兵种每年征兵满额十分困难。出现这种情况的原因是经济繁荣带来了更多比军旅生涯挣钱还多的机会，‘网络一代’的价值观念也在不断变化。

“传统的动员办法无法扭转美国目前这种兵源下降的局面。各军种必须招募越来越多的对军队不感兴趣的人，他们离队的比率更高。结果，职业军人的负担不断加重，这令人联想到越战刚刚结束时美国军队人员空虚的情形。

“同时，从国际和国内的政治走向来看，我们也不可能保留现有数量的军队。现在全世界都在裁军，但如果我们同他们一起裁，事情就很可怕。这个星球上没有第二个国家有我们这样的需要：在距本土最远的地方同时打两场高强度战争。如果我们随大流走，就会失去一切。从国内政治来看，各大利益集团在冷战之后都急于分到和平红利，但现在已过了近十年，他们得到的很让他们失望，裁军的叫嚣声又响了起来。

“所以，五角大楼必须做好这样的准备：在 21 世纪用少得多的军队执行与目前相当的，甚至更加繁重的军事任务，也就是说，我们必须有素质比现在高得多的军人。

“在现在的美国青年中，我们可以招到像科学家的士兵，像工程师的士兵，像艺术家的士兵，但像士兵的士兵却越来越难找了，而这种人是军队的灵魂。现代化的进程，从某种意义上说，就是人类在精神上女性化的进程，现代美国年轻人，越来越难以承受战争所带来的体力和精神上的压力，即使是坐在电脑前操纵巡航导弹，这种压力也依然存在。更糟的是，现在和平主义在国内盛行起来，已成了一种公害，这使得美国军人比越战时期更难以面对自己的和敌人的伤亡，一名优秀军人所必需的在横飞的血肉面前的泰然自若，已被公众和媒体看作一种变态。而我们的敌人，由于他们大多处于较落后的社会中，因而拥有在精神素质上比我们更优秀的士兵。

“有人指责美国军队越来越深的技术崇拜倾向，但我个人认为技术崇拜并没有什么不好，技术优势仍然是美国所能依靠的绝对优势，问题在于我们现在崇拜得不够深不够广，既然技术能给我们带来航空母舰、巡航导弹和隐形轰炸机，那它为什么不能给我们带来优秀的士兵呢？博士，我想我把我的意图已经说得很明白了。”

奥拉沉思着点点头，说：“这之前你们做过些什么呢？”

“早在冷战时期，五角大楼已经开始了这方面的研究，存在一个秘密委员会，他们从事一项代号‘创世’的计划。您可能预料到，由于分子生物学的总体水平，‘创世’工程没有什么大的建树。海湾战争之后，决策层把目光投向了那些高技术武器，把这个计划渐渐淡忘了。现在，由于我上面所说的形势，也由于 HGP(人类基因测序)工程接近完成，‘创世’计划又被重视起来。”

“您是这个委员会的负责人吗？”

“是的。最初‘创世’工程走的是一条比较理想的路线，企图像修改计算机程序一样修改人类基因，以产生我们所需要的人种。但是在一系列失败后，我们重新全面考查了世界基因工程研究的现状，并对未来做了有限的预测，委员会的专家组发现，即使 HGP 工程全面完成，人类基因组的全部序列都被测定，并识别出 10 万个人类基因，要想按一定目的随意修改人类基因，仍然是一件十分遥远的事情。而把人类基因同地球上已有的基因资源，如动物或昆虫基因相结合，则是一个更可行的方向。关于这一点您在实验室中也同我谈过。沿着这个方向寻找下去，我们发现您是目前这个领域最领先的。我们指望通过您的工作，为这个国家生产出具有猎豹般敏捷、狮子般凶猛、毒蛇般冷酷、狐狸般狡猾、猎狗般忠诚的士兵。”

奥拉说：“下一步您可能要问我，我在精神上是否能承受这个计划所带来的种种后果呢？”

菲利克斯说：“您当然可以拒绝，选择权完全在您。由于‘创世’工程的特殊性，坦诚一些对我们双方都是有利的，我们需要参与这个计划的人全身心地投入。”

“将军，您误解了我的意思，与‘曼哈顿’计划不同的是，对人类基因的研究是科学家首先展开，而政府首先加以限制的。我现在是把您说的那些话反过来问您自己：您准备好了承受由此带来的一切吗？”

菲利克斯笑了笑说：“我代表国家的意志，博士。”

“这个国家的意志并不像我们所想象的那么坚强，越战就是最好的例子，我们在那个小国里打赢了每场战斗，却输掉了整场战争，它所带来的精神打击，使整个国家颓废了很多年。而‘创世’工程带来的冲击，可能比越战大十倍。”

“我们准备好了承受，博士。”

“不，您没有准备好，总统没有准备好，参众两院里那些神经过敏的先生们没有准备好，两亿五千万美国人更没有准备好！作为非专业人士，您无法想象这个计划所带来的某些东西的可怕程度。举一例子：您考虑过近亲繁殖吗？人类近亲繁殖所产生的后代大部分是具有遗传缺陷的，但其中也有一定的比例，在遗传上比上一代更优秀。那么五角大楼为什么不挑选出几百个家族进行无节制的近亲繁殖，然后从中挑选出所需要的后代呢？”

停了一下，菲利克斯说：“博士，不管您信不信，‘创世’工程真的考虑过这种可能性，遗憾的是，它产生出的后代，即使比上一代在基因上优秀，也是我们无法控制的，我们无法得到所需要的……”

“不不，”奥拉摆摆手说，“我指的不是百分之一甚至千分之一的成功的后代，而是绝大部分的废品，我想知道你们怎么处理那些废品。我的基因组合目前成功率最高的是两个物种的基因各占百分之五十的组合，在这点上我的研究方向同其他学者截然相反，这也是我走在前面的原因。但‘创世’工程最后要的是优秀的人而不是某种您不认识的东西，所以我必须逐渐减少非人类基因的比例，增大人类基因的比例，最后用百分之九十多人类的基因同百分之几的非人类基因相结合，产生出所需要的人种。这将是一个庞大而漫长的研究过程，它将产生出大量的废品，那些东西，大部分看起来根本不像人；至于从道德或法律上确定它们的身份，我也想象不出有什么可接受的办法，您将如何面对这种情况呢?”

“是否可以在这些废品还是胚胎状态时处理这个问题呢?”

“这当然是最方便的办法了，但不幸的是，由于研究的需要，我必须让这些胚胎充分成长，观察它们的成长情况，以决定下一步的研究。”

“我想我们会想出办法的。我要向您表明的关键一点是：我们已经做好面对这种复杂情况的充分准备，不管是精神上的还是物质上的。我们应该先行动起来！如果费米和奥本海默在‘曼哈顿’工程开始之前就费尽心思考虑核裁军，那美国早就作为一个无核国家被苏联征服了。”

“这一点我同意。但我还是要得到一个承诺，‘创世’工程的成果最终要转为民用。”

“这一点没有问题，美国毕竟是百慕大协议的创始国。”

“那么，我加入‘创世’工程。”

分子生物学家和将军的手握在一起。

“这之前的大部分科学家们，他们毫无顾忌地进行着种种研究以满足自己的好奇心和成就感，但是当他们的成果带来灾难的时候，却都装出一副天真无邪的样子。我不想当这种伪君子。将军，我希望您真正清楚自己是在做什么，我们是在打断一条在地球上自然延续了几十亿年的链条，谁也不知道会带来什么。”

菲利克斯点点头：“虽不是每个星期都上教堂，但我也是一名基督教徒，无论从精神上还是理智上，我都清楚我们在干的事情的分量。博士，当灾难真的来临时，我们一起承担我们该承担的部分。”

“很好将军，那么您现在就面临着第一个考验：我们用作基因组合试验的人类基因从哪里来呢？”

菲利克斯茫然地看着奥拉：“我不知道。”

“当然是用我们两人的！从道德上我们很难用其他人的基因。您不是打算承担后果吗？没有比这更直接的保证了。”

菲利克斯沉默了几秒钟，说：“好的，博士，我该怎么做？”

“您只需给我一根头发。”奥拉伸出手来说。

菲利克斯从头上揪下了一根头发，放到奥拉手心上；奥拉伸手从自己头上也揪下一根头发，并拿出一个小笔记本，把两根头发夹在里面，说：“这两根头发的根部所带下的皮肤组织，能提供可克隆的细胞，这样就可产生足够的细胞，使我们的基因自始至终地参与组合试验。以后组合试验中人类方面的细胞，将都由我们的细胞克隆出来。”

菲利克斯再次向奥拉伸过手来：“博士，让我们一起开始这魔鬼的航程吧。”

“这太可怕了，你疯了？！”凯西惊叫道，“我们是曾经计划用较高等的哺乳动物进行基因组合，但从未想过用人！”

“我想过，只是从未告诉过你。”奥拉说。

“那你对人类的生命岂不是太不尊重了？”

“亲爱的，你真的认为在这个世界上，人类的生命受到尊重吗？记不记得三年前，作为联合国观察组的工作人员，我们去卢旺达。在那里我们看到胡图族和图西族人的尸体堆积如山，用推土机和铲车往大坑里送，我们面前的那个坑里就埋了五千多人。你还告诉我，从那一天起，你不再是以前的自己了。”

“这是两回事，你现在在改变人类生命的本质！”

“有什么不同吗？”

“我知道你在想什么，那是一种堂·吉诃德式的使命感使你失去理智，你想用基因技术来帮助你出生的那块贫穷的大陆。”

“不错，”奥拉点点头，“这是我的目标之一，我确实想通过基因技术消灭非洲的贫穷，这并不仅仅是通过改造农作物，可能的话还通过对人的基因的改造，比如我同你谈过的改造人类消化系统的想法。但这并非是我的主要目标，我还有一个更深刻更远大的目标……亲爱的，你还记得我们的第一次见面吗？”

那是在南极寒冷的阿蒙森海上，作为绿色和平组织的成员，他们阻止一艘日本捕鲸船捕杀座头鲸。当奥拉乘着小艇靠近捕鲸船时，船上的日本人用高压水龙头向他们喷水，水喷到身上冰冷刺骨。

捕鲸船的船长通过扩音喇叭冲他们喊：“你们这群傻瓜，有人在利用你们的热情！我们捕鲸是为了科学研究之用，同你们一样，我们也是为人类的利益工作！”

这时奥拉看到另一艘小艇上站着一个姑娘，被水龙头的水柱冲得摇摇晃晃，但她还是勇敢地迎着水柱，用扩音器向船上喊道：“我们不仅仅是为了人类的利益，我们是为了地球上所有生命的利益而战！这个星球上的每一个物种，都与我们共享着同一片蓝天，同一个海洋，它们也有自己神圣的生存权利！”

“这里有一个人类的叛徒！”捕鲸船上的日本人高喊，几支高压水龙头都集中火力对准了那姑娘，一下就把她冲到冰海中。奥拉不顾一切地跳下海去，把姑娘救上小艇。回到大船后，那名叫凯西的姑娘发起了高烧。但是第二天，她又拖着虚弱得站都站不稳的身体，驾着小艇驶向捕鲸船，对着狂喷的水龙头高呼："地球上所有的生命万岁！"奥拉被感动得流下眼泪，他第一次爱上了一个姑娘……

"当初我们要结婚的时候，你那位南卡罗来纳州的保守的农场主父亲和你断绝了关系，并取消了你的财产继承权。现在我还记得你对父亲说的最后一句话，你说：爸爸，我上了大学，读了博士，从分子生物学中所学到的最难忘的东西就是：所有人类种族之间的差别是多么微小。那么，亲爱的，你也同样学到了，地球上所有生命的差别同样是多么微小！从基因学说中我们知道，地球的生命只有一种，不同物种其实是同一种生命不同的外在表现形式而已。"

这时传来一声猫叫，奥拉和凯西看到他们那十二岁的女儿正在地毯上同一只雪白的小猫玩耍，她们亲密无间，构成一幅动人的图画。

"如果人类不同种族间的基因可以结合，那为了地球上伟大的生命的延续，不同物种间的基因为什么不能结合呢？在生命最本源的秘密已由科学揭示出来后，人类还有什么理由歧视其他物种呢？为了人类各种族的平等，我们已战斗了很长时间，但为地球上所有物种平等所进行的革命还没有开始，要实现所有物种平等的超大同世界，可能还要进行成千上万次南北战争。我愿意为这样一个世界而献身，实现人类与其他物种基因的组合，将首次把物种平等的问题呈现在全世界面前，也可能是这场革命的开始！"

凯西沉默地看着奥拉，像是在犹豫。

奥拉说："亲爱的，我有一个梦！"

凯西叹了一口气："我也有过那样的梦，但现在我们都不年轻了，我早不是南极海上的那个姑娘了，我只能跟你把梦做下去，但，亲爱的，这真的只是个梦。"

特兰斯—皮科斯·德克萨斯地区，位于新墨西哥以南，是德州最西边的沙漠一般的三角地区，这是一块不毛之地，到处是螺丝豆和仙人掌，空旷而荒无人烟。在这片荒漠上，在很短的时间内，新出现了一片建筑群，它主要是由一些高大的厂房一样的建筑组成。如果从空中俯瞰，还可以看到建筑群正中的一个巨大的圆形建筑。这片建筑群由高大的围墙围起来，围墙的顶上装着电网。大门上挂着这样的牌子："国家垦务局畜类传染病监测和研究中心"，沿着围墙每隔不远处都可以看到这样一个告示牌："为了您的安全请不要靠近这一区域，这里畜类的许多传染病会危及人类，如果您一旦误入，将被拘留和检疫一段时间。"

在这建筑群中的一幢不起眼的三层楼中，安装着从麻省理工学院的那间实验室中全套迁移来的"淘金者"系统。奥拉和他的研究小组在这里已经工作了一段时间。他们首先把那两根头发根部所带的细胞用克隆方式制成了二百个胚胎细胞，当这些胚胎在人造子宫中成长到一定大小时，它们就又被分解了，并在超低温液氦中冷藏起来，这样，"创世"工程中所需人类基因的实验材料就备齐了。

这片建筑群在五角大楼的绝密文件中被称为"'创世'工程第一阶段试验基地"，简称为"1 号基地"。

现在，基地中的大部分建筑还是空荡荡的，基地中间的那个圆形建筑被称为基因组合车间，在其中将安装 100 套"淘金者"系统。与基因组合车间紧密相连的是初级孕育区，这是一个巨大的人造子宫，内部可以同时孕育 30 万个初级胚胎。外面更大规模的一圈建筑物为二级孕育区，这里的人造子宫可以同时孕育 3 万个已经相当程度发育的胚胎。最大规模和数量最多的建筑物是成长区，这里可以同时容纳 1 万个成活的基因组合体。在 1 号基地中所进行的研究最终将要产生 1000 万个胚胎细胞，经过初级筛选，其中将有 100 万个进入初级孕育区；再经过第二次筛选，将有 10 万个进入第二孕育区；最后，只有大约 1 万个组合体进入成长阶段。

大　火

四年时间过去了，1 号基地完成了它的使命，已经按计划产生了 1 万个极不完善，但可以存活下去的基因组合体，为下一步研究提供了实验和理论基础。这一阶段的具体成果体现在已建成的 2 号基地中，这一基地建在距 1 号基地 10 公里的荒漠上。

这四年，奥拉博士和他的小组是在没日没夜的疯狂工作中度过的，希望和失望交替出现。这紧张得没有缝隙的日子只有一次被打断。那天，奥拉应邀去华盛顿，当时正在访问美国的桑比亚总统凯莱尔要接见他。总统在五月花饭店接见了他，奥拉看到，当年那个瘦削机灵的黑人革命领导人已经消失了，他面前是一位身体发胖的国家元首，他那雪白的衬衣衬着黑色的皮肤像燃烧似的耀眼，他的身上散发出一股法国高级香水的味道。与奥拉一起被接见的还有几位桑比亚裔移民中比较有成就的人士。出乎奥拉的意料，总统用英语同他们谈话，奥拉对他地道的口音很是惊奇。

“……既然各位已是美利坚合众国的公民，就应忠于自己的国家，你们对这个国家做出的贡献，也是对祖国桑比亚的贡献，因为无论从政治上还是经济上，美国和整个西方世界都是桑比亚学习的楷模和力量的源泉。”

会见结束后，凯莱尔总统特意单独同奥拉谈了一会儿，高度赞扬了他在分子生物学上的成就，称他是桑比亚乃至整个非洲的光荣。但当奥拉同他谈起基因工程在桑比亚可能的应用时，总统一摆手，“不，博士，那些东西在你的祖国没有用处，桑比亚有办法更快地富起来。”

奥拉说：“我认为桑比亚现在的工业化进程是危险的，它大量引进西方的高能耗和高污染工业，对资源进行破坏性开发，以环境和资源为代价换取繁荣……”

“够了，”总统打断了他，“您毕竟不是一个政治家，要知道，没有眼前就没有将来，对桑比亚来说尤其如此。桑比亚的繁荣只能依靠西方的投资，除此以外您能找到别的路吗？如果按你们这些学者们建议的所谓可持续发展，那么这种进程还没开始，我就会被政变者送上绞刑架了！所以奥拉博士，您应该清楚您能为祖国做出贡献的地方：您是一位著名学者，要在美国企业界利用您的影响，为桑比亚拉来投资！”

在1号基地工作的最后一年的夏天，奥拉和凯西把在波士顿读寄宿中学的女儿接来过暑假。当他们的汽车沿着一条简易公路驶近1号基地时，黛丽丝恐惧地睁大了双眼。

“天啊，这地方真可怕！”

这时德克萨斯晴空万里，在耀眼的阳光下，荒原上那巨大的建筑群格外醒目。奥拉笑着问黛丽丝有什么可怕的。

“看那些大房子，”黛丽丝指着西边的成长区说，“真像放在屋里的棺材！”

奥拉说：“天下要是有最荒唐的联想，那就是你这个了，那些房子那么大，怎么会像棺材，还是放在屋子里的？”

但凯西的脸却变得苍白，剩下的路上她把黛丽丝紧紧地抱在怀中，再也没有说话。晚上，在基地的住所中，凯西紧紧地伏在奥拉怀中，奥拉感到她在颤抖。她说："记得孩子白天说的话吗？"

"黛丽丝的想象力有些变态。"奥拉不以为然地说。

"变态的是你！整个基地中，只有你一个人没有感到那种恐惧，你的一切都被那个理想占据着，已经没有正常人的感觉了！孩子对恐惧有本能的敏感，黛丽丝说出了我早就有但不知如何描述的那种感觉，她形容得太贴切了：一口放在房子里的棺材。这其中最贴切的是说它放在房子里，基地就是这间房子，我们和棺材都在其中，你知道这种感觉吗？"

基地确实笼罩在一片恐惧之中，这种恐惧随着时间的推移而加深。即使在大白天，基地的所有人也都龟缩在实验室或住所中，偶尔外面有一个人，也是脚步匆匆，尽量避免看一眼成长区那些巨大的建筑。甚至在平时的谈话中，一提到"那边"，他们的脸色都变了。这时，夜已深了，奥拉和凯西又听到了那种声音，那声音来自成长区，先是听到一声，然后又听到许多声附和。这声音像是怪笑，又像是垂死的哀鸣，断断续续地在这荒漠上空飘荡，持续很久，把人们送入那噩梦连连的梦乡。

黛丽丝在这儿住不下去，第二天就由凯西送回波士顿了。一个星期后，放弃 1 号基地的命令下达了，基地人员和设备开始陆续撤离。当人们最后一次通过那个戒备森严的大门时，都长出了一口气，仿佛从地狱中归来一样。

撤退开始时，菲利克斯来找奥拉，并同他一起去了成长区。菲利克斯绝对不想去那里，但作为"创世"计划的最高指挥者，一次都不去也说不过去。

当成长区那高大建筑的大铁门隆隆滑开后，两人从外面炎热的夏天走进了阴冷昏暗的世界之中。

菲利克斯看到这里有无数间小舱室，每间舱室的金属门都紧闭着，门上都有一个不大的观察窗。奥拉领着菲利克斯来到了一间舱室的门前，菲利克斯透过观察窗向里看去，看到了里面铁青色的地板上的那个东西。他的第一个印象是：那是一大团肉，它被一层苍白的皮肤包裹着。那层皮肤很薄，可以清楚地看到皮肤下面由血管组成的，密密麻麻的青黑色纹路。这个大肉团现在正松软地摊在地上，呈没有形状的一堆。菲利克斯最初以为它是死的，但后来发现那团肉的形状在缓慢地变化着，随着这形状的变化，这团软绵的东西向门的方向移来，并在地板上留下了一条宽宽的黏液的痕迹。当那团肉距门已经很近的时候，菲利克斯甚至能够看到它皮肤下面血管动脉的搏动。他注意到那苍白皮肤的表面出现了两道细长的黑缝，那缝很快张开变宽了，菲利克斯看到那竟是一双眼睛！眼睛的瞳仁呈蓝色，它一动不动地盯着菲利克斯，射出阴沉沉的冷光。菲利克斯猛然意识到了一个噩梦般的现实，他的血液一时为之凝固了。

那是他自己的眼睛。

他两腿一软，差一点倒下，但军人的训练和经历还是使他支撑住了自己。他转过身来背靠着门，闭着眼睛，任冷汗从额头上淌下，湿透全身。

“将军，您没事吧？”奥拉问，他的口气很是复杂，有怜悯，有嘲讽，也有悲哀，“这是一个失败的组合体，双方基因的特征都没有显示出来，但这类组合体却奇迹般地活下来不少。它们不能进食，是靠外部直接输入的养料活着的。”

菲利克斯控制住自己，又看了一眼里面的那团肉，这时他看到了从上方伸下一根塑料管，通过一个针头插到那团肉上。

奥拉说："这是您，对面是我。"

菲利克斯从对面的一个小舱室的观察窗中，看到了另一个同样大小的肉团，但它的皮肤是黑色的。奥拉说："肤色的特征我都保留下来了，这样我们可以分清彼此。"

"博士，你是个魔鬼！"菲利克斯声音颤抖地说。

"我们都一样，将军，意识到这一点，您的神经应该坚强起来，我们接着看吧。"

他们接着看下去。这一个成长室中都是活着的肉团，但越向前走，肉团渐渐具有一定的形状；再往前，肉团中开始伸出一些菲利克斯能够辨认的东西，比如一只畸形的手臂、两条长度不一的腿、一只很大的耳朵，甚至一只坚硬的牛角。最令菲利克斯恐惧的是肉团上的那些眼睛，每个肉团上都有眼睛。有一些肉团上还有较完整的五官，当它们看到菲利克斯时，那软绵绵的巨大脸庞上就显出怪诞的表情。其中一个肉团在两只阴沉的眼睛下有一条长长的黑缝，那道黑缝张开来，露出了两排雪白的獠牙，在獠牙之间一条宽大的鲜红的舌头吐了出来，又慢慢地收了回去。这些肉团分黑白两色，数量大体相当。

紧接着，沿着宽宽的通道，他们来到了另一个成长室，在那高大的穹顶下有足球场大小的空间，放着无数个透明的大玻璃缸，玻璃缸呈圆形，直径有半米，高一米多，里面盛满了水一样的透明液体，在每一个玻璃缸的液体上，都漂浮着一个人头。那些人头也分黑白两色，都放在一个小橡皮浮圈上。所有的人头都闭着眼睛，脸色惨白，似乎没有生命的迹象。

奥拉说:“这些组合体都被注入了快速生长的基因,它们虽然只成长了 3 年多,但实际的生理年龄已相当于 7 到 8 岁。”

在那些白色长着金发的人头上,菲利克斯看到了自己的童年。

当他们走近时,脚步声使那些人头的眼睛纷纷睁开。菲利克斯不敢直视那些阴冷的目光,便向一个玻璃缸里面看去。透过缸内透明的液体,他看到那个漂浮的人头下面拖着一团纷乱的东西,那些东西看上去像是一团纷乱的水草,它和人头连在一起,像一个怪异的水母。当菲利克斯仔细地看那一团东西的时候,心里又打了一个寒战,他发现那些东西其实是一副完整的内脏,他甚至清楚地看到了靠三分之一上方的那颗搏动的心脏!有些内脏很小,有些则很庞大,几乎塞满了整个玻璃缸,那些显然不是人的内脏。

“这也都是些不成功但生存下来的组合体,”奥拉说,“它们必须被浮在保护液中,如果把它们放到地面上,重力就会使那些暴露的内脏无法正常工作。它们可以正常地进食,但排泄也都在这些保护液中,所以这个成长室有一套庞大的保护液循环系统。”

他们慢慢向前走去,经过了一个又一个漂浮着的头颅,那些头颅的头发都已很长了,浸泡在液体中,有的同内脏缠结在一起。

“啊,快看!创造者来了!”一个白色的头颅声音细尖地喊道。它说话时,液体从嘴中喷出,使它的声音咕咕的很怪。

“哇,创造者!创造者!”别的头颅也都随声附和着。

“那个黑的是创造者,白的不是创造者!”一个黑色的头颅说道。

“对,黑的是创造者,白的不是创造者!”其他许多黑色头颅也跟着喊。

“但白的也是先祖!”一个白色头颅喊。

“对,是先祖!是先祖!”别的白色头颅附和着。

奥拉低声对菲利克斯说：“它们虽会说话，但不全是人类的意识，有一半的意识和本能来自异类基因。”

“先祖有手，先祖有腿，我们没有！”一个头颅高喊。

“如果我有腿，我比他跑得快，我的另一半是猎豹！”一个内脏体积很大的头颅应声说。

“我的另一半是熊，如果我有手，我就掐死他们！”另一个内脏更大的黑色头颅高喊。

接着，大厅中响起了一片纷乱的狂笑声，这笑声使菲利克斯感到像掉进了一个布满棘刺的陷阱中，浑身已经体无完肤。

向前走去，菲利克斯看到组合体有了一些变化，它们在液体中的内脏开始被一层半透明的薄膜包裹起来，那些薄膜的表面布满了交错的血管，但内脏在薄膜内仍然清晰可见。接着，菲利克斯看到有的薄膜上长出了一些柔软的像肢体一样的东西，那些肢体内的肌肉和骨骼都呈半透明状，它们大都软弱无力地悬在液体中，只有少部分能慢慢地动作。菲利克斯看到那些肢体大部分显然不是人类的；他还看到一个组合体的薄膜下面长出了一条鱼尾一样的东西。

“先祖！先祖！先祖……”上千个组合体开始同时有节奏地齐声叫了起来，这叫声令菲利克斯头皮发炸，他不顾一切地低头快步走出了这个大厅。在通向下一个成长室的通道中，他大口地呕吐起来。

奥拉从后面走过来说：“将军，您是一名军人，在执行着您提到过的国家的意志，如果没有与此相称的坚强神经，怕难以走完后面的路。将军，这一点我当初好像提醒过您，您保证过能承受这一切的。”

“十多年前在中东沙漠上，我的坦克曾被伊拉克人的坦克群包围并中了弹，更早些的时候，在越南的湿乎乎的丛林中，那些幽灵般的敌人向我打冷枪；那些时候，我心里没有恐惧；但现在，我承认，我在执行着历史上最艰难的一项使命，我的精神确实不够坚强，或更准确地说，不够变态。”

“将军，我的精神也没有变态，比起你们，我不过是多了一些科学家的理性。其实您刚才看到的那些生物，同我们和地球上其他的生命并没有太大的区别，在电子显微镜下，都是一条条大同小异的DNA长链，区别只在于碱基的排列而已。就像您妻子脖子上的钻石项链，如果您把那些钻石的顺序调换一下，它有什么太大的不同呢？”

“我妻子不戴钻石项链。”菲利克斯有气无力地说。

奥拉又毫不留情地领着菲利克斯向下一个成长区走去，这个大厅中有数不清的铁笼子。

“这并不是我们虐待组合体，”奥拉指着那些铁笼子说，“这一区的组合体比前两区成功得多，它们都可以活动。由于非人物种的基因占二分之一，这些物种的性情和精神因素也在这些组合体中比较明显地表现出来，这就使得它们中的一些是十分凶猛和危险的。”

透过第一个笼子，菲利克斯看到里面的组合体是由一个人头和一对蚂蚱腿组成的，那个人头和蚂蚱腿之间几乎没有任何过渡。蚂蚱腿有人腿大小，那坚硬的外壳和利刺使它们看上去像一对危险的金属制品。

“哈，你是先祖吧！”这个组合体对菲利克斯说，“黑的先祖常常来，白的先祖是第一次来，你为什么不来？”组合体盯着菲利克斯问，脸上带着怪笑，“要是你能让黑的先祖把我放到外面，我跳一下就能跳得比这座大房子还高！”

“他说的是真话。”奥拉告诉菲利克斯，“但它不能很好地平衡自己，掉下来时会摔死的。”

菲利克斯看到在这个组合体的头和腿的交接处，有一个正方形的盒子，体积有一本书大小，显然是一个外加的人造物。从那个盒子中伸出许多根塑料管，插进它身体的各个部位。奥拉解释说：“这些组合体没有发育出内脏，我们只好附加一个设备，来模拟内脏的各项功能，主要包括内循环和呼吸系统，否则这些组合体无法成活。”

下一个笼子中的组合体长着一对粗壮的蛙腿，它向菲利克斯夸耀说，自己一下就能跳二十多米远。

接下去是一个有四条腿的组合体，每条腿上都长着食草动物的蹄子，这四条腿通过一个不大的圆球连接在一起，圆球上长着皮毛，人的头颅通过脖子和圆球连在一起。

再下一个组合体在头颅的下方直接长着两只螳螂的钳臂，那双螳臂看上去锋利而危险，令人胆寒。当组合体看到菲利克斯走近时，就用一只螳臂夹住笼子的铁杆，随着一阵刺耳的金属刮擦声，那条铁杆上出现了几道长长的划痕。

所有这些组合体上，都戴着那种起内脏作用的人工维持装置。

奥拉说：“产生这类组合体，是因为我们在基因组合中只注意了非人类物种的肢体特征，因而身体几乎没有发育出来。但比起前两个区来，已经有很大进步了。”

后面的组合体大都有四肢，这些四肢大多是人类和非人类物种肢体的组合，比如有两只人手和一对兽腿。这些组合体还不同程度地发育出了身体，但这些身体很小，看上去仿佛只是那一束肢体的连接物。

最后，菲利克斯看到了最离奇也最让他恐惧的一幕：那个组合体是由一个人的头颅和一条粗大的蜥蜴尾巴组成。那条蜥蜴尾巴在地上扭动，推动着头颅向笼子边两个人所在的方向移过来，这是一个白肤色的组合体。

"哈，先祖！"它声音嘶哑地说，双眼闪亮有神地盯着菲利克斯，"我终于见到你了！我会表演一个很好玩儿的游戏，这游戏只能表演一次，所以我留着为先祖表演。"

菲利克斯看着这个有自己一半基因的怪物，恐惧使他说不出话来。

组合体接着说："先祖肯定知道，蜥蜴有个了不起的本事，它们能够随意把自己的尾巴断开。"

"你不能那样做，那样你会死的！"奥拉厉声说。

"哈，活着干什么？哈！"组合体怪笑着反问，话音刚落，它的蜥蜴尾真的同头颅断开了，那个头颅像一个足球似的滚到了笼子的一角，洒下一串血迹，那个大蜥蜴尾则在笼子里面欢快地弹跳起来，它一弯一弯地跳得很高，周围的组合体都在笼子中为那条跳跃的尾巴欢呼起来，而那个在笼子一角已死去的头颅，则大睁着双眼看着菲利克斯。菲利克斯再也坚持不下去了，他丢下奥拉，疾步走出大厅，在他身后的笼子中，那条尾巴仍然在一片怪叫声中跳着……

奥拉追了上去，跟着菲利克斯来到了成长区的中控室，这是一个四面都布满了监视屏的大厅，每个监视屏上都反映着成长区内不同位置的图像。

"将军，应该记住您刚才看到的都是基因组合研究的废品，下一阶段的组合体将要比这一批完善得多。"

"我现在考虑的是这些废品怎么处理！我想知道，照这样下去，这批组合体还能够存活多长时间?”

“你知道,它们都是功能不全的生物体,所以活不了太长时间。照现在的情况预测,它们中的大部分将在 2 至 3 年内死去。”

“等不了那么久了！这里已经引起了新闻媒体和某些民间团体的注意,随时都可能暴露。在 2 号基地正式启用之前,必须把 1 号基地完全清理干净。”

“但这一切迟早要公之于世的。”

“不错,但那要等到最后的目标达到时。如果现在暴露‘创世’工程的内幕,社会是绝对无法接受的,甚至可能引起一场动乱。”

“那怎么清理呢?”

“很简单,关掉成长区所有的生命维持系统。”菲利克斯冷酷而果断地说。

“将军,这是谋杀!”奥拉愤怒地盯着菲利克斯说。

“那些组合体算人吗?”

“将军,它们中的一半有您百分之五十的基因。”

“博士,我现在总算明白了您想用我的细胞做基因材料的部分原因,但坦率地说,您想在我心中激起的那种感情是丝毫不存在的,我对于那些组合体没有什么认同感。再说,即使我想让那些组合体生存下去也不可能,我的权力毕竟是有限的,这个决定是五角大楼的最高决策层做出的,是不可更改的。”

沉默了几秒钟,奥拉问:“那么,将军,我想知道,这种事在今后还会发生吗?”

菲利克斯走过去,扶着奥拉的肩头说:“博士,您要清楚,我们在进行着一项伟大的事业,据我所知,您的目标比我们更远大,您想在地球上建立一个所有物种平等的超大同世界。要达到如此宏伟的目标，感情用事是不行的，您是一个最有理智的人，在这一点上，我想您比我更清楚，难道您想用一些无谓的、甚至荒唐变态的感情来使这个事业毁于一旦吗？”

两人的目光久久地对视着，最后奥拉首先把目光移开，低声说：“其实我应该想到会发生这事。”

“那么最好快些进行吧！”菲利克斯说。

“如果是指那条命令的话，现在就可以。”

菲利克斯坚定地点点头。奥拉走到一个大屏幕前，用鼠标在一幅控制图上点了几下，周围控制台上的大片信号灯疯狂地闪耀起来，并响起了尖厉的警报声。许多工作人员在来回跑动，其中一位负责人来到奥拉身边，奥拉对他耳语了几句，那人带着一脸惊愕的神情离去了。很快，警报声平息下来，那些信号灯也都熄灭了，那些工作人员一个接一个地默默离开了中控室，这里陷入一片寂静中。

在那些大屏幕上，成长区的图像看不出什么变化，但奥拉和菲利克斯都知道，那已是一个垂死的世界了。

这天晚上，成长区的声音早早就传了出来，而且比平时大得多，似乎上万个声音在同时进行着一场凄惨恐怖的大合唱。这声音在空旷黑暗的荒漠上空久久回荡，令人毛骨悚然。直到天亮，声音也没停，并在以后持续了三天三夜。

这期间，基地的人员加快了撤退的速度，到了第三天晚上，凯西坐着最后一辆汽车走了，基地里只剩下奥拉一个人。

这天傍晚，成长区那可怕的声音弱了下来，稀了下来，如同渐渐减退的风暴。后来，这声音变成了此起彼伏的单声，它们交错地响起，这些声音又像哭又像笑，有时像用某种奇怪的旋律在吟唱，吟唱着一首来自上古时代的死亡的长诗。有些声音听起来仿佛来自很遥远的地方，在奥拉的感觉中，好像整个世界都充满了这垂死的哀鸣。声音之间沉寂的间隔渐渐拉长，声音本身也变得虚弱飘忽，似有似无，仿佛是一个个正消失在黑色太空中的幽灵发出的。

午夜时分，1号基地完全沉寂下来。

这时只有一盏泛光灯在基地中央孤独地亮着，基地的其他部分隐没于黑暗之中。荒漠上起雾了，在泛光灯的灯光下，夜雾呈现一种绿莹莹的颜色，基地在这发出绿光的雾中静静地躺着，像一座巨大的陵墓。

三天来，奥拉第一次睡着了。他梦见自己在一个黑色的空间中飘浮，他的周围飘浮着许多黑色和白色的变幻不定的形体。那空间无边无际，那些形体的数目也无穷无尽，在奥拉梦中的意识中，这就是整个宇宙。

奥拉醒来已是第二天上午10点多了，他走出门去，看到雾已经散了，强烈的阳光使他眯起了双眼。他又隐隐约约听到了一种声音，那声音不是从成长区发出的，而是来自基地的上空，抬头看去，他看到空中盘旋着几只奇怪的大鸟，他认出了，那是食腐的秃鹫。

这四年来，奥拉第一次感到了无所事事，他回到房间中，随便吃了点东西，又昏沉沉地睡了过去。他醒来时天已经黑了，这天夜里，他在空旷寂静的基地内长时间漫步，觉得自己像一只小小的昆虫，爬行在一座巨大的陵墓中。他走进了基因组合车间，在这座高大的圆形建筑中一片黑暗，那100台“淘金者”机器在大厅中圆形地排列着。奥拉走近一台，看到由于停机很长时间了，机器的表面落上了一层灰。大厅中唯一的光亮是从大厅高高的透明顶窗射下的一束月光，在大厅正中投下了一个交叉的白色光影，很像一个在黑暗中发光的十字架。奥拉走过去，站到了那束月光下面。在这个高大的圆厅中，那黑暗中朦朦胧胧的一圈基因组合机器，那月光投下的发白光的十字架，以及这十字架正中一动不动直立着的这个黑人，构成了一幅怪异的图景。

奥拉到了后半夜才回去睡觉，他又进入了那个由无数黑白两色形体构成的宇宙中，与上次不同的是，他在这宇宙中闻到了一股死亡的气息。当他在第二天上午醒来时，他真的闻到了空气中的一股淡淡的尸臭味。他推门出去，看到成长区那些高大建筑的顶上黑压压地落满了秃鹫。这腐尸的味道每时每刻都在加剧，奥拉就在这充满死亡气息的基地中等到了天黑。天黑后，奥拉走进了成长区的中控室，并一直待在里面。那里的电子监视设备一直在运行着，他可以清楚地看到成长区中的情形。

大约在晚上 10 点钟，奥拉听到了基地上空传来的轰鸣声，从窗中看到有三架直升机飞临基地上空，它们中有一架机身粗大、前后有两个螺旋桨的“支奴干”大型载重直升机，它的下面吊着一个看不清的东西。在有月亮的空中，那些直升机呈黑色的剪影。它们在空中悬停了一会儿，其中的两架首先在基地内的一块空地上降落了。从直升机上的灯光中，奥拉看到几名士兵从机舱中跳出，接着菲利克斯也跳了下来。然后“支奴干”把它吊着的那个东西放了下来，奥拉看到那是一辆履带装甲车。“支奴干”又从舱内吊下了一捆一捆的看不清是什么的货物。菲利克斯急匆匆地朝中控室走来，同时用白手帕捂住鼻子。

进入中控室后，菲利克斯拿开手帕试着吸了一口气，当发现这里的空调系统使空气中没有腐尸味后，他才长长地出了一口气。

他问奥拉：“应该差不多了吧？”

奥拉摇了摇头：“可能还要拖很长时间。”

“什么？你是说成长区里还有活着的东西?!”

“第一类和第二类成长区中没有了，但第三类成长区中的组合体仍然大部分活着，它们身上的维持装置都是自带电源，同时，它们还找到了自己的生存方式。”

菲利克斯困惑地看着奥拉。

“将军，它们进入了第一和第二类成长区。”

“然后干什么?”菲利克斯瞪大眼睛问道。

“将军，您自己看吧。”奥拉说着，把一幅大屏幕上的图像调成近景，菲利克斯看到那是在一类成长区里拍摄的情形。他看到，在一个金属舱室外面，有几个由人的头颅和昆虫肢体组成的三类组合体，它们正围着一个已死去的肉团，其中一个组合体用它那锋利的螳螂前臂切割着那个肉团，每割下一块肉，立刻被旁边的一个组合体抢了过去，那几个组合体的嘴里都在快速地嚼着，那个残缺不全的肉团上，一双呆滞的眼睛木然地看着这一切……奥拉又让菲利克斯看另一个大屏幕上显示的第二类成长区中的情形：在一个玻璃缸边缘，围着几个三类组合体，那都是些有手的组合体，它们把手伸进液体里，一块块地捞出已死去的二类组合体的内脏吃，而缸正中漂浮着的那个已无生命的头颅，睁着双眼，同前面的肉团一样木然地看着前方，对发生在它周围和下面的事全然不知……

菲利克斯转过身去，极力克制住呕吐，说：“博士，这一切必须立即结束，不能再拖了！请跟我来。”说完头也不回地向外走去。

奥拉跟着他走出中控室，来到了直升机的降落点。刚从直升机上卸下的东西在装甲车旁摊了一大片，那是一根根近 2 米长，直径有油桶粗细的金属筒状物，菲利克斯告诉奥拉，这些是凝固汽油弹。

“我们本来打算使用威力更大的油气炸弹的，但考虑到那样有可能把整个建筑炸飞，效果并不好。而这些凝固汽油弹爆炸后，可以在建筑物内布满一层 2000 多度的高温燃烧面，但它们的爆炸力相对小一些，不会炸塌建筑物，这样建筑物在燃烧的过程中将保持住热量，这就使得整个建筑物成为一座理想的焚化炉，会把一切都烧得干干净净。”接着他对刚走过来的一个上尉说，“怎么样，任务明确了吗?”

“是的将军!”上尉敬了个礼说，“每颗炸弹都配有一个小拖车，我们用装甲车拉着小拖车，在每座建筑物的正中央放置一颗炸弹。”

菲利克斯点点头，“很好，但要注意两点：一、炸弹一定要放到建筑物的正中央，如果太靠近墙壁，它就有可能把建筑物炸塌，这就大大影响了燃烧效果；二、这辆装甲车是一辆防化车，它的内部气压略高于外部，这样可使你们免受建筑物内部空气的伤害，那里的空气是绝对不能呼吸的。装甲车要快速通过，不要停留，更不要下车。上尉，如果这项任务顺利完成，你们每人可获一枚紫心勋章。”

上尉又敬了个礼，充满信心地说：“您放心将军，这事情很简单!”

“但愿如此。”菲利克斯叹了一口气说，“开始吧!”

第一枚炸弹已装到小拖车上，并连到装甲车后面，上尉和一名中士跳上了车，这辆履带式布莱德雷装甲运兵车尾部喷出了一股黑烟，朝最近的一幢成长区建筑物驶去。它撞开了建筑物的大门，消失在里面，其他的人远远地看着。大约过了 5 分钟时间，建筑物大门又亮起了车灯，装甲车驶出了大门，快速朝炸弹的堆放点返回。

当车猛地刹住后，上尉和那名中士跳出车门，他们脸色苍白，中士一下跌坐在地起不来了，上尉则声音颤抖地问菲利克斯：“将军，这是怎么回事？那里面都是些什么?!”

“你不需要知道。”菲利克斯冷冷地说。

“我需要知道，否则，将军，我没法干这事情。”

“上尉，如果你要完成的每一项任务都是知道一切并想干的，你就不是军人了！”菲利克斯厉声说。

“我们真的干不了了，您送我们上军事法庭好了，将军。”那位中士坐在地上喃喃地说。

“换两个人去吧。”奥拉在菲利克斯耳边低声说。

“换人也不可靠的。”菲利克斯扫了一眼剩下的那几个士兵，他们正用震惊的目光看着这边，“博士，您现在看到了我们这些神经脆弱的部队，也许有一天，他们真的无法在世界上执行任何使命了。”

“那么，将军，您会开这玩意吗？”奥拉指了指装甲车。

“我是装甲兵出身。”

“那好，现在只有我们俩去了。”

菲利克斯点点头，转身朝装甲车走去，奥拉也跟着上了车。几名士兵立刻把装着第二枚炸弹的小车连接到装甲车的后部。车发动起来，向另一座成长区的建筑物驶去。

“博士，看到那根红色的拉杆了吗？”菲利克斯在驾驶座上大声喊道，“到时候你听到我的声音，拉下拉杆，就把炸弹放下了！”

随着一声巨响，装甲车撞开了建筑物的大门。菲利克斯从驾驶舱内看到，这是一幢二类成长区的建筑。车灯照到的地方，那些长着怪异肢体的三类组合体纷纷从玻璃缸上逃开来。光圈掠过数不清的漂浮在玻璃缸中的头颅，他还看到地面上散落着撕碎的内脏和从玻璃缸中扔出来的头颅，他感到了装甲车的履带轧到那些散落内脏上的滑腻感，听到了那些头颅被轧碎时发出的轻微的噼啪声。菲利克斯手一抖，装甲车偏离了中间窄窄的通道，撞碎了一个玻璃缸，车的前窗玻璃上贴满了内脏的碎片，使得菲利克斯几乎看不清路了。他不顾一切地把油门加到最大，想尽快从这地狱般的地方冲出去。

“将军，是不是该放炸弹了?”奥拉在车厢里大喊，菲利克斯在恐惧中几乎忘记他此行的目的，为制止呕吐，他这时不能说话，只是使劲点点头，也不管奥拉看到了没有。他感觉到车向前冲了一下，像是摆脱了什么，他知道奥拉把炸弹放下了。于是他把车转向 180 度向大门开，这过程中又撞碎了几个玻璃缸，装甲车从那几堆头颅和内脏上轧过去。在车灯晃动不定的光圈中，他还看到履带轧死了两个来不及逃开的三类组合体。

他们就这样一趟趟向那些巨大的建筑物中放置炸弹，在一个半小时之后，所有的成长区建筑物内部都放置了一颗凝固汽油弹。那些搬动炸弹的士兵们惊恐地看到，装甲车湿漉漉的车身上到处挂着奇形怪状的内脏和肉块。

10 分钟后，3 架直升机再次起飞，悬停在基地上空大约 100 米高处。菲利克斯命令起爆，那名上尉按动了遥控器的按钮。在发动机的鸣声中，一长串沉闷的爆炸声从下面的基地传了上来。下面出现了火光，那火光是从成长区建筑物宽大的穹顶上的缝隙中透出的。那火光不是奥拉想象的红色，而是高温火焰所特有的蓝色。很快，每个大穹顶的中央都出现了一圈被烧得暗红的区域，那些圆形的区域在渐渐扩大，5 分钟后，整个穹顶都被烧红了，同时还可以看到，建筑物的那些高大的铁门也被烧得通红。穹顶发出的红光越来越亮，可以看出穹顶在慢慢变形。又过了 5 分钟，首先有一个穹顶软绵绵地塌了下来，腾起了一阵裹着火焰的浓烟。当烟稍稍散去后，建筑物内部蓝色的火焰露了出来，一接触到外部较冷的空气，立刻变成了耀眼的黄色，整座无顶的建筑物如同地面上突然出现的火山口。紧接着，一个又一个的“火山口”陆续出现，火光映红了半边天空。

两架直升机围着正在被烈火吞没的1号基地盘旋了几圈，机身映着火光，远远看去如同在一堆巨大篝火上飞旋的3只小虫。最后，它们一起转向，没入德克萨斯的夜空中，向2号基地的方向飞去。

政　变

1号基地毁灭后不久，奥拉接到了桑比亚政府的正式邀请，请他携夫人参加桑比亚国的国庆大典。

到达桑比亚后，在豪华的总统府中，凯莱尔总统接见了他们，说的还是上次在美国接见奥拉时说的那些话，甚至还是用英语说的。他们下榻在首都的一家大酒店中，其豪华程度使他们仿佛置身于欧洲的五星级酒店。晚上他们应邀参加了一个盛大的晚宴，出席晚宴的那些桑比亚上流人士珠光宝气，风度翩翩。首都的大街是一片霓虹灯的海洋，高楼顶端那些欧美大银行的标志最为醒目。

凯西对这一切赞叹不已，但奥拉有不同的感受。深夜，他一个人又走出了酒店，租了一辆车来到了首都的外围。他看到，首都是被一片一望无际的贫民区包围着。在这低矮棚屋之间的狭窄街道上，赤裸的骨瘦如柴的孩子在污水中玩耍，拎着塑料桶的憔悴的妇女们排着长队，等着接用卡车运来的饮用水；奥拉看到不同部族间的年轻人手提长刀和棍棒在斗殴，被砍倒的人躺在地上，血和泥水混在一起；而就在不远处，几个衣衫褴褛的干瘦的年轻人正凑在一起，把注射器刺进手臂中；而行人对这一切无动于衷，踏着泥水绕行而过……

奥拉还去了一个中学同学家，那人看上去已老得与奥拉不像同代人。在他那低矮闷热的家中，除了一个炉子和两张床外什么都没有。床上躺着一名瘦得不成样子已病得奄奄一息的姑娘，那是他女儿，他告诉奥拉，女儿的艾滋病是在附近港口染上的；奥拉还看到从棚屋顶上吊下的一个篮子中有一个同样瘦弱的婴儿，他一出生就传染上了妈妈的艾滋病。

奥拉继续向前走，来到童年时游泳的那条大河边。河中到处漂浮着棚屋的碎片，那是下午暴雨后的山洪从对面山坡上冲下来的。

再向前，车窗外是连绵的小山丘，那些山丘的表面色彩斑驳，奥拉仔细一看，发现那是垃圾堆成的！许多孩子在垃圾山上翻找着什么，离他们不远，有大片的桶状废容器，上面有剧毒和放射性的标志。这些垃圾的数量惊人，绝不可能是这座城市产生的。奥拉早就听到过桑比亚政府秘密进口垃圾的传闻，现在得到了证实。进口垃圾的钱是出卖沿海油田和内陆矿藏的开发权挣到的，这些钱的另一部分则养肥了桑比亚为数极少的富翁，他们龟缩在城市中心，花天酒地，醉生梦死。

奥拉回头看去，隔着这垃圾山和破棚屋的海洋，首都在远方发出诱人的彩光，仿佛是悬在这贫穷大地上的一个幻影，仿佛是放在垃圾山上的一粒钻石。奥拉又看看身边在垃圾山上翻找东西的孩子们，他注意到了他们偶尔抬头看首都时的目光，在城市的霓虹灯的光芒中，那目光仿佛喷出火来。奥拉知道，桑比亚已是一座即将喷发的火山。

第二天的国庆阅兵盛大而隆重，但进行到正中，从受阅的坦克方队中，突然有一辆坦克偏离队列，加速向观礼台冲来，坦克冲破了总统卫队的警戒线后猛地刹住，从车上跳下两名士兵，用冲锋枪向凯莱尔总统射击，当场打死了他。

奥拉和凯西这时正坐在观礼台上距总统不远的地方，凯西被吓得够呛。回到酒店后，她不停地向奥拉诅咒这个野蛮的国家，并认为他们肯定会被作为人质扣在这里。

桑比亚现政府在当天被推翻，军政府同时成立。西方立刻宣布桑比亚新政府为非法，并开始从这个国家撤离使馆人员和侨民。

奥拉和凯西正在被政变军人警戒森严的酒店中坐立不安时，桑比亚的陆军元帅鲁卡打来了电话，这令他们吃惊不小，因为这位健壮的军人刚被推举为政府的临时总统。

鲁卡元帅说："真对不起，让你们，特别是夫人受惊了。我是想告诉你们，美国大使馆的撤离专机还有一个小时就要起飞了，如果你们决定走，会有车送你们去机场。"

电话是凯西接的，她喜出望外地说："谢谢，我们当然要走，我们都是科学家，在您的国家无事可干的。"

"我能同奥拉博士说句话吗?"元帅说，凯西把电话递给了奥拉，然后开始手忙脚乱地收拾东西。

鲁卡元帅在电话中对奥拉说："博士，请您记住，比起那些所谓的民主来，您的祖国更需要科学。这是一个穷人的国家，渴望着科学能给我们带来温饱，正因为如此，我们对科学，特别对您所从事的这门科学，在道德上比西方人更容易接受。"

半小时后他们到达机场，并同美国大使馆的一大帮人一起上了飞机。当大使登上舷梯顶部，一只脚已踏进那架波音 777 的舱门时，他觉得足够安全了，就撕下了刚才温文尔雅的面具，冲着下面机场上的政变军人大喊：

"你们这些恶棍、杂种，你们会得到你们应得的东西的，我现在真是可怜你们！哈哈!"

当飞机离开地面时,凯西长出了一口气,并在胸前划了一个十字,奥拉第一次见她这么做,她咬牙切齿地对坐在对面的大使说:"大使先生,回去告诉总统,告诉国会,我们应该派航空母舰来,炸烂这群野蛮人!"

"根本不需要,夫人。"大使微笑着说,"我了解桑比亚,他们的经济就像盘子一样浅,全凭原料出口和西方的投资来支撑,当这些东西被切断,桑比亚的经济将很快崩溃,这个国家将饿得人吃人,那个时候,这个军政府将不摧自毁,我们很快就会回来的。"

"先生,要是我,我绝不再回到这块野蛮的土地上来!"

奥拉忍不住插嘴:"今天你怎么总把野蛮这个词挂在嘴上?"

"难道我们看到的事还不够野蛮?"

"别忘了,美国也是一个多次枪杀总统的国家,最近的一次就发生在80年代!"

凯西哼了一声,没作声。大使说:"博士,您不应把自己看成一个桑比亚人。"

"我是桑比亚人。"奥拉冷冷地说。

"我早该想到这一点。"凯西眼睛看着机舱外无际的大西洋说。

飞机在安德鲁斯空军基地降落,菲利克斯将军亲自到基地迎接奥拉夫妇,祝贺他们从桑比亚政变中死里逃生,然后他们一起飞往"创世"工程2号基地。

两件后来改变历史的事情,公开地和秘密地开始了:桑比亚陷入了西方的全面封锁之中,"创世"工程开始了第二阶段研究。

2号基地之战

十年过去了，世界在加速前进，就像一只从滑道上飞速滑下的雪橇，让上面的人时而兴奋异常，时而胆战心惊。变化和奇迹如不间断的焰火绽放在时间的天空，令人眼花缭乱，头晕目眩，每朵焰火的开放和消失都一样突然。当马桶和狗食盆都联入了宽带网络后，信息时代也就结束了，随之而来的是基因工程时代，比起前者，这更像一个魔术的时代，当人们吃着西瓜大的葡萄和葡萄大的西瓜时，他们由衷地赞叹这个时代。

但那道古老的界限仍然存在，对人类自然进化的干预仍不能被社会所接受，这件事甚至比以前更让人忌讳了。不过与此同时，各国政府都意识到，尽快通过基因工程获得优秀人种将关系到国家和民族的命运，是避免被淘汰和被消灭的唯一途径，于是，改造人类基因的秘密研究像野火一样蔓延开来。但由于社会的接受能力有限，当那些可怕的秘密被揭露出来后，一个个政府相继倒台，社会动乱也不断因此而起。但改造人类基因规模最大的计划——“创世”工程，仍奇迹般地保持着它的秘密，并顺利地进行着。虽然不断有各种消息通过各种渠道渗漏出去，但由于“创世”工程的内幕太惊人了，以至于公众无法相信这些信息是真的。在这个媒体惯于使信息耸人听闻的时代里，“创世”工程反而由于它真正的耸人听闻而保守住了自己的秘密。

“创世”工程第二阶段的研究已在5年前结束了，这一阶段研究进行了5年，并达到了预定的目标。与在1号基地中不同，2号基地中的人们已经很难像在1号基地时那样全神贯注于自己的工作了，他们受到了各种各样的困扰。

在桑比亚政变1年后，也就是2号基地开始运作的同样长的时间，凯西对奥拉表达了她对自己工作的不满。

“奥拉，我不想总在你的阴影里奋斗，现在人家一提起我来，就说那是奥拉的妻子，我应该有自己的事业！”

奥拉说：“我并没有阻止你去干自己的事情，参加‘创世’工程是你自愿的，你当然也可以去干别的。”

“可我还需要你的帮助！分子生物学研究是一项耗资巨大的工程，我必须干一件政府感兴趣的事。CIA现在最渴望完成的事情之一就是干掉桑比亚那个独裁者。”

“是的，就像他们以前想干掉卡斯特罗一样。”

“而且这次更加困难：鲁卡这人很精，他从来不住总统府，行踪不定，据说有时甚至只带几个警卫和一部电台生活在密林中。”

“那你想干什么？”

“我想帮帮CIA！智者千虑，必有一失，鲁卡以前曾在法国的一家医院看过病，在那里留下了血样。这样，我们就掌握他的基因图谱。”

“这又怎么样？”

“我想在基因上改造一种病毒，任何人都可携带这种病毒并使之传播，但不会发病。这种病毒能识别鲁卡的基因特征，当他感染上这种病毒时，将会患上一种症状类似于登革热的病，但这病更加凶猛，会很快要他的命。可通过空投等手段在桑比亚境内大量投放这种病毒，由于它对一般人无害，不会引起注意，就可在桑比亚境内迅速传染，最后传染到鲁卡那里时，只要那杂种一个人的命。这个项目并不容易，但能成功，在技术上你要帮助我，并让我使用基地的设备和人力资源。当然，为这个，CIA 会为基地注入一笔额外资金的……你干吗这么看我？”

奥拉盯着凯西说：“你知道自己在干什么吗？你在制造基因武器！”

“这又怎么样？它只是针对那个独裁者一个人的！”

“这连你自己都不相信！”奥拉愤怒地喊道，“这就像从数据库中检索记录，能按某种条件检索出一条来，只要进一步编程，加入某种循环，就能检索出符合某种条件的一批来！你打算研究的这个东西，迟早会被用来毁灭一个种族！”

“这又怎么样呢？核武器能毁灭整个人类，但它的发明者们现在还不是被全世界封为圣人？再说你自己吧，你现在从事的研究就符合你用于教训别人的那些道德准则吗？”

凯西撇开奥拉自己单干了，CIA 和军方果然对此很感兴趣，为基地追加了巨额资金，凯西在基地里建起了自己领导的实验室，成了基地中的一个独立王国，奥拉也无力阻止。凯西成天忙于研究，与奥拉几乎见不着面。但研究进行了半年之后，凯西突然去找奥拉。

“你得帮我！”她对奥拉说。

“据我所知，你们已经把那种病毒造出来了。”

“但有一个缺陷：它对普通人也有影响，人们感染上它后，会出现一种类似于感冒的轻微症状，几天后自行消失。但这会使这种病毒引起注意，你知道，现在桑比亚活动着许多国际救援组织的医疗机构。这样病毒的传播就会很快被控制住，它是很脆弱的。我实在查不出在普通人身上产生这种症状的基因编码，你一定得帮我。”

“我不会去制造基因武器。”奥拉冷冷地说。

凯西大怒：“你别在这儿装正人君子了！你以为你是出于对全人类的责任感？呸，你现在干的事情也不比我好多少！我提醒你，你和那块肮脏土地上的独裁者有着天然的感情联系！”

“任何人与自己出生的土地都有这种联系。”

凯西为了继续获得研究经费，谎称她的病毒武器已经完美无缺。CIA通过军方用飞机在桑比亚扩散了这种病毒，结果在感染人群中，那种类似于感冒的症状立刻显示出来。在桑比亚的国际救援组织的医疗机构立刻找到了抑制这种病毒的药物，病毒的传播被很快扑灭了。CIA对凯西很失望，撤销了对她的研究的一切资助，她在基地中的那个小独立王国也随之解体。从这之后，凯西对奥拉的不满变成了仇恨。

这件事情发生后不久，凯西去找菲利克斯密谈了一次。

“将军，我发现奥拉最近很不正常。”

菲利克斯很有兴趣地点点头，鼓励她说下去。

“我承认，仅从研究工作的范围来讲，在两个基地的工作中他都是尽心尽责的。但在这半年多来，他常常与一些很神秘的人来往，我相信，这些人同那个名为‘物种共产主义’的组织有关，更严重的是，他们中的一些还同桑比亚有关。”

菲利克斯说：“凯西博士，我听到一些传言，知道您同奥拉博士之间的家庭关系有些紧张。在这研究工作的关键时刻，您最好不要让你们的私人关系影响到工作。”

凯西愤怒地说：“将军，您误解了我！我只是在尽一个公民的责任！我有确切证据，早在半年前，奥拉就把一批在2号基地经过基因改良的稻种偷运进桑比亚。那个野蛮的专制政权之所以在这么长时间的封锁中还没垮掉，我想与这事不是没有关系。”

菲利克斯不以为然地说：“我知道这事，那批稻种并非是偷运进桑比亚的，而是混在红十字会援助的一批粮食中运进去的，奥拉完全可以说那就是粮食，所以这事就是挑明了，也不能把他怎么样。我们不想用这些事情去干扰基地的研究工作，您也知道奥拉博士对‘创世’工程是多么重要。”

“但他对我不再重要了，我对自己的婚姻和工作都厌倦了。”

“但为了这项关系到国家命运的伟大事业，我希望您把这两者都保持下来，用您刚才的话来说，尽一个公民的责任。”

奥拉与凯西关系的最后破裂，是由他们的女儿黛丽丝的那件事引起的。那天凯西在电视上看到了黛丽丝，在城市中心广场上，她正同几个来路不明的年轻人一起，胸前挂着大纸牌子，为处于封锁中的桑比亚人民募捐。黛丽丝回家后，凯西对她大发雷霆。

“你这个小白痴！你妈妈差点死在那个野蛮的国家，你却在干这种蠢事！”

奥拉愤怒地说：“不许你再用野蛮这两个字形容我的祖国！”

“我也不允许！”黛丽丝说，“我的身上流着一半那个民族的血！”

凯西喊道：“可你为什么没想到自己身上还有一半爱尔兰裔白人的血?！你没有表现出这一半血带来的文明和优雅，倒处处表现出那一半血的野蛮！”

奥拉说：“当欧洲人还光着身子在树上摘野果时，当美洲大陆还是一片荒野时，非洲人已创造了光辉灿烂的文明！倒是你那些文明人，他们从非洲带走了黑奴和资源，留下了笔直的国境线、不尽的战乱和贫乏单一的经济……凯西，你说话越来越像你父亲了。既然你现在连人类种族之间的平等都持这种态度，那还怎么看我们的物种平等的理想呢？”

凯西哼了一声说：“那只是你的理想！不错，我年轻时曾是个理想主义傻瓜，现在想想真够滑稽的。自从我在1号基地的成长区看到那些可怕的东西后，就明白再也没有比你那个理想更变态、更邪恶的了！”

“那我们没有什么可谈的了。”奥拉冷冷地说。

他们并没有离婚，没有时间也没有必要。因为奥拉埋头于2号基地的研究工作中，极少回家。凯西和他虽然在一个基地，但他们很少见面。凯西也日益感觉到了奥拉对她的戒心，她的位置离研究的核心部分越来越远了。菲利克斯有几次向她打听过奥拉的行踪，但凯西也说不出什么来。

当“创世”工程的第二研究阶段结束后，同第一阶段一样，所有的研究人员撤离了2号基地，前往3号基地，把那些第二阶段研究产生的基因组合体留在2号基地中。3号基地距2号基地有近二百公里，它的所在地离城市很近，完全没有了前两个基地的那种与世隔绝感。在参加“创世”工程的人们眼中，3号基地是一个充满阳光的地方，他们在这里度过了愉快的5年。这里没有前两个基地的那种恐惧气氛，原因很简单：“创世”工程第三阶段的产物是真正的人了。在前两个基地中最令人恐惧的成长区，在3号基地中却是一个令人愉快的地方。这里的第一成长区是一座规模很大的外人看去像是妇产医院或保育院的机构，第二成长区是一所漂亮的幼儿园，第三成长区则是一所正在建设中的规模庞大的学校。除了基因组合车间和人造子宫区外，三个成长区的防卫已经不是很严了。现在，只有第一成长区被启用，那里有大约 5000 名组合体，它们是一群看上去普普通通的婴儿。在第三阶段，奥拉没有再用自己和菲利克斯的细胞作为实验材料，而是广泛选取了各种性别人种的细胞，这就使得这些婴儿彼此都不相像。要说有什么异常之处，那就是这些婴儿太完美了，在出生不久，就显示出了它们的健壮和活力。它们将成长为人类历史上最出色的战士，从地球上其他物种基因资源中所选取的最优秀的基因，将使它们如菲利克斯所希望的那样：如猎豹般迅捷、狮子般凶猛、毒蛇般冷酷、狐狸般狡猾、猎狗般忠诚。在它们长大成人后，并不需要强迫它们进入军队，在它们本性的深处，军队将是它们唯一愿意选择的归宿，这个本性已深植到它们的基因之中，就像趋向阳光的本性深植于向日葵的基因中一样。但所有这些素质，只会在战斗中才显示出来，它们平时将是一些温文尔雅的人，混在人群中不会引起任何注意。

进入成长区的组合体还在不断增多，由于政府已经意识到“创世”工程的意义远远超出了它最初设定的目标，所以进一步改造的人种，其基因将具有更广泛的优势。研究者们并不期望从这些孩子中产生出像爱因斯坦和毕加索那样的巨人，因为“创世”工程的核心是把其他物种基因的精华组合进人类基因中，而那些巨人所具有的素质是人类所特有的，无法从其他物种中得到。但这些孩子肯定具有自然进化的人所不具备的超级特质，他们将更强壮，更灵敏，能够适应恶劣的环境，具有更加锐利的眼睛和更加美妙的歌喉。

3 号基地的研究者们平时最大的乐趣，就是到成长区去抱一抱那些娃娃，前两个基地的恐惧就如同产生新生命的阵痛一样被他们渐渐忘却了。

在这表面的放松下，菲利克斯在暗中加强了对“创世”工程研究者们的监视，特别是对奥拉的监视。但这并不容易，联邦调查局参与此事的部门抱怨说，他应该早些着手此事，现在经过长期的合作，“创世”工程的研究团体已经变成了一个十分封闭的圈子，他们对外人的戒心很重，要想渗入极其困难。而菲利克斯唯一能信任的凯西，已被完全排挤出了核心的研究范围，只能在外围做一些近似行政工作的事情。尽管如此，菲利克斯还是确认了奥拉同桑比亚的密切联系，其实奥拉同情桑比亚已是公开的秘密，而在这方面 FBI 无法给出进一步的情况。菲利克斯不止一次动了彻底改组“创世”工程核心研究机构的念头，但想到对这项极其庞大和复杂的计划可能带来的后果，他放弃了。

凯西只有一次提供了一个菲利克斯看来比较有价值的信息：她告诉菲利克斯，整个计划有一个很奇怪的跳跃。在 2 号基地的基因组合研究中，人类基因所占的比例最多没有超过 70%，而进入 3 号基地后，这个比例一下就跳跃到了 95%，现在已达 99%左右，这是一个不可思议的跳跃，从已产生的研究资料中找不到这中间的研究过程，奥拉一定隐瞒了什么。但凯西提出的这个疑问属于高度专业的领域，在不惊动研究人员的情况下对此进行更深入的调查有很大困难，“创世”工程现在已到了最后的接近成功的阶段，任何干扰都是不明智的。

同时，在 3 号基地科学家们的意识深处，仍然隐藏着一个阴影：他们都得知，1 号基地的那些组合体们都在一次原因不明的大火中丧生，而由于那些组合体在生理上有严重缺陷，即使没有那次灾难它们也活不长。但他们知道，第二阶段研究所产生的组合体比第一阶段的在生理结构上要完善得多，能够长期生存，它们现在肯定仍然活在这个世界上。他们只知道 2 号基地在被放弃后的这 5 年中，仍处于森严的戒备中，他们没有人再回去过，对那里的情况也一无所知。

就在历时 16 年的“创世”工程即将最后结束时，一场改变一切的事变发生了。

在 2 号基地的高高的围墙外面，有一座 3 层的孤楼，这是 2 号基地警备部队的指挥中心，现在，在一片肃杀的气氛中，菲利克斯正在召开一个紧急会议。与会的除了几名 FBI 与此有关的官员外都是清一色的军方人员。

菲利克斯打破了会前的沉默说：“这次会议，是应格兰特上校的要求召开的，他认为情况已经非常紧急了，下面请上校介绍情况。”

格兰特上校是 2 号基地警备部队的指挥官，他站起来说：“我首先直截了当地向大家说明形势的严重性：我们有足够理由认为，在三天之内，将发生基地内所有组合体有组织的集体暴乱。”

“根据呢？”菲利克斯问。

“我的直觉。”上校说着把双手向下压一压，“请各位不要指责我，我说这话不像你们想象的那样不负责任，从基地建成时，我就在这里工作，现在有 10 年了。对基地中组合体社会的行为方式和心理特征，我有着全面和深刻的了解，所以我认为自己的直觉是可靠的。

“大家知道，这 10 年中 2 号基地经历了种种危险和灾难，大体上可分为 3 个阶段：第一阶段主要表现为组合体社会内部不同种群之间的冲突，这种冲突是混乱和无组织的。大家可能还记得5年前那次大规模冲突，当时有一千多名组合体死于非命。这种冲突后来渐渐平息，以各种群为单位，组合体内部开始出现某种秩序，并建立了初步的社会组织，于是进入了第二阶段。在这一阶段，组合体社会的主要注意力，从内部冲突转向以我们为代表的外部世界。它们无法从本质上认识自己的特殊性，它们看到，外部世界的各物种之间的差别也是巨大的，甚至大多数物种同人类的差别比组合体同人类的差别要大得多，它们不可能从本质上理解这两种差别的不同，于是它们得出结论：自己同人类的差别不应是进入外部世界的障碍。由各种群代表组成的一个委员会开始向我们提出要求，要求进入外部世界，并享有同人类一样的权利。它们对我们的解释不屑一顾，在我们给予拒绝后，骚乱便不断发生。组合体开始对警卫部队进行疯狂攻击，但由于每次骚乱都是以一个种群为主，所以规模有限，都被我们及时平息下去。在三个月前，所有的骚乱突然停止了，这就是我们现在所处的第三阶段。在这一阶段中，组合体社会中不同种群之间开始了频繁的联系，行动诡秘，踪迹难察的蛇人充当各种群之间的联络员，它们频繁穿梭于各个营地之间，各种群开始混居，它们之间的联系变得越来越紧密。10天前，各种群之间的联系行动突然停止了，基地完全沉寂了下来，组合体社会像是在等待着什么。”

有人说：“这是第3小组工作的成绩。”第3小组是一个由心理学家和精神病专家组成的小组，负责平息和引导组合体社会的危险情绪。

“不要自命不凡了，霍普金斯博士！”上校轻蔑地一笑，“我们现在正处在一个火山口上，在组合体社会中，能量在聚集，地火在奔涌，大规模暴乱一触即发！”

“可事关重大，我们需要确切的证据，上校。”菲利克斯严肃地说。

“我这就给您。事实上，组合体社会这突然的静止是在奥拉博士返回2号基地后发生的。在成长区，我们建立了庞大的监视系统，这个系统录下了奥拉进入2号基地后对组合体社会的一次讲话，讲话是在成长区最大的一间营房中进行的，听到这个讲话的有2000名组合体，再由它们把信息扩散到整个成长区，下面请大家听其中的一段。”

会议室里响起了奥拉的录音：“……正如我上面所说的，曾经存在过1号基地，曾经存在过另一个组合体社会，其成员的数目与你们相当，但那个社会被残酷地消灭了，1万多个组合体都被一种可怕的炸弹烧成了灰。再说一遍，我刚才讲的一切虽然令人难以置信，但绝对真实，因为我就是那场屠杀的参加者之一！这样的事情，迟早也会落到你们身上！这是由于以下两个原因：其一，人类对干预自己的进化怀着一种深深的恐惧，这种恐惧来源于他们那几千年的宗教和道德信仰，这些我无法对你们讲明白，一句话，这是他们对失去自我的恐惧感。这就发生了一件在你们看来不可思议的事：人类最恐惧的东西总是带有他们自身的特征，但这种特征又在某种程度上被异化了。比如在人类害怕的所有怪物中，最令他们恐惧的是带有人的特征的怪物。这种恐惧在人类几千年的历程中一直没有停止过，而且越来越强烈，已经深深地渗透到他们的每一个细胞中。但以前，那些怪物只存在于他们的想象和噩梦之中，而你们把这种想象和噩梦变成了现实，因此他们不会让你们活下去。其二，人类是一个极端自私的物种，他们在这个世界所能认同的只有他们自己，甚至在人类的不同种族之间都会互相歧视，更不用提对待地球上的其他物种了。在他们的心目中，人类是万物之灵，比所有其他物种都要高出一个层次，这种想法就同我前面提到的那种恐惧一样根深蒂固，人类同其他物种在基因和血缘上的结合，可能是他们有史以来遇到的最大的耻辱了，而你们就是这种耻辱的具体表现，所以他们必定要消灭你们，以抹掉这种耻辱，就像一名有洁癖的人抹掉沾在他身上的污物一样。你们的生命是不受法律保护的，因为你们在他们眼中不是人类。既然知道了自己的命运，你们就应该设法从这里突围出去，也许你们中的大部分会死，但只要能让外部世界知道你们的存在，就是一个伟大的胜利。人类并不全是偏执狂，他们中有许多有理智的人，在他们中间，一个伟大的梦想已经出现，这个梦想就是在地球上建立一个所有物种完全平等的超大同世界，我坚信，这样一个世界一定会出现，那时地球将变成所有生命的天堂，而你们的行动，将是实现这个伟大梦想的第一步！”

放完录音后，会议室陷入长时间的沉默，格兰特上校所说的可怕的形势被证实了。

菲利克斯说：“由于‘创世’工程的需要，我们现在还无法对奥拉采取任何行动，但必须绝对禁止他再到2号基地来。”

格兰特上校耸耸肩说：“他也不需要再来，他已点燃了导火索，只需在远方等着听爆炸声了。”

“是的，”菲利克斯叹了口气说，“现在基地的组合体们已经知道了1号基地的事情，这是我们所能想到的最坏的情况，我们现在的唯一选择就是采取果断行动，最后解决问题。”

“行动的原则同1号基地一样吗？”上校小心翼翼地问。

菲利克斯坚定地点点头，会议室再次陷入沉默。

"现在基地有多少兵力?"菲利克斯问。

"两个营,只配备轻武器。"上校回答说,"这么多年来用这点兵力守卫基地,时时都像在走钢丝。"

"那么请你估计一下,采取最后行动需要多少兵力?"

"将军,按照您的指示,在3年前,我们就反复研究了最后行动的各种方案,每个方案的每个细节都经过反复推敲。完成这个行动的兵力,最少需要一个步兵师。"

"上校,我想有些因素在你的方案中可能还没有考虑到,其中最重要的一点是:这个步兵师只能装备轻武器,最重的装备就是机枪。"

"将军,我不明白……"

"因为最后行动不能过多地引起外界的注意。10年前1号基地的那次行动在新闻界引起的麻烦,我想大家都记得很清楚,它险些使'创世'工程夭折。要快速集结一个重装步兵师,不可避免地需要进行大批量的装甲行军,这肯定要引起外界注意;如果采用分批方式不太密集地运进重装备,我们的时间又不够;更重要的是,使用如火炮之类的重装备所产生的爆炸声和烟雾,必然会引起注意。"

"要这样的话,将军,完成这次行动的兵力要加倍,需两个师。"

"您肯定吗?"

"这是最低限度了。"

菲利克斯摇摇头说:"在两三天内在这儿集结两个师,即使是轻装步兵师,也太显眼。"

另一位上校说:"可以就近调集本州的国民警卫队,一个师大概不成问题。"

"国民警卫队人员很杂,不利于以后的保密。"

“可以不让他们参加正面行动，只进行一些外围工作，核心任务由正规军的师来完成。”格兰特说。

菲利克斯说：“这是一次十分艰难的任务，需要一支能胜任的精锐部队。最近的有82空降师，他们目前在俄克拉荷马州训练。”

菲利克斯和82空降师师长马克·克罗德上校站在距基地不远处的一座小山上，基地在他们下面尽收眼底。2号基地同1号基地在外观上十分相像，都是由一些形状相似的大得让人惊奇的建筑物组成，但它的面积比1号基地大许多，看上去像一座小城市。现在，这座“小城”躺在德克萨斯明亮的阳光下，看不到一点生命的迹象，如同一座死城。

“将军，”上校说，“国内的这类行动不应调82空降师来，这种做法让人难以理解，应该爱护美国陆军的刀锋，这类行动对军队在精神上是一种磨损。”

“我不知道你具体指什么？”

“在1992年的一个深夜，我和这个师一起开进了洛杉矶，当时我还是个上尉。满街的玻璃碎片，在两旁建筑物燃烧的火光中闪闪发光。我看到那些没有着火的建筑旁，亚洲裔的店主们端着滑膛枪守卫着他们的店铺，而那些黑人则在楼顶上向下打枪。我和我那一个连的士兵在这燃烧的街道上端着枪漫无目标地走着，我们不知道谁是朋友，也不知道谁是敌人，像一群梦游者……这经历太糟糕了，将军，是一种创伤。”

菲利克斯转身看着克罗德说：“上校，你和你的部队要做好准备，这次行动比那次要艰难10倍，它的意义更是重大，你们可能是在拯救美国。”

“格兰特上校向我介绍过情况，确实令人难以置信。我不知道士兵们见到那些怪物时会是什么样子，也许恐惧能让他们更坚定地战斗。”

“据我的经验不会。”菲利克斯叹了口气说，“但现在也没有时间让他们做好这方面的准备了。我要说，上校，你的部队集结太慢，到现在，真正到位的兵力还不到三分之一。”

“我没有办法，最近的机场不让使用，部队都要换上便装乘民用车辆稀稀拉拉地来。”

“我可以调集一部分直升机来运送兵员，但数量不会很多，密度也不能太大，以免引起注意。”

“将军，对部队的下一步部署，您有什么指示？”

“你认为组合体最可能的突围方向是哪里？”

“当然是这儿。”克罗德用拿着望远镜的手指着下面的一条通往平原的山口说，“这是进山的唯一通道，其他方向都是广阔的平原，它们向那些方向去等于自杀。”

菲利克斯点点头：“我的看法同您一样，我决定把 82 空降师集中部署在这个山口前，其他的三个方向全部由国民警卫队布防，这样做是一场赌博，但没有别的办法，我们兵力有限。”

“将军，按照您的决定，我想具体的兵力配置应该是这样的：我用两个旅构成两道防线，防守正面大约有 5 公里宽，再用一个旅做预备队，放在第二道防线后面 3 公路处，尽量配备一些用于高速机动的直升机和车辆，以防组合体从防线的某一处突破。”

“我看可以。”菲利克斯再次点点头，“组合体没有热兵器，防线不要在掩体上下什么功夫，但一定要保证部队的机动性，组合体的移动速度是很快的，我们一定要保证在它们最密集的方向上集中兵力。如果组合体主动突围，我们就能在山口前的这块开阔地上消灭它们，这当然是最理想的情况，但如果它们长期龟缩在基地中，事情就比较复杂了，我们必须攻进基地，消灭它们，你们一定要做好这方面的准备，制订出详细的计划。”

克罗德问：“目前基地中组合体的确切数字是多少？”

“11437 个。”

“将军，那前面是什么呀，我们在同什么作战？”当菲利克斯和克罗德走近一挺重机枪时，两名正在整理弹链的士兵起身向他们敬礼，其中一名中士问。

“你好像心里没底？”菲利克斯反问道。

“是的，将军！”

菲利克斯笑了笑：“中士，作为一名军人，是不可能自己选择敌人的。我要问，当一种奇形怪状的外星生物向地球进攻时，你会怎么办？”

“那我当然血战到底，将军！”

“很好！”菲利克斯赞赏地点点头，“再说一遍，你无法自己选择敌人，但当你面对自己梦中都没有见过的最怪异的敌人时，还能手不发抖地射击，那么，年轻人，你就是一个英雄。”

菲利克斯和克罗德沿着防线向前走去。这时，太阳已经有一半落下了山脊，把山的影子长长地投到前面的荒原上。2 号基地有一半已在山的阴影中，另一半则被夕阳的光辉抹上了一层血红色。在山口前淡黄色的荒原上，由一挺挺机枪构成的防线看上去呈一条长长的黑线，这条线弯成弧形拦住了山口。

克罗德说：“将军，机枪是我们唯一能依靠的武器了，我下午又紧急调来了 1000 挺 M60 和 300 挺 M2，还有一些可以平射的四联高射机枪。”

他们走近了一挺 M2 重机枪，菲利克斯摸着被岁月磨得光亮的枪身，感慨地说：“在我是一名一年级军校生的时候，就用过这玩意儿，现在它一点都没变。”

克罗德说：“步兵轻武器现在在人们眼中已经像仪仗队的军刀一样，是一种装饰品了，已失去了对它进行改进的兴趣。但这玩意儿在我们现在的场合却很适用，它的射速每分钟 500 至 650 发，不算高，但子弹初速有每秒 850 米，破坏力很大，有效射程最远可达 6800 米。用这种重机枪和 M60 轻机枪可构成梯次火力，重机枪火力可覆盖防线前 1500 米至 4000 米范围，近的范围则由轻机枪和重机枪共同覆盖，我想没有什么东西能够冲过这两层火力的。”

菲利克斯说：“上校，有一点你必须清楚，这批组合体比人要强壮得多。”

“正因为如此，我才准备了这种东西。”克罗德从 M2 机枪的弹链上抽出了一枚 12.7 毫米的子弹，递给菲利克斯，“将军，你看，这是一种特殊的弹头，它其实是一个空心的小瓶子，里面装着半瓶水银，它的头部只盖着一层薄薄的封皮。当子弹击中目标后，由于目标肌肉和骨骼的阻力，子弹急剧减速，但是弹内的水银不减速，这些水银会冲破那层封皮，切断目标的肌肉和骨骼。这种子弹的射入口只是普通弹孔大小，但在另一面穿出的地方，可以打出足球大的洞，因而具有极强的杀伤力，地球上最强壮的动物也经不起它的打击，如果打得准，一发这种子弹就可杀死一头鲸！我现在已经给防线的所有机枪配备了总共 100 多万发这种子弹。”

“很好。”菲利克斯把那枚子弹插回了弹链上，“再调来 300 具火焰喷射器。”

克罗德惊奇地看着菲利克斯:“将军,那种短射程的东西在这儿有用吗?”

“也许有用的,某种类型的组合体可能只有用它才能对付。”

天黑的时候,对 2 号基地的包围形成了。菲利克斯把这个包围圈戏称为“戒指防线”,因为包围圈的三面都是由国民警卫队组成的稀疏脆弱的防线,他们每个班才配有一挺轻机枪,如果组合体集中向那些方向冲击的话,他们只有依靠手中的步枪和冲锋枪作战了。而 82 空降师则集中部署在山口地带扼守着进山的唯一通道。菲利克斯和克罗德都为这种冒险的部署捏着一把汗,但从直觉上,他们也都相信组合体会集中冲向这个方向。

基地中的最后一批人员撤出了,紧接着切断了基地的水电供应。望着陷入黑暗的 2 号基地,菲利克斯回忆起了十多年前 1 号基地的那个恐怖的夜晚。与那时不同的是,这时的 2 号基地并没有传出任何声响,仍然是一片死寂,这寂静更加深了菲利克斯的紧张和恐惧。

后来天阴了,乌云遮住了不多的星光,更加浓重的黑暗把整个世界像墨汁一样盖了起来。菲利克斯不止一次用夜视望远镜观察基地方向,基地那高大整齐的建筑在微光镜头中好像印在底片上的反片图像。后来,他觉得有些累了,就回到了用作指挥所的那顶野战帐篷中。克罗德上校刚刚巡视完防线,也回来了。

“您能不能停一会儿? 我看着很累,您一进来就总这么来回走。”克罗德上校说。

菲利克斯仍然来回以军人标准的步伐踱着:“在西点,这是教官惩罚学生的办法之一，让他在操场的一角来回走几个小时。久而久之，我喜欢上了这种惩罚，只有在这时我才能很好地思考。”

“这么说，您在西点是个不讨人喜欢的人，我在弗吉尼亚军校却很讨人喜欢，那里也有这种惩罚，我一次也没受过，倒是在高年级时，我常用它来治那些刚进校的毛毛头。”

“世界任何一所军校都不喜欢爱思考的人，西点不喜欢，弗吉尼亚和安纳波利斯不喜欢，圣西尔和伏龙芝都不喜欢。”

“是的，思考，特别是像您那样思考，对我是件很累的事。不过，这场小小的战争确定有很多可思考的东西，当您戴上少尉肩章时，做梦也不会想到以后会指挥这样的战争。”

菲利克斯叹了口气：“我一直认为自己是一个理智的人，现在才知道，所谓理智是一种多么脆弱的东西。在耗尽了我半生心血的‘创世’工程中，特别是这最后 16 年中，我一直生活在一种莫名的恐惧里，事实上，在这 16 年，五角大楼和 4 任总统也并非是沿着理智的轨道行事的，而‘创世’工程是一项最需要理智来指引的事业，在这一点上，可能奥拉是唯一胜任的人。”

克罗德上校看着菲利克斯说：“将军，您是说，我们应该让那些组合体活下来？”

“甚至把它们编入军队，上校。既然战争是一种只适合冷酷的野兽从事的活动，那么迟早会有国家这么做的，我们为什么不先做呢？当然，现在说这些都晚了。”

后来，他们一起喝了几杯威士忌，就躺到各自的行军床上迷迷糊糊地睡着了。

不知过了多长时间，菲利克斯被一种声音惊醒，醒来后那声音反而消失了。但菲利克斯知道那声音不是来自梦中，它确实存在，像远方的地震和洪水，像世界毁灭前某种力量的低沉的合唱。这种感觉他只有过一次，那是在二十多年前，他躺在中东的发着余温的沙漠上，伊拉克的坦克群正在黑夜中逼近……

克罗德上校也醒了，他们互相看了一眼，便冲出了野战帐篷。他们发现，整个防线骚动起来，军官们大声喊着来回奔跑，每一挺机枪后面，射手都严阵以待。这时，菲利克斯再次听到了从 2 号基地方向传来的那种声音，他举起夜视望远镜观察那边，在那黑白底片一样的图像正中，在基地和荒原地平线的交接处，他看到了一条蠕动的白线。放下望远镜后，眼前一片漆黑，但那声音更大了，不用特别注意就清晰可闻。这时，他身后啪的一声，周围骤然亮起，所有人和物的影子在急剧移动，一颗照明弹升上了夜空；与此同时，在防线的不同位置，更多的照明弹蜂拥着蹿上夜空，低低的云层散射着照明弹的光芒，使整个天空看上去绿莹莹一片。菲利克斯再次举起望远镜，就在这发着绿光的阴森的天空下，他看到了远方的敌人。

他的第一印象就是：那是一大群马，至少有上千匹。那些马背上没有骑手，它们像潮水般冲过来，密密地覆盖了荒原。只能看到马群的前锋，后面的一切都被马群激起的遮天的尘埃遮蔽了，那尘埃在照明弹下也像云层一样发出绿莹莹的光。菲利克斯这时仿佛站在一个远古的战场上，感到了那种最原始的战争力量的雄伟和它所带来的恐惧。马群更近了，从望远镜中已经能分辨出其中的个体。这时他清楚地看到，每一匹马都长着一个硕大的人头，那些人头都留着长长的头发，在疾进中像一面面黑色的旗帜那样飘动着。那些马身上的人头五官清晰，它们张开大嘴吼叫着，双眼发出凶猛的光，在发着绿光的天空下，显得狰狞可怕。只有亲眼看到才能真正体会，把一个人头放大许多倍并安放在马身上，其视觉效果是何等的恐怖。

这时，菲利克斯听到了一挺机枪的连射声，从那尖细的声音中他听出了那是一挺轻机枪，而现在，目标还没有进入重机枪的射程，显然射手是在恐惧中本能地扣动了扳机。接着，在没有命令的情况下，防线上的机枪一挺接着一挺开火了，如暴雨般密集的狂躁的射击声盖住了一切。防线在荒原上显形了，它是一条由无数急闪的光点构成的横贯荒原的弧形曲线。在马群与防线之间的宽阔地带上，出现了两条弹着带，上面尘土飞溅，如同暴雨初次落到灰地上。菲利克斯和克罗德都注意到，两条弹着带只达到机枪最远射程的一半多一点，这可能是由于这种空心子弹与普通子弹的结构不同造成的。克罗德首先清醒过来，开始沿防线阻止轻机枪的射击。在防线的各处，轻机枪的射击渐渐被制止了，轻机枪枪口火苗状的火焰消失了，只剩下 M2 重机枪十字状的喷火，弹着带也只剩下远方的一条。

马人的前锋已经冲进了弹着带，许多的马人像遇到绊索一样倒地，由于速度很快，倒地的马人身体都在向前翻滚着，难以分辨出哪些马人是中弹倒地的，哪些是被绊倒的。后续的马人群不断向前冲，使得马人的阵线不断地滚动着前进。

更多的照明弹升上了夜空，在一片刺眼的亮光中，菲利克斯和克罗德都看到，组合体的阵线中除马人外又出现了另一种个体，那是狮人组合体。那长在狮身上的人头比马人的更大，人头上的乱发愤怒地直立着，如同狮子的鬃毛。由于狮人的高度比马人低许多，所以它们中弹的比例也低，马人中弹较多，前进的速度慢了下来，使得狮人群在阵线中凸现出来。

整个组合体的阵线，如同一长根迎着狂风的树枝，不断地有树叶被吹下去。随着阵线向前的推进,机枪的火力越来越显示出威力,中弹的组合体越来越多,但后面的组合体仍踏着前面同类或异类的尸体坚定地前进。菲利克斯和克罗德觉得,他们在看着一面卷着的巨大地毯向着他们展开来,他们不知道这死亡之毯什么时候能展到头。这时,在震耳的射击声中,人们听到了另一种声音,那就是从组合体阵线中传来的马的嘶鸣声和狮子的吼声。这声音开始隐隐约约,不时被射击的巨响盖住,但随着组合体群距离的接近,它越来越响,让防线上的人们心惊胆战。

当组合体群的前锋接近轻机枪的射程时,防线中的轻机枪重新响了起来,这尖细的射击声同重机枪粗犷的巨响混在一起,构成了一曲响彻天地的死亡大合唱。轻机枪加入后的效果马上显现出来,马人和狮人成排倒下,组合体阵线推进的速度明显减慢了,它们仿佛顶着一阵突然加强的狂风在艰难地前进,每前进一步都以无数组合体的死亡为代价。菲利克斯从望远镜中看到,一个奔跑在最前面的马人的头部被一串子弹击中,那串水银子弹把它的后半个脑袋全部炸飞了,当这个马人倒地后,那飞散的血肉像泥巴一样落到它身上。整个组合体群中都纷飞着这样的细碎的血肉,其间还夹杂着整条的被那种可怕的子弹切下的肢体……

终于,在这扑面而来的弹雨中,组合体的阵线停滞了,当又一排马人和狮人倒下后,菲利克斯和克罗德看到,这张死亡之毯已卷到了头,后面只剩下了一排稀疏的马人和狮人,其中还有一些人和其他动物的基因组合体。这些组合体开始漫无目标地奔跑着,它们瞪着惊恐的眼睛扫视着这尸横遍野的战场,似乎很茫然。最后,它们几乎同时转身向着基地方向逃去。呼啸的弹雨追着它们,远去的组合体的数量在渐渐减少,最后只剩下一个马人在大片尸体间四处奔跑，这是一个强壮而敏捷的组合体，在弹雨中跳着优美的死亡之舞。有几挺打出曳光弹的机枪追踪着它，那几条明亮的弹流如鞭子一样抽打在它的前后左右，在地上激起了一串串高高的土柱，并从那些躺在地上的已死去的躯体中抽打出横飞的血肉。那个马人仍然在敏捷地迈着步子，就像在几根绊索之间跳跃一样。很快，弹流切断了它的一条腿，当它试图用剩下的三条腿站直时，又一条发光的弹流似乎无意中扫过了它那硕大的人的头颅，那头颅立刻碎了，那个马的躯体在地上滚动了几下后，隐没于那一片尸体之中。

枪声停了，整个战场沉寂下来，士兵们都无力地瘫倒在机枪后面，冷汗湿透了他们的迷彩服，他们目光呆滞，一时无法从刚才的噩梦中摆脱出来。前面的战场上，飘浮着一层正在散去的尘土，散射着照明弹的光，把整个战场罩在一层绿色的光晕中，那一大片组合体的尸体在这光晕中模模糊糊，而地上的血呈一片片黑色，使这一片荒原像一大块迷彩布。当防线上人们耳朵中的嗡嗡声平息下来后，他们听到了受伤的组合体那怪异的惨叫声回荡在战场上空，这声音使许多士兵捂住了耳朵。

菲利克斯对正在擦额头的克罗德上校说："告诉部队不要松懈，我大概统计了一下，只消灭了五千左右，还不到一半。"

克罗德突然呆住了，用手指着前方问："那是什么?!"

菲利克斯向前看了看，除了一层绿莹莹的浮尘外什么也没有看到，便用询问的眼光看看克罗德。

"地上!"克罗德喊。

菲利克斯仔细地看前方浮尘下的地面，发现在那些组合体的尸体中间，似乎有种液体般的东西在流动，那东西像闪光的水银般从尸体间的缝隙中漫过来。菲利克斯举起望远镜细看，望远镜立刻从

他的手中掉到地上,他惊恐地后退一步,被脚下的弹壳滑倒了,他挣扎着从那哗哗作响的弹壳堆中站起来,声嘶力竭地大叫:

"射击! 全线射击! 蛇人! 蛇人!!"

克罗德和旁边那个重机枪射手呆呆地看着菲利克斯,用了几秒钟才明白了他的话的含义。重机枪开始射击,但这挺 M2 只打了几发就卡壳了,显然枪管已经过热,两名士兵开始手忙脚乱地换枪管。防线上其他的机枪开始断断续续地响起来,显然射手们大都不太明白他们将要面对的是什么,射击恢复得有些慢。

这时,蛇人的前锋已通过了最前面的尸体堆,完全暴露在沙地上。防线前面的荒原立刻被密密麻麻的蠕动的黑色曲线覆盖了,仿佛整个地面都在蠕动。

防线上的士兵这时才明白过来,射击声骤然密集起来,蛇人阵线立刻淹没于一片弹雨激起的尘土和血肉之中。许多中弹的蛇人翻滚着,它们那粗大的蟒身露出了雪白的腹部。但由于蛇人群紧贴地面前进,机枪火力对它们的杀伤力远不如对马人和狮人大。蛇人的阵线在迅速逼近。

防线上士兵们的神经开始崩溃,克罗德看到刚才换枪管的那两个士兵首先扔下机枪向后跑去,紧接着,整个防线就像洪水前溃决的堤坝一样垮掉了,所有的人都丢下了武器,没命地向后逃窜。克罗德大声制止,并掏出手枪朝天放了两枪,但连他自己都没听到枪声。这时克罗德才真正体会到了李奇微在《朝鲜战争:李奇微回忆录》中的名言:阻止一支溃败的军队,就如同阻止一次雪崩一样。淹没他的枪声的声音来自前方,那是无数尖细的怪叫的和声,好像有几万只利爪在同时划玻璃,那声音是正在逼近的蛇人群发出的。克罗德呆立着,看着前面那死亡的黑潮。"快,退到第二道防线!"菲利克斯抓住他喊，这时他才醒悟过来，同菲利克斯一起混入溃逃的人群向后跑去。

蛇人群的爬行速度快得惊人，它们紧咬着后退的士兵们，当从第一道防线退下来的最后一个人进入第二道防线后，蛇人距这里不到 50 米了。在照明弹的光芒下，那蠕动的蛇群一眼望不到头，而那蛇身上一个个人头，好像是浮在这波动的黑色洪水之上。

第二道防线的机枪一起吼叫起来，但同在第一道防线一样，阻止不了蛇人群的推进。

“火焰喷射器！”菲利克斯大喊。

300 条火龙从防线上腾起，扑向蛇人群，立刻把那里变成了一片火海。无数巨蟒的躯体在烈火下疯狂地扭动，仿佛是一片在火海下沸腾的液体。恐惧使火焰喷射器的射手们不间断地喷射着，直到把所有的燃料罐用光，使那条火带向后延伸了许多，并且燃烧得更加凶猛。这时，克罗德打心眼里佩服菲利克斯的远见，蛇人们对火的恐惧立刻显示出来：火带后面的蛇人群惊恐地后退，而再往后的蛇人群由于不明情况，仍在向前涌来，于是便在距火带不远处堆起了高高的一堆。所有的轻重机枪抓住时机，对准那道蛇堆疯狂地射击着。这时，战场除了上千挺机枪射击的巨响，火焰在风中的呼啸声，被火焰吞没的蛇人们的尖叫声外，还有一阵奇怪的嗞嗞声，那是密集的子弹钻进蛇人堆中发出的声音。那道 2 米多高的由蛇人堆成的山脊变得血肉模糊，表面上飞溅着细碎的肉块和血浆，被切断的巨蟒的身体不时从中间竖立起来，然后又软绵绵地倒下。

射击一直持续着，蛇人堆的蠕动渐渐平息下来，其中的蛇体变得支离破碎，飞溅的血花和残肉变得越来越密。菲利克斯觉得，整个蛇人堆如同一大团放在大地的案板上正在被越剁越碎的肉馅！

当射击声最后平息时，蛇人堆已经变成一堆破碎的烂肉了。

大火烧了很长时间，空气中充满了焦肉味，防线上很多人呕吐起来。

部队在凌晨2点开始进入2号基地。82空降师的一条长长的散兵线慢慢地越过了整个战场，士兵们蹚着血和沙土混成的泥浆前进，搜索着还活着的组合体并击毙它们，战场上响着零星的枪声。

在他们从第二道防线出发时，士兵们首先经过那片已烧焦的蛇人群，然后又经过了那条长长的已一动不动的蛇人堆，这时，有一条遍体鳞伤的蛇人突然从那堆烂肉中蹿了出来，用它那巨蟒的身体死死地缠住了一名士兵，并把它那沾满血污的人头和士兵脸对脸地紧靠着，怪笑起来。当其他人用刺刀和匕首杀死蛇人并把那名士兵弄出来后，他已经惊吓而死了。

就在散兵线已到达基地时，菲利克斯和克罗德乘坐直升机飞到基地上空盘旋。在照明弹刺眼的光芒下，下面的基地似乎失去了立体感。

克罗德上校说："战果已经统计出来了，共消灭了10082名组合体。"

菲利克斯长出了一口气："基地中剩下的一千多个组合体不是什么太大的问题了，它们属于战斗力较弱的那种，其中的500个是不可能离开水的鱼人组合体。"

当他们的直升机降落到培育鱼人组合体的那几个大水池边时，进入基地的士兵已到了那里。直升机上的探照灯照在水池中央，菲利克斯和克罗德可以隐隐约约看到水下游动的鱼人，它们上半部是人的身体，下半部长着一条巨大的鱼尾。不时有一个鱼人的人头伸出水面，惊恐地四下看看，然后又潜入水中，那鱼尾接着露出水面，在探照灯中白光一闪。菲利克斯对旁边的一名上尉点点头，那名上尉指挥两个士兵打开了一个黄色的金属桶，小心地把里面的氰化物倒入池中……

清剿活动已在基地中展开，那些大建筑物中都传出了枪声。

同一个班的士兵一起，菲利克斯和克罗德进入了一幢成长区的大建筑。里面黑暗而宽阔，手电的光都照不到头。现在这里似乎空无一物，只有他们的脚步发出空洞的回声。

当手电光照到墙壁时，有人惊叫起来，他们看到，在那高大的墙壁上涂抹着巨大的壁画，那些画线条简洁粗犷，很像原始人画在山洞中的岩画，也很有些毕加索的风格。画面上有高山、大河、森林和草原，继续向前走，画面上又出现了城市的高楼群。站在这组合体表达对外部世界的向往的壁画前，所有人都感到了一种宗教般的敬畏，他们呆呆地看着，忘记了一切。

突然，有什么东西从上面掉了下来，有些噼啪掉在地上，但大部分都准确地落在士兵的身上。手电光中，他们发现那是从天花板上掉下了一群壁虎人。这些长着人头的壁虎刚才就爬在建筑物高高的顶部，墙上的这些壁画可能就是它们的作品。士兵中响起了一阵惊叫声，接着是一阵纷乱的射击声。这些壁虎人最大的武器就是它们带给人的恐惧，它们本身并没有多大的杀伤力，士兵们最后都努力摆脱了它们，然后用步枪朝它们射击，甚至用刺刀挑它们。在几分钟内，所有的壁虎人就被全部杀死了。

看着那一堆可怖的尸体，士兵们要么吓得缩成一团，要么瘫在地上起不来。有一个被刺刀划开肚子的壁虎人正好躺在菲利克斯的脚边，那个人头上眼睛睁得大大的，血从嘴里流出来。虽然那个组合体中有他一半以上的基因，但长得同他并不相像。尽管如此，菲利克斯还是从那张脸上看到自己年轻时代的影子，他本能地四下看了看，发现被恐惧攫住的克罗德上校和士兵们都没有再细看这些尸体。

过了几分钟，士兵们陆续站起来，平端着枪，相互间靠得紧紧的，继续搜索着大厅。他们没有发现更多的东西。当他们正要从建筑物的另一个门走出去时，菲利克斯听到克罗德惊叫一声。他猛地转身，看到了克罗德身边有一个体型很大的螃蟹人。在那半米高一米多宽的蟹身上长着一个人头，初一看好像是一个人坐在一辆小型机械车中。它的一只有力的大钳夹住了克罗德的一只脚，并把他拉倒在地，另一只大钳伸向克罗德的颈部，上校本能地伸手去阻挡那只钳，结果手被钳住。菲利克斯掏出手枪，一枪便打穿了蟹身上的那个人头，血污溅了克罗德一脸。菲利克斯把剩下的子弹全部打在蟹身上，那些从那支伯莱达手枪射出的 9 毫米子弹，在蟹身上的几丁质硬板上只留下几个小孔，那两只大钳仍死死地卡住克罗德的手和脚。两个士兵把两梭子冲锋枪子弹胡乱地打在蟹身上，子弹像是击破一个三合板箱一样把蟹壳掀起一大块，露出了里面雪白的蟹肉。克罗德惨叫着滚到一边，菲利克斯以为他从蟹钳中挣脱出来了，但在手电光中他发现，上校的一只手和一只脚都已被齐齐地钳了下来。

天亮时，2 号基地的清剿工作已全部完成。站在大水池边，菲利克斯看到，在黎明惨白的天光下，水面上浮满了鱼人的尸体，士兵正用铁钩子把那些人身鱼尾的躯体钩起来，装入黑色的尸袋中。

两个士兵用担架抬着他们的师长走了过来，上校的断手和断脚上缠着大团的纱布，血从中渗了出来。由于过量使用止痛吗啡，他看上去神情恍惚。

菲利克斯握着克罗德唯一的一只手说:“上校,这是一次成功的行动,我将向国防部申请,给予你们最高的奖赏。”

上校醉酒一样怪笑着说:“完了,将军,我的师完了。”

“上校,怎么能这样说呢?整个行动中只有一名士兵阵亡,受伤的也不多。”

“不,将军,82 空降师已全军覆没。”克罗德说,用那只断臂向菲利克斯敬了个礼。

看着远去的担架,菲利克斯的心沉了下来,他知道克罗德说得对,在未来的日子里,参加过这次行动的所有士兵都需要接受长期的精神治疗,他们再也不适合在军队待了,这只精锐部队在相当长的时间内可能只有其番号还存在,它要真正恢复,需要等到 3 号基地中那些孩子们长到适合参军的年龄。

在清理战场完成后,菲利克斯得知有极少数组合体漏网了,他预感到后面的事情将有些麻烦,但没有料到结果会是这样可怕。

漏网组合体的第一个案例就是奥拉博士女儿的死。那显然是一个很聪明的蛇人,它不知从什么地方得知了黛丽丝的电话号码,并到高速公路边的电话亭去给她打了电话,约她来那里。它显然没有想加害于她,只是认为作为奥拉的女儿,黛丽丝一定比别人更能接受它。同时因为她是记者,可以更方便地把蛇人告诉她的事公布于众。但它不知道,黛丽丝从未被允许接近过父亲的工作,以前更没有见过任何组合体。于是,那天,在那个处于旷野的电话亭旁,黛丽丝第一眼看到那个蛇人,就被吓死了。这个蛇人是如何漏网的,有多种猜测:它可能是在那晚的混战中,穿过防线的缝隙逃到了山上，或是穿过国民警卫队稀疏的防线逃走的。

现在，奥拉和菲利克斯站在这个小镇里，看着那个黑色的尸袋被搬上直升机。

“博士，是你害死了自己的女儿。”菲利克斯说。

奥拉的双眼茫然地看着无限远处，喃喃地说：“我常常把各种小动物的组合体作为礼物送给她，像长着翅膀的小白鼠、长着兔耳的小猫等等，她都是很喜欢的，我以为她并不害怕组合体。”

“博士，在您的眼里，所有的生命都不过是一串长长的DNA链，没有太大的不同，就像在爱因斯坦眼里，世界只是由光和弯曲的空间组成的一样。但在普通人眼里不是这样，在我们眼里，长着翅膀的小白鼠和长着人头的蛇是有很大区别的！”

奥拉沉默了，在直升机螺旋桨激起的尘土中，他的双眼一眨不眨。

“蛇人是怎么会知道黛丽丝的电话号码？”菲利克斯突然问。

“它们是我创造的，我有权告诉它们我想告诉的。”

“您没有权利！那些组合体属于美国！还记得在波士顿那幢海边别墅中您对我说过的话吗？您违背了自己的诺言！”

“首先违背诺言的是美国政府，你我心里都清楚，你们根本不打算遵守百慕大协议。如果可能，你们会把‘创世’工程的技术秘密保守到底的。”

菲利克斯冷笑了一下：“博士，主要原因可能不在于此吧。你那个物种大同世界的理想早已是公开的秘密，为了它您可以背叛国家。”

“是国家背叛了自己的理想！我原以为，一个产生了林肯和杰弗逊这样的人的国家，对物种平等的思想至少是能够容忍的，可1

号基地的那场大火和 2 号基地的这场大屠杀告诉我，我错了。其实，当我看到有些南部城市的市政厅上还飘着南部联邦的旗帜时，我就应该想到这一点的。”

“可不同理想的合作双方完全能一起干出伟大的事业，比如在人类的航天历史上，科学家们和军方合作，前者是为了探索宇宙，后者是为了获得更有威力的武器，无论在美国和苏联，这两群人之间的矛盾常常出现，但他们的合作还是使人类飞出了地球，开创了航天时代……”

奥拉深深叹了口气：“是的，我们本来可以干成伟大的事业的，航程开始时我们都知道它是很凶险的，但没想到结果是这样。”

真正使整个“创世”计划成为一个爆炸性新闻的，是那些漏网的蜥蜴人组合体。它们是人和变色龙的组合体，其身体可以迅速变换色彩，与周围的环境融为一体，使人即使在光天化日之下也极难发现。这就使得它们在那天晚上轻而易举地穿过国民警卫队的防线，并且到达了最近的高速公路。它们从高速公路上的加油站爬上卡车，它们的身体立刻同车厢融为一体，仿佛是上面的一个凸起。它们就以这种方式沿高速公路旅行，进入了沿途的几个大城市。其中的几个组合体居然走了两千多公里路，到达纽约。那天，整个纽约市都处于一片恐慌之中，人们看到，在高大的自由女神像上，有好几条人首蜥蜴，它们有的爬在她的头顶上，有的挂在她高举的火炬上。这时它们的身体没有随环境变色，而是变成了醒目的黑色。

两天后的深夜，菲利克斯穿着便装，独自开着一辆小货车，从 3 号基地向奥拉博士家的方向驶去。在小货车的车厢中，有一个蜘蛛人。它那长着八条腿的球形的身体直径有1米多，球体上靠前的部分长着一个人头。

菲利克斯从驾驶座上对蜘蛛人说："是我把你从那场大屠杀中救出来的，更重要的是，我们有血缘关系，我们应该互相为对方尽自己的责任。"说这话时菲利克斯厌恶得想吐，但为了达到目的，他又不得不控制住自己。"你明白吗?"他问蜘蛛人。

"我只有一件不明白的事，"蜘蛛人用沙哑的嗓音问，"你为什么要杀奥拉？在2号基地，我看到你们两个是很好的朋友。"

"人类的事你不懂！"菲利克斯说，"这和个人感情没有关系，他是唯一一名知道'创世'工程全部内幕的军外人士，如果这内幕全部公之于众，军队将面临一场灾难，甚至可能在整个国家引发一场动乱。而奥拉具有强烈的反军队和反政府倾向，他参加'创世'工程有自己疯狂的目的，他一定会把这16年来发生的一切向新闻媒体全盘托出的！他是一个世界闻名的科学家，让他沉默的唯一办法就是干掉他。"

"可是，你们有那么多可怕的武器，那天晚上我都看到了，为什么还用我去杀奥拉?"

"我说过奥拉是一位世界名人，外面对他的死当然会很注意。如果他死在你手里，人们就会认为，是他创造的组合体对他怀有怨恨而杀死了他，这样事情就会平安地过去。"

蜘蛛人沉默了一会说："我会把事情办好的，你是先祖。"

奥拉的住宅离3号基地不远，坐落于一个幽静的小镇的外围，在深夜，这里更是寂静无声。货车停在距那幢二层小楼不远处，蜘蛛人从货舱中溜了出来，它那八条细腿移动得十分迅速，以致在黑暗中看不清楚，使得他那圆球状的身体仿佛是飘浮在地面上的一个幻影。它轻而易举地越过了住宅院子的栅栏，然后轻盈迅捷地飘过了草坪，无声地攀上了小楼的二层阳台，来到阳台上的落地窗前。菲利克斯听到了轻微的玻璃破碎声，接着看到落地窗打开了，蜘蛛人的身影消失在窗内的黑暗中。

菲利克斯摇下车窗，竖起耳朵捕捉着从打开的落地窗中传出的声音，但那边除了寂静什么都没有。突然，他看到小楼上层的灯亮了，同时他的手机响了起来，是蜘蛛人打来的电话。

“先祖，我已经把事情办完，您要不要来看看？”

菲利克斯说：“你等着，我就来。”说完下了车，四下看看，然后朝住宅走去。围住院子的栅栏的门关着，他只好从门上翻了进去。当走上前门的台阶时，他掏出手枪，谨慎地接近那扇门。他在门前停了一会，侧耳听听里面的动静，然后试着拉门，门一下被拉开了。他平端着枪，慢慢地向黑暗中走去，并伸出左手去寻找电灯开关。但这时，他感到有什么东西粘到了脸上，他伸出左手去拂那东西，手刚抬到半空，也被粘住了，握枪的右手本能地抬起来，也被粘在什么东西上。他用力挥动着两臂，但又被拉回了原位，好像两手都被橡皮筋捆住一样。

灯亮了，菲利克斯恐惧地发现，整个客厅中布满了粗粗的蛛丝，它们有小指粗细，密密地从客厅纵横交错地穿过。它们都呈半透明状，在灯光下，表面有一层变幻不定的霓彩光膜。而在客厅的门口，有一张完整的蛛网，菲利克斯就粘在这蛛网上。他拼命挣扎，但只会使更多的蛛丝粘到身上。有两条蛛丝粘到他的脸上，其中一条粘住了他的一只眼睛，另一条则粘住了他的嘴。这种蛛丝的粘力十分强大，菲利克斯感到好像有无数个小吸盘死死地吸住脸上的皮肤。他再次挣扎，但感到一阵剧痛，粘在脸上的蛛丝险些把皮肤扯下来。

粘在身上的几条蛛丝同时收紧，他两脚离了地，被蛛丝悬在半空中，手枪掉在地上。菲利克斯看到那个蜘蛛人正用八条腿搭在几根蛛丝上稳稳地悬在客厅正中，得意地看着他在蛛网中挣扎。

蜘蛛人说："我不杀奥拉，他说蜘蛛和人是平等的，一天前我就把这事通知了他，他已经跑了，你抓不到他了，哈哈！"

菲利克斯被粘住的嘴只能发出唔唔声。

"我要杀你，那天夜里是你杀了所有的组合体。像这样你很快就会死的，会死得很难看，哈哈……"蜘蛛人大笑起来。

他知道蜘蛛人的预言是对的，那些粘住他的蛛丝并不是静止的，在蜘蛛人八条细长的腿的操纵下，蛛丝有的拉伸有的收缩，把他的身体像绳子似的扭了起来，这使他窒息。蜘蛛人那八条腿还在不停地动作，使蛛网向不同的方向扭曲他，像是以蛛丝做琴弦，弹奏一首死亡的乐曲。菲利克斯感到自己的脊椎骨在极度的扭曲中快要折断了，他感到死神正向他招手。

这时他听到了一声枪响，他的脸正好冲着蜘蛛人的方向，他看到蜘蛛人的人头上出现了一个弹洞；紧接着急促的枪声连续响起，黑色的血像一股股小喷泉从蜘蛛人那圆形的身体中喷出来，它在蛛网上挣扎了几下就倒挂在那儿不动了，那个人头垂下去，血淅淅沥沥地滴到地板上。

由于没有了蜘蛛人的操纵，蛛网松了下来，菲利克斯的身体转到了能够呼吸的姿势。他转头一看，看到凯西站在门口，手中握着他那支现在已打完子弹的手枪，射击的烟雾还在她周围缭绕，她小心地不接触前面的蛛丝。

"请等一下，我去车库中拿一个工具来。"

凯西说完离去，很快回来了，手中提着一把电锯。她在门边的一个电源插口上插上电锯的电源，然后启动了它，小心地切割着菲利克斯周围的蛛丝。当蛛丝被切得只剩下两根时，菲利克斯扑通一声掉到地板上。受那两根蛛丝的拉动，客厅中整个蛛网一起波动起来，倒挂在网上的蜘蛛人的尸体也随着上下起伏，像是又活了。

“这真是我见过的最奇妙的东西了！”凯西看着电锯上缠成一团的蛛丝说，“这是材料科学的革命！”

菲利克斯忍着剧痛，好不容易才扯下粘在脸上的那两根蛛丝，凯西看到，他的脸上被蛛丝粘过的地方出现了两道血痕。他瘫倒在地，喘着粗气，像是一个刚被从水中救起的人。

“奥拉昨天早晨就走了，”凯西冷冷地说，“他有私人飞机，现在说不定已到桑比亚了。”

“桑比亚？！”菲利克斯浑身一震，抬头盯着凯西。

“将军，我们还是到一个舒服一些的地方谈吧。”凯西望着满屋的蛛丝说。

菲利克斯艰难站起来，跟着凯西沿门厅走去，拐了一个弯后进入了一间较小的房间。凯西打开灯，菲利克斯欣慰地看到这里没有蛛丝。凯西拿出了一瓶威士忌，给菲利克斯倒了一杯，菲利克斯没接那杯酒，而是拿过瓶子对着嘴灌了起来。

“将军，这就是结局？”凯西仍用那种冷冷的语气说。

菲利克斯无力地跌坐在沙发上，叹了口气：“没想到 2 号基地有那么多漏网的。”

“哼，将军，您根本想象不到有多少漏网的，情况比您想象的要可怕 10 倍！”

菲利克斯抬头看看凯西：“你刚才提到了桑比亚？”

“我们还是从 2 号基地谈起吧。”凯西说，“将军，还记得我向您提出过的那个疑问吗?”

菲利克斯茫然地摇摇头。

“我不止一次提醒过您,在2号和3号基地的组合体之间跨度太大。2号基地中大部分的组合仍是人和异种基因参半的,少数人类基因比例较高的,也没有超过70%。奥拉不可能一下子完成那么大的跨越,产生出3号基地那些人类基因占95%以上的组合体,这中间一定有一个过渡。”

“这又意味着什么呢?”菲利克斯仍然很茫然。

“将军,您当初真不该介入‘创世’工程,在这方面您是个白痴,落到这一步毫不奇怪。”凯西气急败坏地说,把自己手中的那杯酒一饮而尽。

“你是说,在2号基地和3号基地之间,还有一批我们不知道的组合体?!”

“正是这样!”凯西点点头,“事实上它们是2号基地所产生的组合体中的一部分,但是是最成功的一部分,在这部分组合体中人类基因比例也较高,占到80%到90%。”

“你是怎么知道这些的?”菲利克斯怀疑地问。

“我也是刚刚知道,否则早就告诉你了。我在基地的中心计算机中设置了一个秘密的备份程序,把大部分信息都用压缩方式备份下来。但是因为我被从核心研究机构排挤出去,所以一直接触不到已备份的信息。奥拉昨天走了以后我才能进入中心计算机并看了备份的信息,其中绝大部分的信息同它们的正本一样都被删除了,从剩下的信息中我得知了这些情况。”

“你说的那一批组合体数目有多少?”菲利克斯问。

“3万。”凯西说。

“什么?!”菲利克斯大惊失色地从沙发上跳起来。

“是的,有 3 万个,也就是说,在这次最后行动中,你们只消灭了 2 号基地产生的所有组合体的四分之一。”

“这是不可能的,博士,你在说梦话!”菲利克斯笑着摇摇头,“2 号基地一直处于我们的严密监视之中,不可能有额外的 3 万名组合体在那儿成长起来而不被察觉。”

“不错。但将军,那 3 万名组合体成长的地点不是 2 号基地,而是桑比亚的丛林。”

望着再次大惊失色的菲利克斯,凯西接着说:“早在十多年前,奥拉就把这批胚胎细胞偷运到了桑比亚,这并不是一件很困难的事情,这 3 万个胚胎细胞,加上存放它们的超低温容器,一个人就能拿得动。那时,桑比亚刚刚发生政变。”

“但,博士,这么多的胚胎细胞要成长起来,需要庞大而复杂的人造子宫系统,桑比亚显然没有这样的设施。”

“他们有人的子宫,桑比亚并不缺少健壮的育龄妇女。”

菲利克斯点点头:“看来这是一个很大的行动。”

“而且这些年您对此一无所知!”凯西讥笑着说,“但您总听说过一个名叫‘物种共产主义’的组织吧?”菲利克斯又点点头,凯西接着说:“这是一个严密的国际组织,他们的纲领就是奥拉那个荒唐的梦想:让地球上的所有物种在人权和法律的意义上同人类平等,建立所谓的物种共产主义地球。奥拉是他们的主要领导人之一。这个组织中聚集了大批最有才华的科学家,他们中许多人在生物学革命中暴富,是财力雄厚的亿万富翁,他们都是像奥拉那样的狂热的理想主义杂种。桑比亚的计划,就是以这个组织的人力物力为基础,在桑比亚政府的支持下进行的。他们的医生把那些胚胎细胞植入桑比亚妇女子宫中，通过正常分娩生出它们。那个组织中的很多志愿者作为代理的父亲和母亲哺育这些婴儿，并使它们长大后受到一流的教育。”

“那都是些什么类型的组合体?”菲利克斯问。

凯西摇摇头:“不知道，从计算机中残存的信息找不到这些组合体更详细的资料，但有一点可以肯定，它们比 2 号基地中的其他组合体看上去更像人，而它们的意识和智力也同人更接近，这是一支令人生畏的力量。”

“桑比亚……”菲利克斯沉吟道。

“是的，将军，桑比亚军政府已心甘情愿地把自己的国土作为物种共产主义的基地，事实上，他们在这十多年的全面封锁中没有垮掉，完全是由于这个组织的支持。比如他们提供给桑比亚的超级种子，产量 10 倍于世界其他地区;当然还有其他方面的支持。而那个军政府有更大的野心，他们想借助基因技术改造桑比亚人种，使这个民族在世界崛起，这就引出了一个更大的危险……”

“什么?”菲利克斯不安地问。

“从计算机中残存的信息可以知道，物种共产主义者们正在桑比亚建造一个‘淘金者’系统，同我们 3 号基地中的这套完全一样。”

菲利克斯浑身一震，手中的酒瓶掉到地毯上，没有摔碎，酒从瓶口流了出来。菲利克斯蹲下去拾起酒瓶，呆呆地看着它，喃喃自语说:“该怎么办……”

“什么?!”凯西勃然大怒，“您，一个世界上最强大的国家的四星将军，却问一个女人怎么办?!”

菲利克斯又猛灌了几口酒，然后把它放到桌子上，顺手拿起了自己的那支已没有子弹的手枪，插进了腋下的枪套里，转身向外走去，拉开门时停了一下，头也不回地对凯西说：

“博士，我要去把总统从床上叫起来。”

5

桑比亚之战

“林肯”号航空母舰战斗群到达非洲沿海已20多天，除“林肯”号舰母外，战斗群还包括一艘贝尔纳普级巡洋舰、两艘斯普鲁恩斯级驱逐舰、一艘孔兹级驱逐舰、两艘诺克斯级护卫舰、两艘佩里级护卫舰、一艘威奇塔级补给舰，还有三艘看不见的“肛鱼”级攻击潜艇。这支舰队以“林肯”号为核心展开在海上，如同大西洋上一盘摆放整齐的棋局。

对桑比亚的“外科手术”也已持续了20多天，每天有上千架次的飞机的狂轰滥炸，从“雄猫”F14上的激光智能炸弹攻击到从阿森松岛飞来的B52的地毯式轰炸，还有巡洋舰和驱逐舰上大口径舰炮日夜不停的轰击，这个国家实在剩不下什么了。他们那拥有二十几架老式米格机的空军和装备几艘俄制巡逻艇的海军，在20天前就被首批发射的战斧巡航导弹在几分钟内毁灭，而桑比亚陆军的二百多辆老式坦克和一百多辆装甲车也在随后的两三天内被来自空中的打击消灭干净。随后，攻击转向了桑比亚境内所有的车辆、道路和桥梁，而摧毁这些也用不了多长时间。现在，桑比亚国已没有一辆能动的汽车和一条能通行的道路了，他们已被打回到石器时代。

战斗群司令官菲利克斯上将突然从踱步中站住，看着“林肯”号舰长布莱尔少将，同十多年前一样，菲利克斯仍然身材颀长，但那学者风度中多了一分忧郁;而舰长正是他的反面:粗壮强悍,是一个老水兵的标本。

“我还是认为舰队离海岸太近了。”菲利克斯说。

“这样我们可以向桑比亚人更有力地显示自己的存在。我不明白您担心什么,”舰长挥着雪茄说,“桑比亚军队现在拥有的射程最远的武器可能就是55毫米的迫击炮了,如果有,它也只能藏在地窖里,拉出来十分钟内就会被摧毁。”

舰队,特别是“林肯”号确实能显示其存在。它是尼米兹级航母的第5艘,于1989年开始服役。排水量9万多吨,全长332米,有20层楼高,舰载两个战斗机中队,4个攻击机中队,还有4个电子战和反潜中队,共一百多架高性能战机;舰上人员近6000人,这是一座能带来死亡的海上钢铁城市。

菲利克斯又接着踱起步来:“三十多年前的那一天我记得很清楚,我和几名陆战队员一起守在西贡大使馆的楼顶,直升机正在运走最后一批人。文进勇将军指挥的北越军队离那儿只有几百米了,而美国在越南的势力范围,只剩大使馆楼顶这几十平方米了。一颗炮弹飞来,一名陆战队员被齐肩炸成两半,我还记得他的名字,他是最后一个死于越南的美国军人……那一时刻铭心刻骨,想起它,总使我感觉到,战争中的弱小民族有一种我们意识不到的很神秘的东西。”

“我也参加过越战,但没感觉到这种东西;以后在中东沙漠上,伊拉克有200万军队,几千辆坦克,我同样没感觉到这种东西;现在,桑比亚已没有一门能暴露在外的迫击炮,我更不认为他们还有什么令我们恐惧的神秘的东西。我为我们的士兵感到遗憾,他们本以为,这次到非洲是一次充满荣誉和浪漫的远征,而敌手竟是这样贫穷，这样不堪一击。您认为美国军队在精神上正在衰落，我同意，但对其原因我与您的看法不同：美国军队缺少自己的英雄偶像，20世纪后期的几场战争，如海湾和科索沃战争，都没有造就出像巴顿、麦克阿瑟、艾森豪威尔这样的英雄，因为敌手太弱了，这次也一样！”

在被任命为远征桑比亚的“非洲惊雷”行动的总司令后，菲利克斯曾同自己的参谋部详细地研究了此次作战行动的每个细节。这次行动将出动两个航母战斗群，这对于本来就很弱小，又经十年封锁后奄奄一息的桑比亚是绰绰有余了。

但菲利克斯一直在担忧着一个潜在的危险，这就是奥拉带到桑比亚的那3万个组合体。

他多次召集凯西和3号基地的其他科学家们，分析那些组合体都是什么类型。在全面回顾了2号基地的研究过程后，科学家们告诉菲利克斯，那一阶段的研究中最成功的组合体是人与冷血动物的基因组合，特别是人与海洋动物的基因组合，基于这一点，还参考2号基地留下的研究资料，他们一致肯定，奥拉带到桑比亚的是人鱼组合体。

虽然有确切证据，菲利克斯还是表示怀疑：“我不相信桑比亚的黑人妇女能孕育和生下这样的怪物。”

“将军，完全不是您想象的那样！”凯西说，“这些组合体，同您在2号基地中的大水池里看到的鱼人完全不同，它们人类基因的比例高得多，所以从外表看更像人，甚至，您如果不仔细看，它们同正常人没什么两样，只有一些细微的不同，比如它们的手脚是蹼状，耳后可能有鳃孔等。但海中更适合它们生存，在海里它们会像鲨鱼一样凶猛。”

后来，菲利克斯从电视上得到了一个重要信息，那是桑比亚总统鲁卡为回应西方的威胁发表的一次电视讲话，这位前桑比亚陆军元帅说：

“……我借用丘吉尔的一句话：我们要在陆地上战斗，我们要在空中战斗，我们要在海滩上战斗，我们决不投降！这里我要特别强调的是：我们还将在海上战斗，我们要让入侵之敌葬身大海！”

话音未落，一群同菲利克斯一起看电视的参谋军官大笑起来：“当年萨达姆还对伊拉克人说，要把布什抓到巴格达游街呢！”

但菲利克斯从这讲话中进一步证实了科学家们的说法：桑比亚要用鱼人组成的军队在海上同美国舰队作战。

菲利克斯忧心忡忡地召集两个航母战斗群的舰长们研究对策，他把注意力放到两艘航空母舰上，这是桑比亚人理所当然的优先目标。显而易见，鱼人对舰队的攻击方式只可能有一种：在舰底安放爆炸物。

“您过虑了，将军。”“林肯”号舰长布莱尔对菲利克斯的担忧付之一笑，“这种攻击方式根本不是什么新发明，二次大战，在挪威沿海，英国人就曾企图用这种方式炸沉德国战列舰‘提尔皮兹’号；后来珍珠港事件中的日本人，福克兰群岛战争中的阿根廷人，都曾采用过这种战术，阿根廷人就派蛙人潜入意大利港口，企图在港中的英国军舰的舰底安放水雷；在冷战时期，北约和华约的海军研究机构都探索用经过训练的海豚干这种事。但这种战术在实际作战中从来没有成功过。”

“但我们面对的不是蛙人，是经过基因优化的鱼人！”菲利克斯说。

“一样，将军，它们同样是用小小的血肉之躯对付庞大的钢铁巨舰。我很快会给您一个满意的答复的。”

布莱尔舰长的答复果然给了菲利克斯不小的安慰。一个星期后，他在海上为菲利克斯演示了刚刚装备的防卫系统。当时用一群虎鲨作为鱼人的替代物和假设敌，在“林肯”号的舰底挂了一个装满血腥物的铁笼子以吸引虎鲨前来。当那群虎鲨游近时，布莱尔指给菲利克斯看一个大屏幕，上面清楚地显示出虎鲨的航迹、航向和数量。

“我们在舰底安装了一套监视系统，这套系统除了声呐外，还有高穿透力的水下激光摄影设备，这套系统十分灵敏，也很庞大复杂，以至于它影响了‘林肯’号的航速。”

接着，布莱尔带领菲利克斯来到甲板上，菲利克斯突然感到了从海下传来的震动，那震动十分强烈，好像是从自己的身体内发出的，使他感到一阵恶心，耳朵嗡嗡直响。接着，他看到海面上鼓起了几个大水泡。

“这是一种特殊的深水炸弹，它在水下产生的震波比常规的炸弹强烈几十倍，您知道，震波在水中的杀伤力比在空气中大100倍，没有什么海中生物能经受这种震波。”

菲利克斯看到那些虎鲨一条接一条地浮上水面，从它们嘴里流出的鲜血染红了一大片海水。捞上来的虎鲨尸体经解剖后发现，它们的内脏都被震碎了。

“所有舰只都装备了足够数量的这种深水炸弹，同时还装备了水下次声波射机，杀伤力也很大，可不间断发射。还有一个最后的防护措施……”

布莱尔又带着菲利克斯回到控制舱，让他看一个屏幕上显示的水下舰底的模糊图像，一名少尉按动了一个开关，刚才昏暗的舰底立刻出现了一层红色的光晕。

“这是我们用一种放电装置在舰底的海水中产生的一个高压电场，任何靠近舰体 50 米以内的生物会立即被击毙。”

菲利克斯从望远镜中看到，在“林肯”号翻着白沫的航迹上，不断有死鱼浮出。

但战争进行到现在，丝毫没有那些神秘的组合体的踪影。物种共产主义者们在桑比亚建成的基因工程基地，包括基地中那建了一半的“淘金者”系统，都在来自海上和空中的精确打击中化为灰烬。

“也许那些鱼人战士一到大海就溜得无影无踪了。”布莱尔半开玩笑地说，菲利克斯认为这并非不可能，因为大部分组合体是不喜欢它们的创造者的，很难想象它们会为之而战。

这时，一名参谋递给菲利克斯一份电报，他看后喜上眉梢，这是战争爆发后他第一次露出笑容。

“看来这一切都快结束了，桑比亚政府已接受了最后一个条件，他们将很快交出仍在桑比亚境内的物种共产主义组织的几名主要领导人。”菲利克斯把电报递给布莱尔。

布莱尔看都没看就把电报扔到海图桌上：“我说过这是一场乏味的战争。”

从两位将军所在的航母指挥塔上舰长室的宽大玻璃窗看到，一架陆战队的直升机从海岸方向飞来，降落到“林肯”号的甲板上，物种共产主义的那几个领导人从直升机上走下来，并在周围陆战队员的枪口下向指挥塔走来。奥拉走在最前面，特别引人注目，因为他穿着桑比亚的民族服装，那实际上只是一块裹在身上的大灰布，而他那已变得骨瘦如柴的身躯似乎连那块布的重量都经不起，像一根老树枝似的被压弯了。

过了一会儿，这一行人走进指挥塔，进入舰长室，除了奥拉博士外，其他人都不由四下打量起来。如果只看四周，这里仿佛就是一间豪华庄园的客厅，有着猩红色的地毯，华丽的镶木四壁上刻着浮雕，挂着反映舰长趣味的大幅现代派油画。但抬头一看，就会发现天花板是由错综复杂的管道组成的，这同周围形成了奇特的对比。高大的落地窗外，舰载飞机在不间断地呼啸着起降。

奥拉博士没有抬头，向菲利克斯所在的方向微微弯了一下腰："多日不见，将军，您可还好？"

菲利克斯点点头："你可以看到我很好，我终于又回到军人该干的事上来了。倒是你状态有些不佳，分别不过半年，你好像老了20岁。"

奥拉又微微弯了一下腰："这半年事太多，将军。"

"是训练鱼人部队吗？"布莱尔舰长带着讥讽的笑问。

奥拉叹了口气，没有说话。

菲利克斯说："博士，我问一个问题，纯粹是出于好奇，记得16年前在波士顿那个靠海的别墅中，您向我做的关于美国的表白吗？我想知道那是不是真的。"

"当然是真的。但当两个基地的大屠杀发生后，我发现美国并不会认同我的最终理想。还有后来桑比亚的事，我不得不站到祖国一边。我走到这一步，不过是按照百慕大协议精神，把'创世'工程的成果让全世界共享，我们没有罪。"

"你们给桑比亚带来了灾难。"

"不管这灾难是谁带来的，将军，鲁卡国王都殷切希望它快些结束。为表达这个和平的心愿，国王除了把我们这些人交给贵军，还给将军带来了一件小小的礼物。”

奥拉说完，从后面的一个人手中拿过了一个鸟笼大小的木笼子，奥拉把笼子放到地毯上，轻轻打开笼门，一个雪白的小动物跑了出来，舰长室中的所有军人发出了一阵惊叹声。那是一匹小马！它只有小猫大小，但在地毯上奔跑起来矫健灵活，雪白的鬃毛在飘荡，明亮有神的眼睛惊奇地看着这个世界，然后发出了一声清脆悠扬的嘶鸣。更神奇的是，小马居然长着一对雪白的翅膀！他们仿佛看到了从童话中跑出来的精灵！

“啊，太美了！我想这是你的基因工程的杰作吧？”菲利克斯惊喜地问。

奥拉又微微躬了一下身回答：“这是马和鸽子的基因组合体。”

“是你们在桑比亚建造的那套‘淘金者’系统的产物？”

奥拉苦笑着摇摇头：“当然不是，将军，那套系统建到一半就被完全炸毁了，现在它们最大的碎片也不比这匹小马的翅膀大。它是在实验室中纯粹用手工做出来的。”

“它能飞吗？”

“不能，它的翅膀没那么大力量。”

菲利克斯说：“我代表贝纳感谢你，博士。哦，贝纳是我的孙女，你见过她的，我想她为这礼物一定会高兴得发狂的！”

“祝她幸福美丽，将军，也请她知道，这美丽的小马来自一个苦难深重的国度，这个国度的孩子也同她一样有着美丽的梦，但他们现在正在被烧死和饿死。”奥拉说，他的声调一直是缓慢和谦恭的。

“对桑比亚目前面临的一切我本人深表同情，但这些灾难是你们自找的。”

“但将军，贵军的战略目标已经达到，桑比亚的军事和工业系统都已被完全摧毁，物种共产主义的基地也被消灭，我们这些你们眼中的基因恐怖分子也将去美国接受审判，我们保证积极配合。你们要求的一切都得到了，现在只请你们答应早已许下的诺言，停止轰炸吧。”

菲利克斯冷冷地说：“轰炸会停止的，但不是现在。”

奥拉浑身一震，但仍没有抬起头来。

“博士，”菲利克斯说，“我和布莱尔舰长都不是政治家和外交家，我们只着眼于战争的目标，现在的桑比亚，仍然有值得攻击的目标！”

布莱尔舰长做了个手势，让奥拉跟他到窗前，他指着远方依稀可见的海岸说：“博士，你看那片沿海的丛林，里面能藏下几万军队。”

奥拉突然失态地大喊起来：“你们不能轰炸那些丛林！现在是旱季，会引发丛林大火，那样桑比亚已经奄奄一息的生态环境就全完了！你们也知道，那些丛林中根本没有路，即使藏有少量军队，也不可能有任何重武器……”

菲利克斯大笑起来：“博士，你认为你现在还有资格命令我们该干什么和不该干什么？”

“您违背诺言，将军！”

“我说过我们不是政治家和外交家，诺言让他们去遵守吧。”

令菲利克斯惊奇的是，奥拉很快平静下来，疲惫地说：“将军，在这十多年的交往中，我第一次感到我们没什么可谈的了。”

当奥拉随押解的陆战队员走到舰长室门口时，他突然转过身来，美国人发现他的腰并不驼，现在他站得笔直，他们第一次看到了他的眼睛，那双眼睛眼窝很深，双目完全隐没于黑影中，自那仿佛深不见底的黑潭中，射出两道冷光，令美国人打了个寒战。

"离开桑比亚。"奥拉说。

"你说什么，博士?"布莱尔舰长问。

奥拉没有理会，转身迈着大步走出去。

"他说什么?"布莱尔又转身问其他人。

"他让我们离开桑比亚。"菲利克斯说，双眼沉思地盯着奥拉离去的方向。

"他……哈……他真幽默!"布莱尔说。

奥拉博士一行走后，菲利克斯同他的一群参谋开始策划"非洲惊雷"行动的最后阶段:轰炸桑比亚的丛林地带。

菲利克斯把厚厚的一沓作战方案扔到地图桌上，对参谋们说:"你们在把事情复杂化，对丛林地带实施精确打击没有意义，而进行常规的面积轰炸规模又太大，用燃烧弹是效率最高的方法……鲍曼中校，你去找什么?"

那位正要到电脑前的中校参谋转过身来说:"将军，我想查今天的气象预报，主要是风向，这对燃烧弹轰炸是很重要的。"

布莱尔舰长说:"这个地区的热带气候，局部风向变幻不定。其实解决方法很简单:在目标区域用燃烧弹投两条对角线，成X形，这样任何风向都无所谓了。这是二战时美国空军轰炸东京时创造的战术，你们这些书呆子，不会有这种灵感了。"

然后，菲利克斯没有太多的事可做了。将军入神地欣赏着那匹小马，它正站在宽大的海图桌上，津津有味地吃着勤务兵刚送来的卷心菜。将军遗憾地想到奥拉博士，这绝美的活的艺术品的创造者，说不定落得20世纪50年代那两个出卖核秘密的间谍的那样的命运，坐上电椅了。

参谋们也松懈了下来，三三两两地闲聊着，这些年轻的校级军官们都在为这场战争的索然无味而摇头苦笑。

夜深了，睡前，菲利克斯来到外面的舰桥上，一股非洲的热风吹到脸上，风中夹着烟味。远方的陆地笼罩在一片红光之中，那是桑比亚的丛林在燃烧；火光映红了半边夜空，并在海水中反射，构成了一个虚假的黎明。

当菲利克斯被铃声叫醒时，天已破晓。

“请快过来，将军，有些不对劲儿。”布莱尔在电话中说。

在作战室中，布莱尔和参谋军官们神情紧张：“将军，您看！桑比亚残余的部队已走出丛林，正在海岸附近快速集结。”

“有多大规模？”菲利克斯问，他不明白这个情况为什么让他们紧张。

“大约有两个陆军师，3万人左右。集结地在这个位置。”布莱尔舰长用光笔在全息作战地图上画了几个圈。

“这是桑比亚陆军的残余，他们在起火的丛林中躲不下去了，这只是一堆没有抵抗力的乌合之众。”菲利克斯说，同一位海军将领讨论陆战，他总是不由自主地带着一种轻蔑。

但看到作战图上的态势后，他也迷茫起来：“这是干什么？他们为什么不躲到丛林那边的内陆山区去？在距海岸这么近的平原地域以这么密集的方式集结，不算空中打击，他们也在舰炮的射程内，这不是自杀吗？”

当菲利克斯看过敌情通报后，又发现了更不可思议的事：“他们靠什么集结?!他们所有的机动车辆都被摧毁了，桑比亚没有一条公路和铁路可以通行，没有车辆的步兵是不可能以如此速度集结的!”

菲利克斯盯着舰长看了几秒钟，起身抓起一个望远镜，走到海岸方向的窗前，向岸上望去。桑比亚的丛林远在内陆，望远镜中出现的是从海岸伸延出去的广阔的平原。燃烧的丛林升起的烟雾如同平原后面一张巨大的黑灰色幕布。将军看到平原的地平线上有几个黑点，这些黑点渐渐变成了一条条黑线，很快，这些黑线连接起来，给地平线镶上了一道黑边，桑比亚的军队出现了。菲利克斯久经战阵的眼睛立刻看出了这绝不是从丛林大火中仓皇逃出的散兵。他们队形整齐地推进着，很快，不用望远镜，也能看到桑比亚军队像黑色的地毯一样渐渐覆盖了平原。菲利克斯再次举起望远镜，他看到阵线在加快速度，很快整个方阵都飞奔起来，士兵们高举着冲锋枪怒吼着，像潮水一样扑向大海，更让菲利克斯吃惊的是，那些士兵们似乎有许多不是黑人……

“桑比亚人要投海自杀?!”舰队所有目睹这一壮观景象的人都迷惑不解。在“林肯”号上，菲利克斯首先发现了什么，脸一下变得煞白，他扔下望远镜，声嘶力竭地大叫起来。

“舰炮射击！所有攻击机起飞！快!!”

战斗警报尖厉地响起，但一切已经晚了。已到海边的步兵阵线中突然出现了一大片白色的东西，那无数的白色急剧抖动着，激起了高高的尘埃，舰队的人们无法相信自己的眼睛。

所有的桑比亚士兵都长着一对白色的翅膀，这是几万名会飞的人!

在一片尘埃之上，飞人群升到空中，飞行的阵线黑压压一片，遮住了初升的太阳，这空中军队越海向舰队扑来。

这时，舰队的“宙斯盾”作战系统已对来袭的飞人群做出了反应，首批舰对空导弹从“林肯”号周围的巡洋舰射向飞人，约50条白色的烟迹扎入了飞人群。这首批导弹都击中了目标，清脆的爆炸声从空中传来，飞人群中在一阵闪光后出现了一团团黑烟，被击中的飞人血肉横飞，翅膀的白色羽毛如一片片硕大的雪花从天空飘落。航母上观战的人们发出一阵欢呼声，但凭理智仔细观察攻击效果的菲利克斯将军和布莱尔舰长心凉了半截。一道简单但严酷的算术题摆在他们面前。

从现在的情况看，每枚舰空导弹在击中目标时，弹头爆炸的杀伤力可击落周围3到4个飞人。舰队的舰空导弹多为“海标枪”“海麻雀”和“标准”型，这些导弹的弹头是为击毁空中战机这样的目标而设计的，爆炸时只产生很少的高速弹片，因而面积杀伤力不大，而飞人群受到导弹攻击后正以很快的速度散开，所以，一枚舰空导弹很快只能击落一个飞人了。具有较强面积杀伤能力的舰对舰导弹和“战斧”巡航导弹对这种方向和距离的目标毫无用处。整个舰队携带的舰对空导弹约为2500枚，这比正常情况已超载一倍了。这样数量的导弹在“宙斯盾”系统的引导下足以对付一个大国的全部空军力量对舰队发动的攻击，这种攻击敌机可能有两千架左右。而现在，舰队面对着3万个飞人，每个飞人对舰只的攻击能力当然无法同战机相比，但要击落它，也要耗费一枚导弹。用航母上的战斗机对付飞人，道理也一样，况且战斗机可能来不及起飞。于是，两位将军，他们统率着这个星球上威力最大的舰队，现在不得不承认一个美国军人最不愿承认的现实。

对于飞人，高技术武器不再具有优势，质量代替不了数量。

"林肯"号的周围，舰空导弹一批接着一批地发射，导弹的尾迹在空中组成一团巨大的乱麻。舰队没有人欢呼了，现在即使普通士兵也解得开那道算术题，以往他们最引以为自豪的东西现在靠不上了。

当所有的舰空导弹全部用光后，只击落了不到三千个飞人，而现在从海岸方向向舰队冲来的有两万多个飞人，前排的飞人掠过了巡洋舰和驱逐舰，直向"林肯"号航母扑来，现在，桑比亚人的目标已很明显，是的，对飞人来说，没有比航空母舰更有吸引力的目标了。

现在，舰队只能依靠舰炮火力了，几乎所有的舰炮开始射击。事实证明，这最传统的武器对付飞人远比导弹强。打击飞人最为有效的武器是密集阵火炮系统，它原是用于击落1500米范围内突破舰队防空系统的漏网反舰导弹的，它由6管马克15型20毫米火炮组成，具有每分钟3000发的高射速。密集阵火炮的每一次扫射，都在空中划出一条死亡的曲线，都有一排飞人被它那密集的弹流击落。但密集阵火炮无法长时间连续射击，它的高射速和快初速使炮管很快老化，必须频繁地更换，加上数量有限，它们最终也无法对来袭的大批飞人形成有力的阻击。其他的大口径舰炮射速太慢，最要命的是，飞人的飞行轨迹是一条不断波动的正弦线，用舰炮对它们射击就像用步枪打蝴蝶一样，命中率很低。

现在，飞人开始对"林肯"号冲击了，飞人从各个高度接近航母，最高的飞人飞到上千米，最低的紧贴海面掠过，两万多个飞人使"林肯"号笼罩在一团死亡的阴云中，航母上的人听到从各个方向上传来的飞人的呼喊声，这些声音使他们的精神到了崩溃的边缘，抬头看着那密密麻麻的遮住阳光的飞人群在头顶盘旋，他们觉得身处噩梦之中。舰长室里，菲利克斯首先意识到了一个严酷的现实。

在高技术的梦幻中沉浸了几十年后，美国军人终于要同敌人面对面肉搏了。

意识到这点，菲利克斯反而冷静了许多，他拿起扩音器，沉着地发出命令："立刻向舰上人员分发所有轻武器，所有人在其岗位所在位置各自为战，重点防守塔岛、升降机口、弹药库、航空油库和核反应堆。这是舰长在说话，全舰人员，准备接敌近战！"

布莱尔舰长茫然地看着菲利克斯将军，好半天才理解了他这命令的含义。他默默地走到海图桌前，从一个抽屉里拿出自己的手枪，他看着枪，无言地沉思着。突然，他听到了一声悠扬的嘶鸣声，那是小飞马发出的。舰长抬枪对着小马射出三发子弹，那个美丽的小精灵倒在血泊中。

第一个飞人在"林肯"号的飞行甲板上着陆了，它那雪白的双翅轻盈地抖动，双脚接触甲板时没发出一点声音。这是希腊神话中才有的人物，这是神的化身，它来自远古的梦幻，如同一个美丽的幻影降落到人类这丑陋的钢铁世界中。航母上的水兵被它那惊人的美震慑了，很多人呆呆地看着，忘了开枪。但这个飞人战士还是很快被来自各个方向的弹雨击倒了，飞人倒在甲板上，双翅上雪白的羽毛被它自己的鲜血染红了。紧接着又有三个飞人着舰，其中一名幸存下来，躲到飞行甲板左舷的一个光学着舰引导装置后面同水兵对射起来。

又有几个飞人降落后，飞人战士们意识到这时着舰代价太大，就开始从空中向航母投掷手榴弹。美国人也尝到了被轰炸的滋味，当一大群飞人呼啸着从飞行甲板上空掠过后，手榴弹如冰雹般噼里啪啦地落下，然后在一片爆炸声中，那些仍停在甲板上的昂贵的F14"雄猫"和F18"大黄蜂"战机一架架被炸成碎片。

来自空中的手榴弹成功地遏制了航母上的轻武器火力，飞人的第二次强行降落取得了成功，很快有上百名飞人战士登上了“林肯”号，他们依托着左右舷的下陷结构和甲板上飞机的残骸同舰上水兵枪战，掩护更多的飞人着舰。

现在，令美国军人最尴尬的局面出现了：首先，他们在人员素质上处于劣势。经过基因优化，又在非洲丛林中成长的飞人是天生的战士，在这传统的近战中，它们骁勇熟练，所向无敌。而“林肯”号航母上的人员，除了为数不多的海军陆战队员外，其他人与其说是军人还不如说是工程师和技师，受过的陆战训练不多，在这残酷的近战中不是飞人战士的对手。最可怜的要数那些飞行员了，这些曾令对手闻风丧胆的空中杀手，美国军队的骄子，现在什么都不是了。布莱尔舰长从舰长室的窗中看到一名中校飞行员，缩在F14的座舱中，伸出手枪乱射一气，弹夹打光了还在不停扣扳机，直到一名脸上涂着红黑相间条纹的飞人爬上飞机，用一把非洲猎刀砍下他的脑袋为止……

更令美国人无法忍受的是，他们现在在武器上也处于劣势！他们的M16步枪在这样的近战中并不比桑比亚人的AK47冲锋枪好多少。最致命的是，舰上武器库中的步枪只有不到两千支！这样，舰上大部分人只能用手枪作战了。“林肯”号上的6000官兵不过是被堵在钢铁中的一堆肉而已。

在三个足球场大小的飞行甲板上，飞人仍在以很快的速度降落，现在，它们在舰上的人数已过千人。“林肯”号虽然在人数上仍占优势，但大部分人都被刚才飞人从空中的手榴弹轰炸堵在舰内，飞行甲板渐渐被飞人战士控制。现在，它们重点攻击的目标有两个：一个是飞机升降机口，这是进入舰体内最宽敞的通道；另一个是指挥塔岛，这是航母的神经中枢。

一群飞人从舰长室外掠过，可以听到手榴弹乒乒乓乓地砸在舱壁上，有一枚破窗而入，落到海图桌上。看着那个冒着青烟旋转的东西，菲利克斯将军仿佛走进了时间隧道，又回到了他的青年时代。那是在热带暴雨中的越南丛林中，他也看到一枚手榴弹在眼前冒着青烟旋转，甚至外形也同眼前这颗一样，是前华约国的制式武器，弹体和弹柄都是绿色的……对历史和现实的思考都凝缩在这生死的一瞬，将军出神地盯着那个东西，多亏一名参谋把他扑倒在地。

又过了十几分钟，着舰的飞人已超过两千，它们完全控制了飞行甲板。现在从外面看"林肯"号，已全是飞人战士的身影。AK47冲锋枪嘶哑粗放的射击声盖住了一切，M16步枪纤细的啪啪声只能零星听到。

突然，布莱尔舰长听到了一个声音，那是一声爆炸，从升降机方向传来。同到处响起的手榴弹爆炸声相比，它很沉闷，只是隐隐约约能听到。他的心沉到了底，作为一名经验丰富的军人他不会听错的，这是飞人在用塑性炸药炸开舰体内部的水密门，它们已进入了"林肯"号。布莱尔舰长也意识到了这点，他知道，现代巨型航空母舰的内部结构是极其复杂的，即使舰上人员，在没有地图的情况下也会迷路。但作为桑比亚老练的丛林猎人的飞人，这可能不是个太大的障碍。"林肯"号有三个致命处：弹药库、航空油库（存放着供舰上飞机使用的8000吨航空燃油）和为全舰提供动力的两座压水核反应堆，飞人战士找到这三样东西中的一样，"林肯"号就完了。同时，航母是一个极其复杂的系统，在内部随意的破坏也可能带来致命的后果。

那不祥的爆炸声又响了起来，一声比一声更沉闷，如同一只巨兽的脚步声，一步步向“林肯”号的深处走去……

现在，结局只是时间问题。

着舰的飞人已过三千，甲板上的战斗完全停止了，而指挥塔岛同全舰和外界的联系几乎中断，虽然塔岛还未完全失守，“林肯”号已失去了大脑。

在以后的一个多小时内，“林肯”号几乎沉静下来，只有舰体内的爆炸声能隐约听到，而且向不同的方向扩散。飞人像进入“林肯”号这只巨兽体内的无数只蚂蚁，正在吞食着它的内脏。同时，飞人加强了对塔岛的攻击，在从下面攻打的同时，它们从空中直接跳到塔岛的上层建筑上。

突然，“林肯”号微微震动了一下，布莱尔看到大团的白色蒸汽从舰体两侧升起，并听到一阵隆隆声，那是舰体下面海水沸腾的声音。舰长知道，飞人战士找到了“林肯”号三个致命处的一个：核反应堆。虽然反应堆在舰体的最下部，但它们的方位是最明确的。飞人已炸开了反应堆的保护层，布莱尔舰长可以想象，堆中的反应物质如火山岩浆般流了出来，但它比岩浆灼热许多倍，它流到航母的舰底，就如同把烧红的火炭放到硬纸板上一样，很快把舰底烧穿了。现在，“林肯”号就像已撞上冰山的“泰坦尼克”，命运已经确定。

又一阵冰雹般的手榴弹扔到舰长室周围，震耳欲聋的爆炸后，AK47 冲锋枪密集地在外面响了起来，好像是一阵突然暴发的狂笑。保卫舰长室的陆战队员们在舱门和窗口相继倒毙，一群飞人战士撞开门冲了进来，它们的翅膀合在身后，像是披着白色的斗篷。布莱尔伸手去拿放在海图上的手枪，立刻同几名年轻参谋一起被眼疾手快的飞人战士乱枪打死。菲利克斯将军手里握着枪，但没举起来，飞人战士盯着他肩上的四颗星，没有再开枪。他们就这样对峙着。

飞人们突然向两边分开，奥拉博士走了进来。他仍披着那块披布，同周围戎装的飞人战士形成鲜明对比。

菲利克斯不自然地笑了一下："这么说，博士，那 3 万个组合体是人和鸟类的了？"

奥拉点点头："人的基因占优势，大约为 90%。"

菲利克斯向四周看了看，发现这些飞人有一多半是白人，他问："你们为什么要为桑比亚战斗？"

"我们为正义而战。"一个白种飞人说，他英俊而健壮，像古希腊的雕塑。

"我们有血缘关系。"菲利克斯对他说。

"但你对以前的那些组合体羞于承认这点。"

"现在又怎么样呢？我承认你们看上去很高贵，但也很悲哀，不是吗，生活在这块贫穷野蛮的土地上……"

那名飞人同奥拉相视一笑，另一位黑色飞人说："不，将军，我们的生活比你美妙得多！我们能轻而易举地飞越高山和大海，蓝天和白云是我们散步的花园，我们可以去任何地方，甚至国境都挡不住我们。事实上我们都飞遍了世界，甚至到过美国。"

"还到过你住的地方，"一名白种飞人说，"因为我们有血缘关系。"

奥拉说："我发现，在基因组合中，人类基因 90%的比例可能优于更高的比例，人类的某种变形并不像人们想象的那么可怕。在'创世'工程产生了那么多的可怕的废品之后，我们终于找到了人类与其他物种基因的最优的基因组合，正如您所看到的，甚至在美学方面也完全可以接受。更重要的是，当人能够飞行后，对人类社会产生的影响，将是汽车的出现所产生影响的10倍甚至更多，它将深刻地改变世界的面貌，而更深刻改变的，是人类的精神。当然，我们还在寻找更优美的组合。”

一个飞人战士让菲利克斯放下武器。

菲利克斯仍紧握着手枪，用另一只手整理了一下军服，对奥拉说：“让他们开枪吧，黑鬼！”

奥拉博士抬起头来，菲利克斯又一次看到了他那深邃的双眼。

“将军，我们的血也是红的。”

奥拉博士说完，转身走了出去，同时用桑比亚语低声说了句什么，接着所有的飞人战士都转身走了，没有一个人再看菲利克斯一眼。

“林肯”号航空母舰直到黄昏时才完全沉没，当舰上的塔岛最后没入水中时，有人从望远镜中看到一位四星将军站在塔岛顶端巨大的雷达天线下，用迷惑的目光望着远方桑比亚古老的土地。

在那块土地上，飞人群正在夕阳中盘旋。

2000.5.17　于娘子关

附录一 | 从大海见一滴水

——对科幻小说中某些传统文学要素的反思

试想托尔斯泰在《战争与和平》中做出如下描述：

> 拿破仑率领六十万法军侵入俄罗斯，俄军且战且退，法军渐渐深入俄罗斯广阔的国土，最后占领了已成为一座空城的莫斯科。在长期等待求和不成后，拿破仑只得命令大军撤退。俄罗斯严酷的冬天到来了，撤退途中，法国人大批死于严寒和饥饿，拿破仑最后回到法国时，只带回不到三万法军。

事实上托翁在那部巨著中确实写过大量这类文字，但他把这些描写都从小说的正文中隔离出来，以一些完全独立的章节放在书中。无独有偶，一个世纪后的另一位战争作家赫尔曼·沃克，在他的巨著《战争风云》中，也把宏观记述二战历史进程的文字以类似于附记的独立章节成文，并冠以一个统一的题目：《全球滑铁卢》，如果单独拿出来，可以成为一本不错的二战历史普及读物。

两位相距百年的作家的这种做法，无非是想告诉读者：这些东西是历史，不是我作品的有机部分，不属于我的文学创造。

确实，主流文学不可能把对历史的宏观描写作为作品的主体，其描写的宏观度达到一定程度，小说便不成其为小说，而成为史书了。当然，存在着大量描写历史全景的小说，如中国的《李自成》和外国的《斯巴达克斯》，但这些作品都是以历史人物的细节描写为主体，以大量的细节反映历史的全貌。它们也不可能把对历史的宏观进程描写作为主体，那是历史学家干的事。

但科幻小说则不同，请看如下文字：

> 天狼星统帅仑破拿率领六十万艘星舰构成的庞大舰队远征太阳系。人类且战且退，在撤向外太空前带走了所有行星上的可用能源，并将太阳提前转化为不可能从中提取任何能量的红巨星。天狼远征军深入太阳系，最后占领了已成为一颗空星的地球。在长期等待求和不成后，仑破拿只得命令大军撤退。银河系第一批严酷的黑洞洪水期到来了，撤退途中，由于能源耗尽失去机动能力，星舰大批被漂浮的黑洞吞噬，仑破拿最后回到天狼星系时，舰队只剩下不到三万艘星舰。

这也是一段对历史的宏观描写，与上面不同的是，它同时还是小说，是作者的文学创造，因为这是作者创造的历史，仑破拿和他的星际舰队都来自他的想象世界。

这就是科幻文学相对于主流文学的主要差异。主流文学描写上帝已经创造的世界，科幻文学则像上帝一样创造世界再描写它。

由于以上这个区别，使我们必须从科幻文学的角度，对科幻小说中主流文学的某些要素进行反思。

一、细节

小说必须有细节，但在科幻文学中，细节的概念已发生了巨大的变化。有这样一篇名为《奇点焰火》的科幻小说，描写在一群超级意识那里，用大爆炸方式创造宇宙只是他们的一场焰火晚会，一个焰火就是一次创世大爆炸，进而诞生一个宇宙。当我们的宇宙诞生时，有这样的描写：

> “这颗好！这颗好！”当焰火在虚无中炸开时，主体1欢呼起来。
>
> “至少比刚才几颗好，”主体2懒洋洋地说，“暴胀后形成的物理规律分布均匀，从纯能中沉淀出的基本粒子成色也不错。”
>
> 焰火熄灭了，灰烬纷纷下落。
>
> “耐心点嘛，还有许多有趣的事呢！”主体1对又拿起一颗奇点焰火要点燃的主体2说，他把一架望远镜递给主体2，“你看灰里面，冷下来的物质形成许多有趣的微小低熵聚合。”
>
> “嗯，”主体2举着望远镜说，“他们能自我复制，还产生了微小的意识等等，他们中的一些居然推测出自己来自刚才那颗焰火，有趣……”

毫无疑问，以上的文字应该算作细节，描写两个人（或随便其他什么东西）在放一颗焰火前后的对话和感觉。但这个细节绝对不寻常，它真的不“细”了，短短二百字，在主流文学中描写男女主人公的一次小吻都捉襟见肘，却在时空上囊括了我们的宇宙自大爆炸以来的全部历史，包括生命史和文明史，还展现了我们的宇宙之外的一个超宇宙的图景。这是科幻所独有的细节，相对于主流文学的“微细节”而言，我们不妨把它称为“宏细节”。

同样的内容，在主流文学中应该是这样描写的：

> 宇宙诞生于大爆炸，后来形成了包括太阳在内的恒星，后来在太阳旁边形成了地球。地球出现十几亿年后，生命在它的表面出现了，后来生命经过漫长的进化，出现了人类。人类经历了原始时代、农业时代、工业时代，进入信息时代，开始了对宇宙本原的思考，并证明了它诞生于大爆炸。

这是细节吗，显然不是。所以"宏细节"只能在科幻中出现，其实这样的细节在科幻小说中很常见，《2001》的最后一章宇航员化为纯能态后的描写就是最好的例子，这一段文字为科幻文学中最经典的篇章。在这些细节中，科幻作家笔端轻摇而纵横十亿年时间和百亿光年空间，使主流文学所囊括的世界和历史瞬间变成了宇宙中一粒微不足道的灰尘。

在科幻小说的早期，"宏细节"并不常见，只有在科幻文学将触角伸向宇宙深处，同时开始对宇宙本原的思考时，它才大量出现，它是科幻小说成熟的一个标志，也是最能体现科幻文学特点和优势的一种表现手法。

这里丝毫没有贬低传统文学中的"微细节"的意思，它同样是科幻小说中必不可少的因素，没有生动"微细节"的科幻小说就像是少了一条腿的巨人。即使全部以"微细节"构成的科幻小说，也不乏《昔日之光》这样的经典。

现在的遗憾是，在强调"微细节"的同时，"宏细节"在国内科幻小说的评论和读者中并没有得到认可，人们对它一般有两种评价：一、空洞，二、只是一个长篇梗概。

克拉克的《星》是科幻短篇中的经典，它最后那句："毁灭了一个文明的超新星，仅仅是为了照亮伯利恒的夜空！”是科幻小说的千古绝唱，也是宏细节的典范。但这篇小说如果在国内写出，肯定发表不了，原因很简单：它没有细节。如果说《2001》虽然时空描写的尺度很大，但内涵已写尽，再扩长也没什么了，那么《星》可真像一部长篇梗概，甚至如果把这篇梗概递到一位国内出版社征集科幻长篇的老编手中，他（她）没准还嫌它写得太粗略呢。国内也有很多不错的作品以“没有细节”为由发表不出来，最典型的例子要数冯志刚的《种植文明》了。在 2001 年北京师大的银河奖颁奖会后座谈中，一位 MM 严厉地指责道：“科幻创作的不认真已经发展到了这种地步，以至于有人把一篇小说的内容简介也拿出来冒充杰作！”看到旁边冯兄的苦笑，我很想解释几句，但再看 MM 那义愤填膺、大义凛然的样子，话又吓回肚子里去了。其实，这部作品单从细节方面来说，比国外的一些经典还是细得多。不信你可以去看看两年前刚获星云奖的《引力深井》，看看卡尔维诺的《螺旋》，再看看很有些年代的《最初的和最后的人》。听说冯兄正在把他的这篇“内容简介”扩为长篇，其实这事儿西方科幻作家也常干，但耐人寻味的是，很多被扩成的长篇在科幻史上的地位还不如它的短篇“梗概”。

“宏细节”的出现，对科幻小说的结构有着深刻的影响。这使我们联想到了应用软件（特别是 MIS 软件）的开发理论。依照来自西方的软件工程理论，软件的开发应该由顶向下，即首先建好软件的整体框架，然后逐步细化。而在国内，由于管理水平和信息化层次的限制，企业 MIS 软件的开发基本上都是反其道而行之，先有各专业的小模块，最后逐渐凑成一个大系统（这造成了相当多的灾难性的后果）。前者很像以“宏细节”为主的科幻，先按自己创造的规律建成一个世界，再去进一步充实细化它；而后者，肯定是传统文学的构建方式了。传统文学没有办法自上而下地写，因为上面的结构已经建好了，描写它不是文学的事。

科幻急剧扩大了文学的描写空间，使得我们有可能从对整个宇宙的描写中更生动也更深刻地表现地球，表现在主流文学存在了几千年的传统世界，从仙座星云中拿一个望远镜看地球上罗密欧在朱丽叶的窗口吹口哨，肯定比从不远处的树丛中看更有趣。

科幻能使我们从大海见一滴水。

二、人物

人类的社会史，就是一部人的地位的上升史。从斯巴达克斯挥舞利剑冲出角斗场，到法国的革命者们高喊人权博爱平等，人从手段变为目的。

但在科学中，人的地位正沿着相反的方向演化，从上帝的造物（宇宙中的其他东西都是他老人家送给我们的家具），万物之灵，退化到与其他动物没有本质的区别，再退化到宇宙角落中一粒沙子上的微不足道的细菌。

科幻属于与社会文化密不可分的文学，但它是由科学催生的，现在的问题是，在人的地位上，我们倒向哪边？

主流文学无疑倒向了前者，文学是人学，已经成了一句近乎法律的准则，一篇没有人物的小说是不能被接受的。

从不长的世界科幻史看，科幻小说并没有抛弃人物，但人物形象和地位与主流文学相比已大大降低。到目前为止，成为经典的那些科幻作品基本上没有因塑造人物形象而成功的。在我们看过的所有电影中，人物形象的平面呆板之最是《2001》创造的，里面的科学家和宇航员目光呆滞面无表情,用机器般恒定的声调和语速说话。如果说其他科幻作品中人物形象的欠缺是由于作家的不在意或无能为力,《2001》则是库布里克故意而为之,他仿佛在告诉我们,人在这部作品中只是一个符号。他做得很成功,看过电影后,我们很难把飞船中那仅有的两个宇航员区分开来,除了名字,他们似乎没有任何个性上的特点。

人物的地位在科幻小说中的变化,与细节的变化一样,同样是由于科幻急剧扩大了文学描述空间的缘故,另一个重要原因是,由于科幻与科学天然的联系,使得它能够对人类在宇宙中的地位有一个清醒的认识。

人物形象的概念在科幻小说中主要有以下两方面的扩展。

其一,以整个种族形象取代个人形象。与传统文学不同,科幻小说有可能描写除人类之外的多个文明,并给这些文明及创造它的种族赋予不同的形象和性格。创造这些文明的种族可以是外星人,也可以是进入外太空的不同人类群落。前面提到的《种植文明》,就是典型例子。我们把这种新的文学形象称为种族形象。

其二,一个世界作为一个形象出现。这些世界可以是不同的星球和星系,也可以是平行宇宙中的不同分支,近年来,又增添了许多运行于计算机内存中的虚拟世界。这又分为两种情况:一是这些世界是有人的(不管是什么样的人),这种世界形象,其实就是上面所说的种族形象的进一步扩展。另一种情况是没有人的世界,后来由人(大多是探险者)进入。在这种情况中,更多地关注于这些世界的自然属性,以及它对进入其中的人的作用。在这种情况下,世界形象往往像传统文学中的一个反派角色,与进入其中的人发生矛盾冲突。科幻小说中还有一种十分罕见的世界形象,这些世界独立存在于宇宙中，人从来没有进入，作者以一个旁边的超意识位置来描写它。比如《巴别图书馆》。这类作品很少，也很难读，但却把科幻的特点推向极致。

不管是种族形象还是世界形象，在主流文学中都不可能存在，因为一个文学形象存在的前提是有可能与其他形象进行比较，描写单一种族（人类）和单一世界（地球）的主流文学，必须把形象的颗粒细化到个人，种族形象和世界形象是科幻对文学的贡献。

科幻中两种新的文学形象显然没有得到国内读者和评论的认可，我们对科幻小说的评论，仍然延续着传统文学的思维，无法接受不以传统人物形象为中心的作品，更别提有意识地创造自己的种族形象和世界形象了，而对于这两个科幻文学形象的创造和欣赏，正是科幻文学的核心内容，中国科幻在文学水平上的欠缺，本质上是这两个形象的欠缺。

三、科幻题材的现实与空灵

国内的读者偏爱贴近现实的科幻，稍微超脱和疯狂一些的想象就无法接受。在这种情况下，我们的科幻大多是近未来的。

其实这个话题在理论上没有太多可讨论的，科幻的存在就是为了科学幻想，现在科学要被抛弃了，那只剩下幻想。展现想象世界是这个文学品种的起点和目的。用科幻描写现实，就像用飞机螺旋桨当电扇，不好使的。有一件事一直让我迷惑不解：想看对现实的描写干吗要看科幻？《人民文学》不好看吗？《收获》不好看吗？《平凡的世界》不好看吗？要论对现实描写的层次和深度，科幻连主流文学落下的那点儿也比不上。

很多年前看过一部苏联的喜剧电影，其中有这样的镜头：一架大型客机降落到公路上，与汽车一起行驶，它遵守所有交通规则，同汽车一样红灯停绿灯行。

这是对国内科幻题材现状的绝妙写照。科幻是一种能飞进来的文学，我们偏偏喜欢让它在地上爬行。

四、科幻中的英雄主义

现代主流文学进入了嘲弄英雄的时代，正如那句当代名言："太阳是一泡屎，月亮是一张擦屁股纸。"

其实，这种做法并非完全没有道理。科学和理性地想想，英雄主义并不是一个褒义词。二战中那些英勇的德国坦克手和日本神风飞行员的行为是不是英雄主义？当然可以说不是，因为他们在为非正义的一方而战斗。但进一步思考，这种说法带给我们的只有困惑。普通人在成为英雄以前并不是学者，他们不可能去判断自己所从事事业的正义与否；更重要的是，即使是学者，从道义角度对一场战争进行判断也是很难的，说一场战争是不是正义的，更多的是用脚而不是用大脑说话，即看你站在哪方的立场上。像二战这样对其道义性质有基本一致的看法的战争，在人类历史上是极为罕见的。如果按传统的英雄主义概念，在战争到来时，普通人如果想尽责任，其行为是否是英雄主义就只能凭运气了，更糟的是这种运气还不是扔硬币的二分之一，随着时间的推移，人们肯定认为大部分战争中双方的阵亡士兵都是无意义的炮灰。以这样的定义再去看英雄主义，就会发现它在历史上给人类带来的灾难远大于进步。《光荣与梦想》中的女主人公所为之牺牲的事业也并非是正义的。这样一来，难道那些以生命为代价的惨烈奉献，那些只有人类才能做出的气壮山河歌泣鬼神的壮举，全是毫无意义的变态和闹剧？

比较理智和公平的做法，是将英雄主义与道义区分开来，只将它作为一种人类特有的品质，一种将人与其他动物区别开来的重要标志。

随着文明的进步，随着民主和人权理念在全世界被认可，英雄主义正在淡出。文学嘲弄英雄，是从另一个角度呼唤人性，从某种程度上看是历史的进步。可以想象，如果人类社会沿目前的轨道发展，英雄主义终将成为一种陌生的东西。

现在的问题是：人类社会肯定会沿着目前的轨道发展吗？

人类是幸运的，文明出现以来，人类世界作为一个整体，从未面对过来自人类之外的能在短时间内灭绝全种族的灾难。但不等于这样的灾难在未来也躲着我们。

当地球面临外星文明的全面入侵时，为保卫我们的文明，可能有十亿人需要在外星人的激光下成为炮灰；或者当太阳系驶入一片星际尘埃中，恶化的地球生态必须让三十亿人去死以防止六十亿人一起死，这种情况下，我们的文学是否还要继续嘲笑英雄主义呢？那时高喊人性和人权能救人类吗？

从科幻的角度看人类，我们的种族是极其脆弱的，在这冷酷的宇宙中，人类必须勇敢地牺牲其中的一部分以换取整个文明的持续，这就需要英雄主义了。现在的人类文明正处在前所未有的顺利发展阶段，英雄主义确实不太重要了，但不等于在科幻所考虑的未来也不重要。

科幻文学是英雄主义和理想主义的最后一个栖身之地，就让它们在这里多待一会儿吧。

五、科幻中的第三个形象

前面说过科幻文学所特有的两个形象：种族形象和世界形象，它还有第三个主流文学所没有的形象：科学形象——由于科幻是科学发展的直接产物，不管是传统的硬科幻，还是后来的软科幻，科学总是或明显或隐藏地存在于其中，它像血液般充盈在科幻小说的字里行间，作为一个无所不在的形象，一直在被科幻小说塑造着。

中国科幻一直在向主流文学学习，但不是一个好学生：我们关注人物形象和语言技巧，结果我们的作品在人家看来不过是小学生作文；我们关注现实，与人家相比不过是一群涉世不深的学生娃的无病呻吟；我们也玩后现代，结果更是一塌糊涂。但在一件事上，科幻对主流文学却是青出于蓝胜于蓝。

那就是对科学的丑化和妖魔化。

其实，到现在为止，主流文学只是与科学保持着一定的距离，并没有刻意伤害她，这一方面因为传统文学中的田园场景与科学关系不大，另一方面，丑化科学首先需要了解她，在这一点上主流文学可能有一定的障碍。但科幻确有着这方面的天然优势，而且做起来不遗余力！

我们科幻小说中的科学形象已经成了什么样子，我想大家都很清楚。

不错，西方的科幻作家们在这方面做的比我们有过之而无不及，但这并不是我们这样做的理由。科学在西方社会相当普及，对它的后果进行反思也许是必要的。但即使如此，这种倾向也受到了西方科学界和科幻评论界的一致谴责。在中国，科学在大众中还是一支旷野上的小烛苗，一阵不大的风都能将它吹灭。现在的首要任务不是预言科学的灾难，中国社会面临的真正灾难是科学精神在大众中的丧失。

科学的力量在于大众对她的理解，这是一句真知灼见。而让科学精神在大众中生根发芽是一项伟大的事业，与之相比，科幻倒显得微不足道了。本来两者并不矛盾，老一辈的中国科幻人曾满怀希望让科幻成为这项伟大事业的一部分，现在看来这希望是何等的天真。但至少，科幻不应对这项事业造成损害。科学是科幻的母亲，我们真愿意成为她的敌人吗？

如果不从负面描写科学，不把她写得可怖可怕就不能吸引读者，那就让我们把手中的笔停下来吧，没什么了不起的，还有许多别的有趣的事情可做。如果中国科幻真有消失的那一天，作为一个忠诚的老科幻迷，我真诚地祈祷她死得干净些。

六、陈旧的枷锁

以上写了一些科幻与主流文学的对比，丝毫没有贬低主流文学的意思。以上谈到的科幻的种种优势是它本身的性质所决定，它并没有因此在水平上高出主流文学，相反，它没有很好地利用自己的优势。其实，与主流文学相比时，我常常有自惭形秽的感觉。最让我们自愧不如的，是主流文学家们那种对文学表现手法的探索和创新的勇气。从意识流到后现代文学令人眼花缭乱的表现手法，以我行我素的执着精神不断向前发展着。再看看科幻，我们并没有创造出属于自己的表现手法，新浪潮运动不过是把主流文学的表现工具拿过来为己所用，后来又发现不合适，整个运动被科幻理论研究者称为“将科幻的价值和地位让位于主流文学的努力”。至于前面提到的宏细节、种族形象和世界形象，都是科幻作家们的无意识作为，没有上升到理论高度，更没有形成一种自觉的表现手法。而在国内，这些手法甚至得不到基本的认可。

其实，前面所提到的在科幻文学中扩展和颠覆的一些传统文学元素，如人物形象、细节描写等，在主流文学中也正在被急剧变革。像博尔赫斯和卡尔维诺这样的主流文学家，早就抛弃了那些传统的教条，并取得了巨大的成功。

反观国内科幻文学的评论者们，却正在虔诚地拾起人家扔掉的破烂枷锁，庄严地套到自己身上，把上面的螺栓拧到最紧后，对那些稍越雷池一步的科幻作品大加讨伐，俨然成了文学尊严的守护者。看着网上的那些评论，满篇陈腐的教条，没有一点年轻人的敏锐和朝气，有时真想问一句：您高寿？

创新是文学的生命，更是科幻的生命，面对着这个从大海见一滴水的文学，我们首先要有大海的胸怀！

2003 年 9 月 30 日于娘子关

附录二 | 作品年表

长篇小说

《魔鬼积木》
福建少儿出版社，2002 年

《超新星纪元》
作家出版社，2003 年元月。同年 12 月由台湾稻田出版社再版

《当恐龙遇见蚂蚁》
北京少儿出版社，2004 年

《球状闪电》
四川科学技术出版社，2005 年

《三体》
《科幻世界》杂志连载，2006 年，获 2006 年中国科幻银河奖特别奖

《三体—黑暗森林》
重庆出版社，2008 年

《三体—死神永生》
重庆出版社，2010 年，获 2010 年中国科幻银河奖特等奖、2011 年度全球华语科幻星云奖最佳长篇小说金奖、《当代》长篇小说 2011 年度五佳、2013 届西湖·类型文学双年奖金奖、第九届全国优秀儿童文学奖

选集

《带上她的眼睛》
人民文学出版社，2004 年

《带上她的眼睛》
上海科普出版社，2004 年

《爱因斯坦赤道》
台湾天海文化出版社

《流浪地球》
台湾天海文化出版社

《流浪地球：刘慈欣获奖作品集》
长江文艺出版社，2008 年

《魔鬼积木　白垩纪往事》
长江文艺出版社，2008 年

《时光尽头》

花山文艺出版社,2010 年

《白垩纪往事》

辽宁少儿出版社,2010 年 8 月

《天使时代—中国科幻名家名作大系》

邮电出版社,2012 年 7 月

《乡村教师:刘慈欣科幻自选集》

长江文艺出版社,2012 年 10 月

中篇小说

《地火》

《科幻世界》杂志 2000 年 2 月

后由作家出版社《中国九十年代科幻佳作集》收入

《流浪地球》

《科幻世界》杂志 2000 年 7 月,获 2000 年中国科幻银河奖特等奖

《乡村教师》

《科幻世界》杂志 2001 年 1 月

获 2001 年中国科幻银河奖读者提名奖,收入《2001 年中国最佳科幻小说集》

《全频带阻塞干扰》

《科幻世界》杂志 2001 年 10 月

获 2001 年中国科幻银河奖,收入《2001 年中国最佳科幻小说集》

《中国太阳》

《科幻世界》杂志 2002 年 1 月,获 2002 年中国科幻小说银河奖,收入《2002 年中国最佳科幻小说集》

《天使时代》

《科幻世界》杂志 2002 年 7 月

《吞食者》

《科幻世界》杂志 2002 年 11 月

获 2002 年中国科幻小说银河奖读者提名奖

《大艺术系列—诗云、梦之海》

《科幻世界》杂志 2003 年 5 月

获 2003 年中国科幻银河奖读者提名奖

《光荣与梦想》

《科幻世界》杂志 2002 年 7 月

《地球大炮》

《科幻世界》杂志 2002 年 10 月

获 2003 年中国科幻银河奖

《镜子》

《科幻世界》杂志 2004 年 12 月

获 2004 年中国科幻银河奖

《赡养上帝》

《科幻世界》杂志 2005 年 1 月

《赡养人类》

《科幻世界》杂志 2005 年 11 月

获 2005 年中国科幻银河奖

《山》

《科幻世界》杂志 2005 年 1 月

《创世纪》

《科幻大王》杂志 2004 年 9 月

《白垩纪往事》

《科幻大王》杂志 2004 年 9 月

短篇小说

《鲸歌》

《科幻世界》杂志 1999 年 6 月

《微观尽头》

《科幻世界》杂志 1999 年 6 月

《坍缩》

《科幻世界》杂志 1999 年 7 月

《带上她的眼睛》

《科幻世界》杂志 1999 年 10 月

由《青年文摘》《少年文学》转载

获 1999 年中国科幻银河奖

《微纪元》

《科幻世界》杂志 2001 年 6 月

《信使》

《科幻大王》杂志 2001 年 1 月

《混沌蝴蝶》

《科幻大王》2001 年 3 月

《纤维》

《惊奇档案》杂志 2001 年 10 月

《命运》

《惊奇档案》杂志 2001 年 11 月

《朝闻道》

《科幻世界》杂志 2002 年 1 月

获 2002 年中国科幻银河奖读者提名奖

《思想者》

《科幻世界》杂志 2002 年 12 月

获 2003 年中国科幻银河奖读者提名奖

《西洋》

《2001 年中国最佳科幻小说集》

《圆圆的肥皂泡》

《科幻世界》杂志 2004 年 3 月

获 2004 年中国科幻银河奖读者提名奖

《欢乐颂》

《九州幻想》杂志，2005 年 10 月

《月夜》

《生活》，2008 年

《2018年4月1日》
《时尚先生》,2008年

《太原之恋》
《九州幻想》杂志2010年第1期

评论集

《刘慈欣谈科幻》
湖北科技出版社,2014年1月

其他文章

《越长越小的文明》
《科幻世界》2003年第1期

《远航！远航！》
《科幻世界》2003年第5期

《向前半个世纪的胡思乱想》
《企业家》杂志2006年1月

《技术奇点二题》
《读客》,2011年

《重返伊甸园》
《南方文坛》,2011年

《一世和十万个地球》
《周末画报》,2012年

《世界科幻博览》杂志评论专栏2007年1—12期

附录三 | 刘慈欣经典语录

不知是我身处噩梦中,还是这整个宇宙都是一个造物主巨大而变态的头脑中的噩梦!

我们都是一个超级骗局的牺牲品!这个骗局之巨大之可怕,上帝都会为之休克!

——《流浪地球》

我很不幸地不麻木,所以难以生存下去。

我的物理学啊,你这个冷酷的情人,你已穷尽之后我如何活得下去!

——《微观尽头》

看着那蓝色的星球,我像在看着母亲的瞳仁,泪水在我的眼中打转。

——《超新星纪元》

“如果我比你先阵亡,请你也把我砌进这道墙里,这确实是一个好归宿。”师长说。

“我们两个不会相差太长时间的。”参谋长用他那特有的平静说。

——《全频带阻塞干扰》

美妙人生的关键在于你能迷上什么东西。

理想主义者和玩世不恭的人都觉得对方很可怜,可他们实际都很幸运。

——《球状闪电》

过去的人真笨,过去的人真难。

——《地火》

所谓温暖,不过是宇宙诞生后一阵短暂的痉挛所产生的同样短暂的效应,它将像日落后的暮光一样转瞬即逝,能量将消失;只有寒冷永存,寒冷之美才是永恒的美。

——《梦之海》

如果说那个原始人对宇宙的几分钟凝视是看到了一颗宝石,其后你们所谓的整个人类文明,不过是弯腰去拾它罢了。

在一个不可知的宇宙里，我的心脏懒得跳动了。

当生存问题完全解决，当爱情因个体的异化和融和而消失，当艺术因过分的精致和晦涩而最终死亡，对宇宙终极美的追求便成为文明存在的唯一寄托。

“难道生命这漫长进程中所有的努力和希望，都是为了那飞蛾扑火的一瞬间？”“飞蛾并不觉得阴暗，它至少享受了短暂的光明。”

宇宙的目的是什么？

——《朝闻道》

竞赛代替不了战争，就像葡萄酒代替不了鲜血。

——《光荣与梦想》

宇宙的最不可理解之处在于它是可以理解的；宇宙的最可理解之处在于它是不可理解的。

——《乡村教师》

长城和金字塔都是完全失败的超级工程，前者没能挡住北方骑马民族的入侵，后者也没能使其中的法老木乃伊复活，但时间使这些都无关紧要，只有凝结于其上的人类精神永远光彩照人！

——《地球大炮》

我们以后有很长的时间相处，有很多的事要谈，但不要再从道德的角度谈了，在宇宙中，那东西没意义。

——《吞食者》

社会也是这样，它的进化和活力，是以种种偏离道德主线的冲动和欲望为基础的，水清则无鱼，一个在道德上永不出错的社会，其实已经死了。

——《镜子》